두 번 사는 랭커

사도연 판타지 장편소설

ORIGINAL FANTASY STORY & ADVENTURE

dream
books
드림북스

두 번 사는 랭커 30 가족 상봉

초판 1쇄 인쇄 2020년 9월 21일
초판 1쇄 발행 2020년 10월 8일

지은이 사도연
발행인 오영배
편집 편집부
일러스트 우문
표지·본문 디자인 오정인
제작 조하늬

펴낸곳 (주)삼양출판사 · 드림북스
주소 서울시 강북구 도봉로 173
대표 전화 02-980-2112 **팩스** 02-983-0660
편집부 전화 02-987-9393 **팩스** 02-980-2115
블로그 blog.naver.com/dreambookss
출판등록 1999년 3월 11일 제9-00046호

ⓒ 사도연, 2020

ISBN 979-11-283-9915-2 (04810) / 979-11-283-9659-5 (세트)

드림북스는 (주)삼양출판사의 판타지 · 무협 문학 브랜드입니다.

ORIGINAL FANTASY STORY & ADVENTURE

사도연 판타지 장편소설

30

두 번 사는 랭커

| 가족 상봉 |

dream
books
드림북스

목차

Stage 88.

율

연우는 담담하게 고개를 끄덕였다.

"그를 바이 더 테이블에 소개해 준 게 저였습니다."

"아! 그래서 역시……!"

아난케는 이제야 알겠다는 듯이 고개를 끄덕였다.

역시?

연우는 어쩐지 뉘앙스가 이상한 것 같아 고개를 갸웃거렸다.

"뭔가 짐작 가는 게 있으십니까?"

"세력을 이끄는 데 있어서 전면에 나서는 경우가 거의 없던 수장 프레지아와 다르게, 후계자인 율은 여러모로 파격적인 행보를 보일 때가 많았거든요."

아난케의 설명은 간단했다.

프레지아는 평상시 탑을 비롯해 여러 세계들을 돌아다니면서 재능이 있어 보이는 인재들을 발굴해 직접 양성하는 것을 즐겨 했고.

율은 다른 이들에 비해 늦게 제자가 되었는데도 불구하고, 그중에서도 단연 독보적인 성적을 보였다는 내용이었다.

"타고난 재능도 재능이고, 뭔가 주어지면 악착같이 해내는 성품도 그렇고…… 프레지아가 그를 두고 칭찬할 때가 꽤 많았어요. 나중에 크고 나면 믿고 맡길 게 많다고."

천품(天稟)을 타고난 사람은 주변에 많을지 몰라도, 그것을 갈고닦는 이는 아주 적다. 하지만 율은 바로 그 적은 축에 속했다.

"여기저기서 시기하거나 방해하는 이들도 많았지만, 그걸 전부 꺾고 일어서더니…… 결국에는 자기 위에 있던 사형들을 누르고 후계자가 된 거였죠. 그리고 실권을 틀어쥔 뒤부터는 거의 그가 주도하다시피 하면서 세력을 이끌고 있어요."

바이 더 테이블을 여러 엘리트들의 비밀 집회이자 사교 파티로만 두었던 프레지아와 다르게.

율은 본격적으로 바이 더 테이블을 세력화하고, 집단 내 다른 파벌들을 고의적으로 내치면서 중앙 집권화를 이뤄 냈다고 했다.

비밀스러운 분위기를 많이 없애고, 전면에 나섰다고 하던가?

거기다 그동안 프레지아가 닦아 두었던 기반도 아주 튼튼해서 그들을 막을 수 있는 이가 거의 없는 수준이라고 했다.

방해가 있다면?

그냥 치워 버린단다.

율의 눈 밖에 나는 순간, 업계에 발도 못 들이게 되는 것이다.

"그 때문에 현재 상계 쪽에서 바이 더 테이블의 입김을 무시할 수 있는 곳은 어디에도 없어요. 현재는 천계의 여러 사회들도 그들의 눈치를 보고 있는 실정이구요. 때문에 그쪽에서는 '폭군'처럼 통한다더군요."

"……."

『하하! 그러니까 그 아이가 그런 성격을 보이는 게 전부 우리 아들내미의 영향 때문이란 거군?』

"아닐까요?"

『아니긴. 맞겠지.』

연우는 서로 죽이 맞아 떠들어 대는 아난케와 크로노스의 대화에 굳이 끼어들지 않았다.

다만, 오래전에 헤어졌던 율의 모습이 떠올라 조금 묘한 기분이 들었다.

'그때는 오기만 남았지, 눈물 많은 아이일 뿐이었는데. 그만큼이나 달라졌다니.'

역시 시간은 자신뿐만 아니라, 녀석에게도 공평하게 흐른 모양이었다.

'대체 그동안 무슨 일이 있었던 거냐?'

한데, 왜 이렇게.

바이 더 테이블을 둘러싼 여러 의문들이 그리 쉽게 풀리지 않을 것 같다는 생각이 드는 것인지.

"아난케. 부탁드리겠습니다."

"예. 일단 연락부터 넣어 보겠어요."

아난케는 무겁게 고개를 끄덕였다.

"하지만 저도 확실하게 답변을 드리지는 못해요. 아무리 율 님이 집권을 하고 난 뒤로 성향이 많이 바뀌었다고 해도, 여전히 비밀스러운 점은 많아서요. 숨기는 게 많다면 그냥 숨을 수도……."

어딜 가더라도 바이 더 테이블은 항상 갑의 위치에 있었으니까.

그만큼 전 우주에 구축한 그들의 입지는 탄탄했다.

하지만.

"아뇨. 저들은 나올 겁니다."

연우는 아주 단순하게 일축했고, 아난케의 눈이 휘둥그레졌다.

"왜 그렇게 생각하시는 거죠?"

"연락을 넣으실 때 덧붙여 말씀해 주십시오. 만약 나오지 않는다면."

연우의 눈이 순간 날카롭게 빛났다.

"지금 불타고 있을 다른 사회들과 결탁한 것으로 간주하고, 그들과 똑같이 만들어 주겠다고 말입니다."

＊　　　＊　　　＊

"……이걸 선전포고로 받아들여야 할지, 아니면 경고라받아들여야 할지."

"무슨 생각을 하시는 겁니까! 이건 우리 바이 더 테이블을 우롱하는 것입니다! 우리를 무시하는 것이 아니고서야어찌 이딴 망발을 꺼낼 수 있단 말입니까!"

따스한 햇볕이 드는 자리.

거대한 원탁을 따라 가지각색의 다양한 복장을 한 인물

들이 앉아 있었다.

다만, 차림새와 다르게 모두 나무를 깎아 만든 똑같은 탈을 얼굴에 쓰고 있었으니.

차이점이 있다면 탈에 저마다 다른 모양의 꽃무늬가 새겨져 있다는 점이었다.

원탁회의.

바이 더 테이블을 이끄는 33인의 간부들이 주요 의제를 논의할 때마다 가지는 회의였다.

다만, 평상시에는 거의 만석이거나, 비더라도 한두 석이 전부였던 좌석은 상당수가 비어 있었다.

최고 상석에는 몇 달째 얼굴을 내비치지 않고 있는 프레지아 대신에 한 건장한 사내가 앉아 있었다.

다른 간부들과 다르게 탈을 쓰지 않은 그는 여태 아무 말도 없이 묵묵히 간부들의 토론을 지켜보기만 할 뿐이었다.

"그럼 어쩌자는 거요, '아티초크'? 무슨 좋은 생각이라도 있는 거요?"

"무슨……!"

"상대는 사왕(死王)입니다! 탑을 무너뜨렸을 뿐만 아니라 칠흑왕의 자아가 되고, 이제는 혼자서 천계를 불사르고 있는 그 사왕이요! 그런데 그런 자의 경고를 그냥 무시하고 넘어가자, 이 말씀이십니까?"

연우를 가리키는 칭호였던 '사왕'은 이제 초월자들을 비롯해 전 우주를 바탕으로 활약하고 있는 여러 거대 단체와 조직들에게 공포의 대명사처럼 각인되고 있는 실정이었다.

처음에는 하데스로부터 명계의 왕좌를 물려받아 받게 된 칭호에 불과했지만.

지금은 '죽음', 그 자체가 되어 버렸기 때문이었다.

[신의 사회, '아베스타'가 크게 불타고 있습니다!]

[주신 아후라 마즈다가 그만하라며 절절하게 호소합니다!]

……

[신의 사회, '데바'가 치열한 접전에 모든 총력을 기울입니다. 전세가 위태롭게 전개됩니다.]

[죽음이 집행됩니다!]

[죽음이 집행됩니다!]

……

하루에도 몇 번씩 이런 메시지를 접해야 할 정도로.

현재 천계는 엉망진창이었다.

보통 천계 내에서 전쟁이 벌어질 때에는 철천지원수가

아니고서야 총력전을 펼치는 경우가 거의 없었다.

대개 세력이 비등한 경우가 많고, 어떻게 이긴다고 해도 주변에 워낙 많은 세력들이 난립하다 보니 어부지리를 당하기 십상이었기 때문이었다.

하지만.

올림포스는 전혀 그런 걸 아랑곳하지 않는 눈치였다.

오히려 연우의 명령을 하루라도 빨리 수행해야겠다며 전격전을 실행하고 있었으니.

문제는 그런 전력들이 강해도 너무 강하다는 점이었다.

특히 각 군단의 수장들은 연우로부터 사도직을 수여받은 이들.

무려 칠흑왕의 힘을 받은 것이다.

쉽게 거스를 수 있을 리가 만무했다.

거기다 망자 거인과 사룡들이 섞여 있는 것도 문제였으며.

무엇보다.

"죽음의 신과 악마들도 완전히 사왕을 주인으로 떠받들고 각 사회 안에서 분란을 일으키고 있다지? 자, 다시 묻겠소. 그런 사왕이 우리 바이 더 테이블을 치겠다고 마음먹는다면, 어디 쉽게 막을 수 있겠냔 말이외다!"

각 사회에서도 특별한 위치를 고수하고 있던 죽음의 신

과 악마들이 내분을 일으키고 있는 이상, 사실상 현재 연우를 거스를 수 있는 곳은 어디에도 없었다.

"아니면 아티초크께서 직접 세력을 이끌고, 우리를 대신해 그들을 막아 보시겠소? 듣자 하니 아티초크께서 옆에 두고 있는 이들도, 그 어디였나. 바하라타 성(星)이었나? 거기서 꽤나 활약을 벌인다고 들었는데. 이참에 큰 명성을 얻으실 수 있겠군!"

"꼬, 꼭 그런 말이 아니지 않소. 험험!"

"그럼 현실성 없는 말을 꺼낼 바엔 그냥 닥치고 있으시오! 이러니 내 처음부터 저들 천계의 계약을 받아서는 안 되었다고 떠들어 댔던 게 아니오!"

여태 연우의 폭압에 맞서서 일어나야 한다고 주장하던 '아티초크'는 결국 여러 시선들이 자신을 노려보고 있단 것을 깨닫고 눈을 내리깔고 말았다.

지구의 생력을 흡수하기 위해 놓였던 마경은 원래 바이 더 테이블에서 설치한 것.

'그들'과 손을 잡았던 천계의 여러 사회들이 바이 더 테이블에 압박을 넣은 결과였다.

내부에서 동조도 있었고.

여태 싸우자고 떠들어 대던 아티초크가 바로 그중 한 명이었다.

그때.

아티초크의 옆에 있던 '라플레시아' 가 조심스레 운을 띄웠다.

"숨는 건 어떻소? 사실 우리가 마음만 먹는다면야, 제아무리 칠흑왕의 자아라 한들 우리를 완전히 '인지' 하긴 힘들 텐데."

"물론, 그것도 방법이긴 할 테지. 목숨은 구제할 수 있을 테니까. 하지만 나중에 나오고 나면 기반도 다 박살 나 있을 테고…… 뭐, 그래도 상관없다면 말리지 않겠소."

"……."

"그리고 덧붙이자면 나중에라도 눈에 띄었다간 그냥 쉽게 죽진 못할 거요."

곳곳에서 깊은 한숨이 터져 나왔다.

그들 모두가 각 세계와 행성에서는 내로라하는 권력자들이라지만.

연우와 비교했을 때는 바람 앞에 놓인 등불이나 다름없는 신세였다.

그리고 그들의 선택을 재촉하기라도 하듯이.

[악마의 사회, '절교'가 '바이 더 테이블'에게 구호물자를 요청합니다!]

[악마의 사회, '절교'가 기존에 제시한 값보다 더 높은 가격을 제시합니다!]

[악마의 사회, '절교'가 '바이 더 테이블'에 기존 영토 중 상당수를 할양할 의견까지 피력합니다!]

......

[악마의 사회, '절교'가 '바이 더 테이블'에게 새로운 제안을······.]

......

['절교'에 죽음이 활발하게 집행되고 있습니다!]

"······."

"······."

"하아! 보다시피 상황이 이 모양인데, 대체 우리가 뭘 어떻게 그를 거스를 수 있냐 묻고 싶은 거요."

절교는 악마의 사회 중에서도 니플헤임과 더불어 가장 강한 전력을 보유한 곳이다.

한때는 비마질다라도 몸을 담갔을 정도로 강력한 성세를 구가했지만.

지금은 언제 무너질지 몰라 위태롭게 있는 곳 중 하나에 불과했다.

그러던 그때.

"그럼 '군자란' 께서는 어떻게 하시길 바라십니까?"

최고 상석에서 여태껏 말이 없던 젊은 사내가 처음으로 입을 열었다.

모든 간부들의 시선이 최고 상석으로 향했다가, 다시 군자란에게로 쏠렸다.

여태 연우에게 협조하자는 의견을 피력하던 노인은 무겁게 입을 열었다.

"우선 저들은 우리와 그동안 사이가 좋았던 아난케를 통해 접촉을 시도해 왔소. '전쟁이 길어질 것 같으니 부족한 물자를 공급받고 싶다'는 게 저들의 설명이 아니오? 그렇다는 건 당장 마경에 대해서 따져 묻지 않겠다는 말이라 봐도 되지 않겠소?"

"아직 우리에 대해서 눈치를 못 챈 것일 수도 있지."

"사왕이 그렇게 바보는 아닐 거라 보오만!"

노인은 콧방귀를 뀌면서 강하게 성토했다.

"그러니! 자세한 건 만나서 이야기를 나누어도 절대 나쁘지 않을 것이라 보오."

"너무 속 편한 의견이신 듯합니다만."

최고 상석의 사내는 눈을 가늘게 좁히며 군자란을 바라보았다.

아무 감정도 담겨 있지 않은 눈빛.

하지만 군자란은 알고 있었다.

저 젊은 사내가 저런 눈빛을 할 때면 꽤나 많은 사람들이 소리 소문 없이 사라진다는 것을.

그가 집권했던 초창기, 세력의 추구 노선을 바꾸겠다던 선언에 저항하거나 거부하던 이들이 어떻게 되었던가.

하지만 군자란은 전혀 아랑곳하지 않는 눈치였다.

"사왕은 과거 수장께서 개인적으로 후원을 시작하셨고, 이후 큰 성과를 거두었던 분 중 하나였소. 그리고 '방주'를 그의 사람들에게 빌려주면서 긴밀한 관계를 구축하기도 했지. 확인되지는 않았지만, 비밀에 가려진 수장의 과거와 모종의 관련이 있다는 말도 있었고."

"……."

"그러니 일단 만나 보고, 이야기를 나눠 봅시다. 말은 저리 험악하게 했어도, 그전까지 악감정은 가지고 있지 않았으니 이야기는 들어 보겠단 뜻이 아니겠소?"

최고 상석의 사내는 여전히 아무 표정 변화 없이 군자란을 바라보고만 있을 뿐이었다.

"그리고 말이야 바른말이지, 우리는 어디까지나 이문을 따지는 상인이 아니오? 이렇게 큰 판이 벌어지면 벌어질수록 남는 게 아주 많지. 그리고 한 곳에다 줄을 대야 한다면 이기는 쪽으로 대야 하지 않겠소? 지금이라도 방향을 틀

수 있으면 틀어야지!"

"군자란께서는 사왕이 이기는 쪽이라 보시는 거군요."

"그럼 아니오?"

"하지만 그렇다고 해서 천계의 다른 사회들을 모른 척하고서야 뒷감당이 어려운 것도 사실이니까요."

"하지……!"

"일단 군자란의 말씀은 잘 알겠습니다. 그 의견대로, 일단은 만나 보도록 하겠습니다."

군자란은 무겁게 고개를 끄덕였다.

"좋은 생각하시었소."

최고 상석의 사내는 고개를 가로저었다.

그의 눈빛은 여전히 고요했다.

"하지만 그렇다고 해서 사왕 쪽으로 추를 완전히 기울인 것은 아닙니다. 군자란께서도 말씀하시지 않았습니까? 상인은 상인답게 이문을 크게 남기는 게 최고라고. 그러니 저는 그런 쪽을 선택할 겁니다."

*　　*　　*

원탁회의가 끝난 뒤.

"자신의 스승이 그 모양 그 꼴인데도, 여전히 딱딱하

군."

아티초크는 문을 나서면서 눈살을 찌푸렸다.

탈에 가려져 표정은 읽을 수 없었지만, 목소리에는 현 상황을 못마땅해하는 기색이 역력했다.

그를 따라 나오던 라플레시아가 피식 웃으면서 말했다.

"'아카시아' 께서도 지금이 기회라고 생각하시면 그럴 수도 있지. 듣자 하니 아카시아가 바이 더 테이블에 들어오게 된 계기 자체가 사왕의 소개였다지 않소? 그래서 그를 따르기도 많이 따랐다는 건, 시종들 사이에서도 제법 유명한 이야기고."

아카시아.

최고 상석에 앉은 사내, 율을 가리키는 코드 네임이었다.

바이 더 테이블의 간부진은 대부분 정체를 드러내고 싶지 않아 했기 때문에 꽃의 이름으로 된 코드 네임을 쓰는 편이었다.

"하지만 바보가 아닌 이상에야 우리들에 대해서 언급했다가 프레지아가 다칠 수도 있다는 것쯤은 알고 있을 테니 너무 걱정하지 마십시다. 계속 저렇게 뻗대는 것부터가 애당초 우리에게 겁을 먹었다는 증거가 아니겠소?"

라플레시아가 차갑게 웃으면서 한 말에 아티초크는 고개를 끄덕였다.

"따지자면 차라리 잘되었는지도 모르지. 바이 더 테이블과 사왕이 맞부딪치고 난다면, 혼란은 더 커질 테니까. 우리는 그때 우리가 바라는 것만 가져가면 되는 것이오."

바이 더 테이블이 아무리 노선을 바꾸고 있다지만, 애당초 그들은 연합체로 시작한 곳.

당연히 이권과 입장에 따라 분열과 반목이 거듭 발생할수밖에 없었고.

그들은 프레지아와 반대되는 위치에 섰을 뿐이었다.

바이 더 테이블에 올라탔던 것도 어디까지나 이것이 이득이 되었기 때문이지, 더 이상 아무런 이득이 되지 않는다고 판단되거나 갈아탈 곳이 있다면 얼마든지 버릴 수 있었다.

그리고.

다행히 지금 그들에게는 얼마든지 환승할 수 있는 다른곳이 있었다.

다만, 그러기 전에 이곳에서 얻을 것은 반드시 얻어야만했다.

그것이 '그들'이 내걸었던 조건이었으니까.

"그러니 일단은 우리가 하는 일에 사사건건 태클이나 거는 눈엣가시부터 치웁시다."

아티초크와 라플레시아는 서로 시선을 교환하며 차갑게

웃었다.

직접 말로 하지 않아도, 눈엣가시가 누구를 의미하는지 아주 잘 알고 있었으니까.

군자란.

툭하면 그들의 의결에 퇴짜를 놓기 바쁜 노인부터 치워야 했다.

"그만큼 나이를 먹었으면, 이제 뒷방으로 물러나 손자들의 재롱이나 보면서 살 때가 됐지."

*　　　*　　　*

"누가 내 뒷담화라도 하는 모양이군. 왜 이리 귀가 간지럽누?"

모든 간부들이 떠난 자리.

원탁에는 단 두 사람, 율과 군자란만이 남아 있었다.

군자란은 연신 투덜거리면서 약지로 귀를 긁어 댔다.

그 모습이 세상사에 불만 많은 동네 영감님처럼 보여, 율은 자기도 모르게 웃음을 터뜨리고 말았다. 회의가 시작된 이후로 처음 보인 감정 변화였다.

"아니. 늙은이가 이렇게 귀나 벅벅 긁어 대는 게 그렇게 이상하오? 에잉. 도와주지는 못할망정, 비웃기나 하고."

군자란은 그런 율이 마음에 들지 않는다는 듯 더 크게 투덜거렸지만.

그게 그만의 애정 표현이라는 것을 잘 알기에, 율의 입가에는 엷은 미소가 걸렸다.

"고맙습니다. 매번."

"이거 귀지가 너무 깊게 박혔나. 왜 이렇게 계속 간지러워?"

군자란은 부끄러움을 숨기기 위해 괜히 귀에다 신경질을 내다가, 곧 입술을 삐죽 내밀면서 율에게 말했다.

"하여간 이제 어떡할 거요? 지금이야 사왕의 위세를 빌려 의견을 뒤로 물리긴 했다지만, 어쨌거나 저들은 해볼 테면 해보라는 식으로 계속 나설 게 분명한데."

"그러게요. 일단 시간은 벌었고, 사왕도 이쪽을 눈치채면서 한시름 덜긴 했습니다만…… 사실 저로서는 한 치 앞도 보이질 않아 갑갑하기만 할 뿐입니다."

율은 쓰게 웃었다.

사실 따지고 보면 가장 답답한 건 그였으니까.

외부에서는 그가 '폭군'이라 불리며 바이 더 테이블의 노선을 멋대로 바꾸고, 세력을 사유화하여 권력을 추구한다고 수군대곤 하지만.

사실 그는 누군가가 전면에 내세운 꼭두각시에 불과했

다.

흑막이 하라는 대로 하고, 움직이라는 대로 움직이는 꼭
두각시.

'스승님은…… 괜찮으실까?'

프레지아가 아나스타샤와 함께 연우 일행의 탈주를 도와
주고 돌아온 직후.

외부에는 잘 알려지지 않았지만, 바이 더 테이블 내에서
는 작은 '반란'이 일어났다.

아티초크와 라플레시아를 비롯한 간부 몇몇이 대기하고
있다가 귀환하던 프레지아를 급습한 것이다.

정체불명의 적들을 대동한 채로.

이 과정에서 아나스타샤는 크게 다친 채로 도주했고, 프
레지아는 저들에게 생포되고 말았다.

원래대로라면 그렇게 순순히 당할 분들이 절대 아니었지
만.

방주를 가동시키면서 체력적으로나 심적으로나 너무 지
쳐 있었던 데다가, 거처로 귀환하면서 마음을 놓고 있었기
때문이었다.

그리고.

그때부터 율에게는 지옥이 시작되고 말았다.

아티초크와 라플레시아 등은 절대 자신들의 '반란'이 외

부에 노출되는 것을 원치 않았다.

아무리 프레지아를 생포했어도, 바이 더 테이블이 지닌 덩치는 그들만으로 완전히 접수하기엔 너무 비대했기 때문이었다.

대신에 그들은 프레지아가 부상을 입어 칩거를 한다고 발표하고, 율을 전면에 내세워 대리 통치를 시작했다.

두 사람의 입맛대로 정책 방향이 결정되고, 의견이 맞지 않는 이들을 쳐 냈다.

그 과정에서 수많은 분쟁이 뒤따랐지만, 그들은 전혀 아랑곳하지 않았다.

그렇게 흐른 시간이 벌써 십 년.

이따금 프레지아의 영상이나 음성 등을 통해 그녀가 무사히 살아 있다는 것을 확인해 주던 것도, 최근에 들어서는 거의 없어지다시피 한 상태.

그럴수록 율은 점점 초조해졌다.

프레지아가 혹시 잘못되지는 않았을지 걱정되었던 것이다.

그에게 있어 스승 프레지아는 연우와 함께 자신의 목숨보다도 더 소중한 사람이었으니까.

"저들에 대해서는 아직도 알아내신 바가 없지요?"

군자란은 쓸쓸하게 웃으면서 말없이 고개를 끄덕였다.

율은 깊은 한숨을 내쉴 수밖에 없었다.

"그럼 대놓고 사왕께 도와 달라는 말은 하지 못하겠군요."

아티초크와 라플레시아라면 분명히 연우를 만나러 가는 장소에 자신들의 사람을 붙일 테니까.

섣불리 이상한 말을 했다간 큰일 나기 십상이었다.

"사왕은 속에 능구렁이 수십 마리는 품고 있을 정도로 눈치가 아주 빠르고 암계(暗計)에 능하다고 들었습니다. 혹 그가 미리 눈치를 챌 가능성은 없습니까?"

"그럴 수도 있지요. 하지만 그래도 저들에 대한 정보를 모르는 이상에는…… 뭔가 시도하기 힘들지 않겠습니까."

"어렵군요."

"답답하기만 할 뿐입니다."

율은 손으로 얼굴을 쓸어내렸다.

시름에 젖어 있던 두 눈이 다시 빛났다.

수많은 경쟁자들을 물리치고서 후계자 자리에 앉았을 때 보이던 것과 같은 눈빛.

"하지만 그렇다고 해서 아무것도 하지 않고 가만히 있을 수는 없지요. 그리고 어쩌면……!"

"뭐가 있는 거요?"

군자란이 조금 기대를 갖고 율을 바라봤지만.

율은 도중에 아차 싶었는지 '아무것도 아닙니다' 라고 말하면서 자리에 도로 앉았다.

하지만.

말투와 다르게 그의 눈은 어느새 달라져 있었다.

'튜토리얼에서 길을 가지 못하고 헤매고 있었을 때, 내게 손길을 내밀어 줬던 것처럼. 카인 형이라면, 지금도 어쩌면……'

해낼 수도 있을지 몰라.

율은 그렇게 믿고 있었다.

*　　*　　*

율을 수장으로 한 대표단이 연우와 접촉한다는 의제가 통과된 직후.

이야기는 급속도로 진행되어 회담 장소가 결정되었다.

카나란 성.

지구에서 400만 광년쯤 떨어져 있는 행성이었다.

안드로메다은하 내에서도 손꼽히는 문명과 생력을 가진 곳.

덕분에 많은 사회들이 군침을 흘렸지만, 그동안 바이 더테이블이 세력하에 두었던 곳이었다.

당연한 말이지만.

현재는 아티초크와 라플레시아 일당의 세력권이었다.

"쓸데없는 말씀은 하지 않으시리라 믿습니다. 이곳은 '정원'이 아니라는 것을 기억하십시오."

'꽃의 정원'은 오랫동안 바이 더 테이블의 본부가 웅거하고 있던 외우주를 뜻하니.

이곳에는 당신을 보호해 줄 사람들이 없으니 말조심하라는 경고였다.

대표단에는 아티초크가 따라와 있었다.

사람을 붙일 거란 생각과 다르게, 그들 파벌의 수장이라 할 수 있는 이가 직접 참여한 것이다.

그만큼 연우와 엮인다는 사실에 촉각을 곤두세우고 있기 때문일까, 아니면.

'그 뒤에 있는 흑막의 지시인가?'

이유는 알 수 없었지만.

일말의 기대를 갖고 있던 율로서는 절대 좋은 징조가 아닌 셈이었다.

"묻고 싶은 게 있소."

하지만 율은 절대 그런 속내를 드러내지 않고, 언제나 그렇듯이 무표정을 고수했다.

프레지아가 저들에게 인질로 잡힌 이후로, 그는 얼굴에

감정을 드러내는 법이 거의 없었다.

그래야만 살아남을 수 있었기 때문이었다.

"무엇입니까? 쓸데없는 질문이라면 가만히 있지 않겠습니다."

아티초크는 노골적으로 귀찮다는 표정을 지었다.

그래도 기본적인 예의는 갖추던 꽃의 정원에서와 다르게, 다른 간부들의 눈이 없는 이곳에서는 그가 왕이었다.

"스승님은, 무사하시오?"

"설마 우리를 의심하고 계시는 겁니까?"

"그럴 리가 있소? 그저 제자로서 스승님의 안부가 궁금할 뿐이오. 어찌 지내고 계시는지, 식사는 제대로 하시는지."

"흥! 알아서 다 잘하고 있으니 신경 쓰지 말고, 지금은 사왕을 상대하는 데에만 집중하십시오."

"하지만……."

"아니면 저번처럼 프레지아의 손가락이라도 하나 갖다 드리리까? 아니면 팔 한쪽이면 족하시려나?"

"……아니오. 내가 잘못하였소."

율은 이를 꽉 물면서 몸을 반대로 돌렸다.

아티초크는 그런 율의 뒷모습을 노려보면서 속으로 혀를 차야만 했다.

'젠장! 그년이 뒈졌는지 아닌지, 그걸 내가 어떻게 알아?'

십 년 전에 반란을 일으킨 게 자신이라고 하지만, 사실상 그건 어디까지나 '그들'의 지시에 따라 수행한 것일 뿐.

프레지아의 신병도 '그들'에게 넘긴 지 오래이니, 아티초크가 프레지아에 대해서 알고 있는 정보는 전혀 없었다.

듣기로는 그녀로부터 알아낼 것이 있어 손을 쓸지도 모른다고 했는데, 그 뒤는 전혀 들은 바가 없었다.

'나는 내 이문만 챙기고 알아서 뜨면 그만이다. 신경 쓸 거 없어.'

이곳에 직접 나서서 연우를 살피라는 것도 '그들'의 지시였으니.

위험한 곳에 내몰리는 게 영 탐탁지 않으면서도, 그가 나서야 했던 게 전부 그런 이유 때문이었다.

그리고.

화아아!

아티초크의 생각이 끝나기 무섭게, 그들 앞으로 시푸른 빛무리가 번져 나오더니 누군가가 조금씩 모습을 드러냈다.

"오랜만입니다."

아티초크에게도 익숙한 아난케가 가장 먼저 얼굴을 내비쳤다.

율이 고개를 숙여 인사했다.

"오랜만에 뵙습니다, 아난케."

"못 본 사이에 더 의젓해지셨군요."

"말씀 감사합니다."

"사실 아카시아께서 직접 왕림하시겠다고 말씀하실 줄은 생각도 못 하였어요. 보통 외부로 잘 안 나오시지 않으셨던가요?"

"자리가 자리니 고집을 피울 수만은 없었습니다. 한데, 그분은……?"

율이 포탈 쪽을 힐끔 훔쳐보면서 연우가 언제 나오는지 물었다.

그 순간.

아난케가 묘한 미소를 지었다.

"곧 나오실 겁니다."

"……?"

어쩐지 그 미소가 묘하게 느껴져 율은 살짝 고개를 갸웃거렸고.

아티초크는 이상하게 등골을 따라 오싹한 기분이 들었다.

그래서 주변을 둘러보다가, 갑자기 자신의 그림자가 발목을 타고 올라오는 기현상을 발견하고 말았다.

"어, 어어어? 이게 무슨……!"

아티초크는 빳빳하게 전신이 굳고 말았다.

그리고 한순간 연우에 대해 들었던 말이 떠올랐다.

그는 현재 초월자들 사이에서 사왕으로 통하지만, 한때 필멸자들 사이에서는 영왕이란 칭호로 더 유명했으니.

그 이유가, 죽음이 담긴 그림자를 마음대로 다루기 때문이라고…….

화아아악!

그림자가 촉수처럼 단숨에 위로 뻗쳐 올라왔다.

팔다리가 단숨에 묶였다. 몸통이 제어권을 빼앗겨 빳빳해졌다. 전신이 마비된 듯한 느낌이 들었다.

그리고.

촤르륵, 촤륵!

그림자 곳곳에서 튀어나온 쇠사슬이 그의 팔다리를 꽁꽁 묶어 버리고 말았으니.

아티초크 역시 초월자의 격을 지니고 있다지만, 지금은 옴짝달싹할 수가 없었다.

"으, 으아아아!"

몸이 조금씩 그림자 안쪽으로 잠기기 시작했다.

전혀 예기치 못한 상황.

탈 아래, 아티초크의 눈빛이 거칠게 흔들렸다.

"아카시아! 어서 멈추라고 하시오! 당장! 그렇지 않으면 프레지아의 목숨은 위험할 거요……! 멈추라고, 당장!"

율이 당황한 얼굴로 재빨리 아난케를 돌아봤다.

하지만 아난케는 여전히 미소만 짓고 있을 뿐이었다.

"어서 말하라고오오!"

아티초크의 비명이 구슬프게 울리던 그때.

"역시 그런 거였군."

포탈이 부서지면서 천천히 한 사내가 모습을 드러냈다.

차갑게 미소를 지으면서.

"아!"

율은 그가 단번에 연우라는 사실을 깨달을 수 있었다.

비록 그와 함께했던 시간은 한나절밖에 되지 않았을 정도로 아주 짧았고, 그마저도 가면을 쓰고 있어 얼굴은 몰랐지만.

율은 지난 십여 년 동안 단 한 번도 당시를 잊은 적이 없었다.

지금도 눈을 감으면 선명하게 떠오를 정도로, 그날의 일은 율에게 아주 큰 인상을 남겼다.

또한, 인생을 바꾸어 놓기도 했다.

자신도 저렇게 되리라. 저렇게 멋진 사람이 되리라고, 좌절하고 싶은 순간마다 몇 번이나 되뇌게 해 주었던 사람이었다.

그렇기에.

율은 절대 저 눈빛을 잊을 수가 없었다.

비록 그때와 다르게 지금은 가면을 벗었다고 해도.

설사 다른 가면을 썼다 하여도, 저 눈빛을 본다면 절대 모를 수가 없었다.

그래서 율은 십여 년간 가슴에 묵혔던 말을.

언젠가 그를 만나게 된다면 하고 싶었던 말을, 처음으로 꺼낼 수 있었다.

"형……!"

그것이 얼마나 간절한지, 목소리가 잘게 떨릴 정도였다.

그 때문일까?

여태 아티초크를 노려보던 연우가 이쪽을 돌아보면서 가볍게 미소를 지었다.

"너, 그거 알고 있나?"

연우의 눈동자에, 흔들리는 눈을 한 율이 잡혔다.

"내겐 사도들도 많고, 믿을 수 있는 수하들이며 동료들도 많다지만. 그중 '첫 번째' 신도는 바로 너였다는 거."

"……!"

"비록 내가 못나 여태 그런 첫 번째 신도의 소망을 놓치고 있었다지만…… 이제부터는 다를 것이다."

저벅!

연우가 천천히 앞으로 나섰다.

"그러니 기다려라. 구원해 줄 테니."

연우가 처음부터 율의 사정을 깨달은 건 아니었다.

지금 이 시각에도 실시간으로 그에게 쏟아지는 신앙의 양은 많아도 너무 많았으니까.

그리고 개중에는 대신격이 보내는 것도 있어서, 일반적인 필멸자들이 보내는 신앙은 상대적으로 아주 작아 주의를 기울이지 않는다면 절대 감지할 수가 없었다.

그래서 연우는 그동안 자신에게로 쏠리던 신앙 중에 율의 것이 있다는 것을 깨닫지 못했다.

그러다 오랜만에 율을 만나게 되면서.

그의 의지를 감지하게 되면서, 비로소 쏟아지던 신앙 중에서도 유독 환하게 빛나던 게 율의 것이란 사실을 알 수 있었다.

그건 연우가 탈각을 이루고, 신격을 쟁취하면서 얼마 있지 않아 얻게 된 신앙이었다.

아주 작지만, 연우로서는 소중할 수밖에 없는 신앙.

그렇기에 그 속에 담긴 소망을 읽어 내려갈 수 있었고.

율이 현재 처한 위기가 얼마나 큰지를 알 수 있었다.

모습을 드러내자마자 아티초크부터 포박한 게 바로 그런 이유 때문이었다.

"……형."

율은 연우의 말을 전혀 생각지도 못했는지 흔들리는 눈으로 그를 바라보았다.

구원.

처음 탑의 튜토리얼에서 그가 얻었던 것을, 연우가 또다시 내어 주려 하고 있었다.

"기다려."

연우는 그 말만 툭 던지고 앞으로 나섰다.

딱히 포탈을 쓰거나 블링크를 이용한 게 아닌데도 불구하고, 공간이 접히면서 그는 어느새 아티초크 앞에 도착해 있었다.

축지.

올포원─비바스바트를 흡수하고 난 뒤에 얻은 그의 시그니처 스킬 중 하나였다.

"그래. 프레지아를 네가 데리고 있다고?"

"그, 그렇다……! 어서, 어서 나를 풀어 줘! 그러지 않으면 프, 프레지아가 죽는다고!"

아티초크는 그림자의 늪에서 허우적대면서 비명을 질러 댔다.

여태껏 연우의 악명을 많이 들었다지만, 이렇게 직접 마 주하고 나니 위압감에 숨이 턱 하고 막힐 정도였다.

그래도 살고자 하는 강한 욕구는 그런 공포를 어떻게든 이기게 해 주었지만.

"거짓말이군."

"무, 뭐……?"

연우는 그를 보면서 차갑게 웃을 뿐이었다.

순간, 아티초크의 눈이 거칠게 요동쳤다.

"무슨 소리를 하는 거야! 난……!"

"이래 봬도 올라 있는 위치가 꽤 괜찮아서. 너의 업을 태 우면 거짓말인지 아닌지 쉽게 알 수 있거든."

"……!"

"역시 뒤에 흑막이 있었나? 뭐, 그 정도는 얼추 예상했 으니까."

"사, 살려……!"

"너무 많이 듣던 대사라 지루하군. 너희 같은 것들은 똑 같은 말밖에 할 줄 모르나?"

연우는 더 이상 듣기 싫다는 듯, 손을 뻗어 아티초크의 안면을 잡아 그대로 그림자 안쪽으로 밀어 넣었다.

끼아아악!

영혼이 찢기는 구슬픈 귀곡성이 울려 퍼졌다.

『그것참, 내 아들이지만 대화만 들으면 누가 악당인지 도저히 알 수가 없단 말이지……?』

크로노스가 옆에서 고개를 절레절레 젓거나 말거나.

연우는 갈가리 찢기는 아티초크의 영혼을 가만히 바라보다, 영력을 끄집어 올렸다.

츠츠츠—

몸을 타고 그림자가 올라오면서 신체 구조가 조금씩 변하기 시작했다.

눈이 여우처럼 길게 쭉 찢어진 중년인의 얼굴. 그 위로 아티초크의 나무탈이 씌워지더니, 옷차림도 한순간 확 바뀌었다. 분명 방금 전에 죽은 아티초크가 바로 그곳에 있었다.

과거 레온하르트 등을 구하러 가면서 보였던 것과 똑같이 모습을 변화한 것이다.

"형, 맞죠……?"

율은 무언가에 홀린 사람처럼 여태 벌어진 광경을 보다가 멍하니 물었다.

연우가 이쪽을 돌아보면서 피식 웃었다.

"왜, 아닌 것 같나?"

"말투는 형이 맞는 것 같은데……."

"이놈, 영혼에 금제가 걸려 있더군. 그것이 끊어져서야 놈들에게 내가 알아챘다는 정보만 주게 되는 꼴이니, 그것도 살려 둘 겸 해서 이렇게 변해 봤다."

"아."

율은 여전히 얼떨떨한 표정으로 고개를 끄덕였다.

"시간도 제법 흘렀으니 많이 의젓해졌을 거라 생각했는데. 여전히 눈물이 많구나."

그러다 율은 연우의 장난기 가득한 말에 눈가로 손을 가져갔다가 깜짝 놀라고 말았다.

또르르.

눈가를 따라 눈물이 흐르고 있었다.

지난 십 년간 한순간도 풀리지 않았던 긴장이 확 풀리면서 자신도 모르게 울었던 모양이었다.

"왜 이러지. 나 원래 안 이러는데. 헤헤⋯⋯."

*　　　*　　　*

"그러니까 프레지아가 어디에 갇혀 있는지 모른다, 이 말이지?"

"예. 몰래 사람들을 움직이고 해 봐도⋯⋯ 도저히 찾을 수가 없었어요."

율은 무겁게 고개를 끄덕이면서 이런저런 설명을 덧붙였다.

그 모습이 어쩐지 밖에 놀러 나갔다가 해코지를 당한 동생이 형에게 미주알고주알 일러바치는 것처럼 보여, 아난케는 자기도 모르게 웃고 말았다.

사실 아주 진지한 이야기 중이기 때문에 웃을 분위기라는 것을 알고 있었지만, 그래도 어쩐지 율의 저런 모습이 귀여웠던 것이다.

여태껏 그녀가 보았던 율이 아닌 것 같은 모습.

그러다 아난케는 크로노스를 돌아보면서 푸근하게 미소지었다.

크로노스는 어쩐지 저 미소가 영 찝찝하게 느껴져 눈살을 좁혔다.

『갑자기 왜?』

"어쩐지 크로노스 님과 오케아노스 님의 예전 모습이 떠오르는 것 같아서요."

『오케아노스와? 우리가 그렇게 사이좋았던 기억은 없는 것 같은데.』

"그건 크로노스 님 생각이시구요. 다른 사람들은 전혀 그렇게 생각지 않았었답니다."

『……그럼?』

"나이 차가 많이 나는 큰형의 관심을 끌려고 일부러 사고를 치는 말썽꾸러기 같았죠."

『그건 아니거든!』

"그게 아니면 왜 매번 우라노스 님께 혼이 날 것 같을 때마다 오케아노스 님을 찾아가신 걸까요?"

『그거야 아버지가 큰형의 말이라면 일단 귀담아들어 주긴 하니까 그런 거고……!』

크로노스가 얼굴이 뻘게진 채로 이런저런 말을 해 댔지만, 아난케는 여전히 자애로운 얼굴로 가만히 끄덕이고만 있을 뿐이었다.

『지금 내 말 전혀 안 듣고 있는 거지, 유모!』

"호호. 그럴 리가요. 다 듣고 있답니다."

『하아.』

크로노스는 어쩐지 아난케에게 놀림을 받는 것 같아 한숨을 푹 내쉬고 말았다.

예나 지금이나 그가 가장 의지하면서도, 상대하기가 어려운 사람은 아난케였다.

『그런데.』

그러다 크로노스는 슬쩍 얼굴을 굳히면서 운을 띄웠다.

『아까 전부터 도저히 틈이 나질 않아서 묻지 못했던 게 있는데.』

"아틀라스에 대해서 묻고 싶으신 거죠?"

『어.』

크로노스는 시선을 여전히 율과 이야기 중인 연우에게 고정시키면서 고개를 끄덕였다.

『그놈, 유모랑 같이 있었던 거 아니었어?』

아틀라스.

거인과 신의 혼혈 출신으로, 노예로 잡혀 왔던 것을 크로노스가 직접 구해 줬던 게 인연이 되어 그의 옆을 지켰던 존재.

크로노스가 마성에 젖으면서 사람들이 하나둘씩 곁을 떠나는 와중에도, 그는 마지막까지 크로노스를 믿고 따랐던 충신이었다.

하지만 아난케는 고개를 가로저었다.

"저도 잘 몰라요. 저 역시 모든 직위에서 은퇴하면서 아틀라스와 연락이 끊어졌으니까요."

『뭐? 나는 여태 녀석이 타르타로스에도 없기에 유모랑 같이 있는 줄 알았었는데?』

"당시에 아틀라스의 저항이 워낙에 거셌던 나머지 제우스들 사이에서도 그의 처벌 수위를 두고 많은 갑론을박이 있었던 걸로 알고 있어요. 제우스 등이 크로노스 님의 육체를 건드릴 수 없도록 지켰던 게 그였거든요."

『……!』

"하지만 그런 논의들은 오케아노스 님이 직접 아틀라스를 거두시겠다고 나서면서 없어졌어요."

『그게 무슨?』

크로노스는 눈을 동그랗게 떴다.

오케아노스의 이름이 여기서 왜 또 갑자기 나오는 거지?

"아틀라스도 오케아노스 님이 직접 설득에 나서자 저항을 포기했었구요."

전혀 예상치도 못했던 말.

크로노스는 충격에 젖은 얼굴로 아난케를 가만히 바라봐야만 했다.

"두 사람 사이에 무슨 대화가 오고 갔었는지는 저도 잘 몰라요. 나중에 전해 듣기만 했었으니까……. 하지만 아틀라스가 오케아노스 님을 따라간 것만은 확실해요."

『이 양반은 대체 뭘 꾸미고 다니는 거야? 하아…….』

크로노스는 욱신거리는 관자놀이를 검지로 꾹꾹 눌러야 했다.

대체 오케아노스의 목적은 무엇일까? 분명히 자신들의 주변을 돌아다닌다는 건 알겠는데, 그 저의를 알 수 없으니 혼란스럽기만 할 뿐이었다.

더군다나 아틀라스는 백치에 가까울 정도로 머리가 좋지

못하기 때문에 '설득'이 통하기가 어렵다. 크로노스도 그를 다룰 때면 이유를 설명하기보다는 그냥 명령을 내릴 때가 많았으니까.

그런데 마지막까지 자신의 유해를 지키려 했던 아틀라스가 아무 말 없이 오케아노스를 따랐다면, 자신과 관련된 그럴듯한 무언가를 제시했다는 것일 텐데.

그게 대체 무엇인지 알 수가 없었다.

『이 망할 형님을 어떻게든 빨리 찾아야 할 텐데.』

그렇게 크로노스가 혼잣말을 작게 중얼거릴 무렵.

"찾으러 가시죠."

『음? 큰형님을?』

연우가 미간을 좁혔다.

"무슨 말씀 하시는 겁니까? 당연히 다음 놈이죠."

크로노스는 그제야 다시 현실로 돌아와 고개를 끄덕였다.

*　　*　　*

율의 설명과 아티초크로부터 뽑아낸 정보를 간단하게 정리하자면 아래와 같았다.

—현재 흑막의 끄나풀은 대표적으로 둘. 아티초
크와 라플레시아다. 이 중 라플레시아는 흑막과의
연락책으로 알고 있다.

　—흑막은 바이 더 테이블을 장기 말로 이용하면
서 그들이 원하는 목적을 대신 수행하게 하는 한편,
바이 더 테이블 안을 뒤져서 숨겨진 무언가를 찾고
자 한다.

『숨겨진 무언가? 그게 뭔데?』
"'초대의 유산'이랍니다."
『초대의 유산? 음……? 초대는 페페가 아니었나?』
페페. 프레지아의 본명.
프레지아는 분명히 말한 적이 있었다.
　바이 더 테이블은 원래 레아가 두고 간 유산들을 바탕으
로 만든 곳이라고.
　그런데 프레지아보다 선대가 있었다는 게 말이 되
는……!
　『설마?』
　크로노스는 그제야 무언가를 떠올리고 눈을 동그랗게 떴
다.

"예. 아무래도 어머니의 유산, 정확하게는 그중 뭔가를 노렸던 모양입니다."

『……!』

"다만, 율은 아직까지 프레지아로부터 유산이 보관된 금고의 위치나 여는 방법에 대해 들은 게 없었고, 저들에게 억류된 프레지아도 거기에 대해서 발설하지 않았는지 여태 무사하답니다."

『그런…….』

"문제가 있다면, 어머니께서 남기셨다는 유산과 르' 뤼에 간의 연관성을 도저히 알 수가 없다는 점입니다."

크로노스는 동의한다는 듯이 고개를 끄덕였다.

"혹시 짚이는 게 없으십니까?"

크로노스는 쓰게 웃으면서 고개를 가로저었다.

『방주란 것도 네 엄마가 남긴 것이었다며? 하지만 난 처음 보는 것이었지. 애당초 네 엄마는 내가 모르는 곳에서 이것저것 많은 것을 만들곤 했었다. 아니, 정확하게는 퀴리날레부터가 비밀에 가려진 곳이었어.』

"흠."

『역시 정확한 건 놈들을 터는 수밖에 없는 것 같은데.』

"예. 그래야죠."

그 말과 동시에 연우는 크로노스 쪽으로 손을 뻗었다. 크로노스가 다시 검형(劍形)으로 돌아와 손에 잡히자 그것으로 허공을 길게 쭉 찢었다.

공허가 열리고, 그 너머에서 가만히 자리에 앉아 수정구를 보고 있던 노인이 나타났다. 아티초크의 기억 속에 라플레시아라는 이름을 가지고 있는 녀석이었다.

아티초크의 연락이 오기를 기다리고 있었던 녀석은 순간 섬뜩한 느낌에 이쪽을 돌아봤다가 경악한 얼굴이 되고 말았다.

그도 그럴 것이 아무런 징조도 없이 공간이 열리며 다른 이들이 나타난 것이니까.

라플레시아는 연우가 아티초크의 모습을 하고 있는데도 불구하고, 직감적으로 뭔가를 깨달았는지 바로 몸을 뒤로 빼고자 했다.

하지만 그보다 먼저 연우가 손을 뻗어 녀석의 목덜미를 잡아 바닥에 내리찍고 있었다.

"날 죽……!"

라플레시아는 숨이 턱 막히는 와중에도 뭐라고 소리치려 했지만, 이미 그 대사는 아티초크로부터 들었던 것이라 연우는 그냥 무시했다.

츠츠츠—

영혼이 갈리고, 녀석이 가진 정보가 머릿속에 담겼다.

비상시에 흑막과 접촉하려면 어디로 움직여야 하는지가 보이자, 연우는 쉬지 않고 곧장 그쪽으로 움직였다.

공허가 열렸다.

이름 모를 새로운 녀석이 나타나고, 그놈을 삼키면서 다음번 장소로 이동했다.

이렇게 계속 거슬러 올라가다 보면.

흑막이 있을 곳이 나타날 터였다.

Stage 89.
다른 꿈

"어, 어떻게 이곳을……? 크아악!"

"사실대로 말해 주겠소. 그러니 목숨만큼은!"

"사, 사왕! 당신이 어떻게? 이런 말은 듣지 못했는데, 킥!"

연우는 공간을 열어젖히는 족족 마주치는 이들을 전부 죽음의 늪으로 끌어들였다.

[죽음이 집행됩니다!]
[죽음이 집행됩니다!]
……

['죽음'의 개념이 전 우주에 만연합니다!]

개중에는 초월의 격을 갖춘 이들도 적잖게 있었다.

하지만 그들이 아무리 날고 긴다고 하여도 이미 '황' 급
에 다다른 연우에 대항할 수 있을 리 만무했고.

연우는 그들의 영혼을 통째로 잡아 뜯으면서 정보를 고
스란히 받아들이고, 이를 토대로 다음 장소로 이동했다.

그중에 거치적대는 이들은 전부 지웠다. 무릎을 꿇고 어
떻게든 상황을 설명하려는 이들도 마찬가지로 죽음을 맞아
야만 했다.

애당초 연우는 의도하였든, 의도하지 않았든 간에 자신
에게 대적하는 쪽에 선 이들을 전부 지우고자 했다.

끄나풀은 남기지 않는다.

마음을 먹은 이상, 뿌리를 완전히 뽑아 버리기로 독하게
마음먹은 것이다.

필요하다면 항성계를 통째로 날려 버리는 일도 허다했
다.

그냥 조직을 통째로 지워 버리는 것이다.

『대충 어림잡아도 헤아리기가 어렵군. 문명 서너 개는
그냥 깨졌겠는데? 흐흐.』

크로노스는 그런 연우를 굳이 만류하지 않았다.

보통 사람들이라면 학살에 가까운 이런 짓을 말리거나 할지도 모르지만.

그 역시 원래는 신왕의 자리에 앉았던 사람.

아무리 필멸자로서 살아온 삶이 있다고 해도, 보는 시야가 일반적인 필멸자들과는 다를 수밖에 없었다.

하물며 자신보다도 더 높은 곳에 우뚝 올라선 연우의 시선은 아마 자신으로서도 짐작하기 힘들 정도로 높을 것이니, 어련히 알아서 하겠냐 싶었던 것이다.

아니, 그런 것을 떠나서라도.

크로노스는 이번 기회에 질서를 바로잡을 필요가 있다는 생각을 하기도 했다.

탑이란 세계가 사라진 이때.

균형점을 잃은 사회들은 다시 옛날처럼 서로 반목하려 들고, 다시 세를 뻗칠 기회만을 노린다.

하지만.

크로노스는 그것이 아직 '이르다'고 생각했다.

『'밤'이 언제 어떻게 다가올지도 모르는데. 내부 기강은 확실하게 잡아 놔야 대적하기도 편하겠지. 변수는 확실하게 통제를 해 둬야 하니까. 이럴 때는 힘을 앞세우는 게 최고고.』

그렇기에 내린 결론은 간단했다.

『탑에 있을 때는 올포원, 그가 왜 그런 무리를 했나 싶었
는데…… 지금은 어느 정도 이해가 되는구만.』

크로노스는 그렇게 증오하던 올포원과 같은 입장이 되었
다는 사실에 자기도 모르게 쓴웃음을 지어야만 했다.

물론, 소중한 가족 같았던 페페―프레지아를 구해야겠
다는 생각도 있었지만.

[전 우주가 '죽음'에 잘게 떨립니다!]
[주의하십시오. 종말이 닥쳐올 수 있습니다.]
[주의하십시오. 종말이 닥쳐올 수 있습니다.]

그렇게 한참을 파고 들어갔을 때.

화아악!

연우는 우주의 어느 끄트머리에 위치한 한 행성에 도착
할 수 있었다.

『뭐지? 이런 곳이 있었나?』

크로노스는 한순간 오싹한 기분이 들어 작게 중얼거렸다.

신경 쓰지 않는다면 미처 인지하기 힘들 정도로 아주 구
석에 위치한 행성이었지만.

어쩐지 거기서 풍기는 냄새는 너무나 이질적이었다.

불길한 건 아니었다.

그냥 달랐다.

분명 이 우주의 일부인 것처럼 보였지만, 비슷한 것 같으면서도 달랐다.

마치 가죽으로 만들어진 옷 위에다가 전혀 다른 가죽을 가져와 '덧댄' 것 같다고 해야 할까?

이런 건 크로노스로서도 처음 보는 것이었다.

'안'도 '밖'도 아닌…… 전혀 다른 제3의 것을 강제로 주입하기라도 한 건지.

연우가 여태껏 이것을 감지하지 못한 것도 전혀 이상하지 않겠단 생각이 들었다.

하지만 크로노스의 그런 생각은 길게 이어지지 못했다.

마치 피라도 잔뜩 흘린 것처럼 온통 붉은색으로 가득한 망망대해 한가운데에, 높다란 요새가 들어선 섬이 하나 있는 게 보였으니까.

"찾았군."

연우는 그런 짤막한 한 마디와 함께 스퀴테를 거칠게 아래로 내리쳤다.

*　　　*　　　*

"……"

"언제까지 침묵만 할 것이오?"

"……."

"계속 그렇게 버티겠다는 건가? 벌써 십 년이오. 당신이 이곳에 갇히게 된 지가. 그만하면 충분히 그녀와의 의리는 지켰다 할 수 있는 것일 텐데……."

"……."

검은 창살로 둘러싸인 곳.

겉보기엔 죄수를 감금한 옥실이었지만, 단순히 그렇다고 보기엔 수십 명은 족히 들어설 수 있을 정도로 넓은 크기에 침대나 책장 등 생활에 필요한 물품들로 가득 차 있었다.

하지만 프레지아는 그런 것에 일절 신경도 쓰지 않은 채 가만히 눈을 감고 있었다.

양팔과 양발에는 각각 마치 팔찌나 발찌처럼 보이는 검은 사슬이 달려 있었다.

신진철로 만들어진 구속구.

그녀의 모든 신력을 봉인하기 위해 설치한 것들이었다.

"아니면 사왕, 그가 언젠가 구해 줄 것이라고 믿는 것이오?"

창살 너머에는 한 사내가 가볍게 한숨을 내쉬면서 앉아 있었다.

그동안 하루도 빠지지 않고, 프레지아의 간수를 자처해

온 사람이었다.

"하지만 그는 칠흑에 저물었소. 아시지 않소? '꿈'이라는 게 얼마나 지독한 것인지. 거기에 사로잡힌 이상, 빠져나오는 건 불가능하오. '이번'에 이렇게 우주를 지키고 종말을 막고 있는 것만으로도 분명 상당한 심력을 소모하고, 인과율을 낭비하고 있을 거요."

사내는 강제로 프레지아를 이곳에 가둬 두었을지언정, 그녀를 핍박하거나 고문을 가하는 등 신체적 위해를 끼친 적은 단 한 번도 없었다.

오히려 그동안 하루에 몇 시간씩 프레지아를 설득하는데 몰두했다.

자신의 소망을, 아니, 그가 몸담고 있는 '우리'들의 목표를 납득시키기 위해서였다.

달리 말해서, 그녀를 자신들의 편으로 끌어들이기 위한 작업이라고 봐도 되었다.

문제는 프레지아가 단 한 번도 흔들린 적이 없었다는 것이지만.

"천마와 칠흑왕으로 대변되는 창세와 종말…… 몇 번씩이나 반복되었고, 앞으로 또 몇 번이나 반복될지도 모를 이 지긋지긋한 굴레를 어떻게든 벗어나야지 않겠소? 그러기 위해서는 '씨앗'이 필요하오."

"……."

"그들을 전부 배제한, 전혀 새로운 가능성만을 품은 세계를 잉태할 씨앗."

사내의 두 눈이 깊게 가라앉았다.

"그리고 그것을 위해서는 당신만이 알고 있다는 레아의 금고가 필요한 것이고. 이 빌어먹을 '굴레'가 끝나길 바라는 건, 당신도 똑같지 않았소?"

그 순간, 프레지아가 천천히 눈을 떴다.

여전히 무면탈을 쓰고 있어 표정을 알 수 없고, 고요하기만 한 눈이었지만.

사내는 그것만으로도 만족했다. 어쨌거나 지금까지와 다른 반응을 보인다는 건, 여태 굳건하던 프레지아의 생각에 변화가 있다는 뜻이니까.

"바이 더 테이블을 만든 목적이, 실은 다가올 종말에 대비한 비축을 위한 것임을 우리가 모를 줄 알았소? 방주가 있었던 것이 바로 그 증거지."

신화 속의 방주는 흔히 대홍수로 모든 것이 쓸려 나가는 상황에서, 후대를 위해 동식물의 각 한 쌍씩을 실은 큰 배로 그려진다.

레아의 방주도 그러했다.

종말이라는 대홍수에 대비해 필요한 것들을 비축하고,

새롭게 열릴 세상으로 도망치기 위해 만들어진 것이다.

탑이 무너질 당시에 쓰인 건, 방주가 가진 가능성의 일부를 내비친 것일 뿐이었다.

그리고 그런 방주조차도 '한 가지'에 불과하게 만드는 게 레아의 유산, 아니, 퀴리날레의 유산이었으니.

사내는 바로 이 점을 지적한 것이다.

바이 더 테이블은 퀴리날레의 유산을 지키기 위해 남은 금고지기이며, 그들의 뜻을 집행하고자 만들어지지 않았냐고.

그리고 자신들도 당신들과 추구하는 바가 같다고 말이다.

"당신, 다른 '굴레'에서 넘어온 분이신 거군요."

그때, 프레지아가 천천히 입을 열었다.

너무 오랜만에 낸 탓인지, 목소리가 많이 갈라지고 있었다.

사내는 쓰게 웃었다.

"넘어온 게 아니오. 버려진 거지. 돌아갈 고향 따윈 이제 남아 있지 않고, 이곳에서 죽어도 윤회 따윈 꿈도 꾸지 못하는 방랑자 신세라고나 할까?"

그의 두 눈은 분명 프레지아에게 고정되어 있었지만.

프레지아는 어쩐지 그가 보고 있는 것이 전혀 다른 곳인 것 같다는 생각이 들었다.

"하지만 나는…… 아니, '우리'는 더 이상 그런 희생자들이 없는 세상을 '만들고' 싶소. 정녕 뜻을 함께할 생각은 없는 거요?"

프레지아는 다시 침묵했다.

그리고 그런 그녀를 기다리듯, 사내도 입을 꾹 다문 채로 그녀를 주시했다.

"이야기는 잘 들었어요. 당신들의 목적이 저와 같다는 것도 알겠고. 평소보다 더 진솔하게 말해서 일순 흔들린 것도 사실이에요."

"그럼……!"

"하지만 당신은 실수를 하였어요."

사내는 기뻐하다가 순간 인상을 굳혔다.

"그게 무슨?"

"이러한 변화는 아무래도 그만큼 당신들이 급박해졌단 뜻인 것 같은데. 아닌가요?"

"……!"

프레지아의 말에 사내가 벌떡 자리에서 일어서는 순간.

[칠흑왕의 자아가 강림합니다!]

콰아앙!

밖에서부터 엄청난 폭음과 함께 강풍이 요새를 강타했다.

와장창창. 그동안 요새를 지키고 있던 결계들이 모조리 유리창처럼 부서져 나갔다.

그리고 요새가 전면에 드러나자마자, 검은 벼락이 연달아 그 위로 내리꽂히면서 모든 것이 송두리째 날아갔다.

사내는 당장 신력을 끌어 올리면서 프레지아 쪽으로 손을 뻗으려 했지만, 그보다 먼저 검뢰가 떨어지면서 그의 앞을 가로막았다.

콰르르릉!

엄청난 폭풍이 휘몰아치면서 사내를 그대로 밀어냈다. 그는 부서지는 요새 더미 사이로 튕겨 나 붉은 바다 위를 한참이나 미끄러져야만 했고.

방금 전까지 그가 있던 자리에는 어느새 연우가 화안금정을 활짝 열어젖힌 채로 우뚝 서 있었다.

"이런……!"

사내는 안타까운 목소리를 내면서 인상을 살짝 찡그렸다.

그렇지 않아도 시시각각 연우가 프레지아가 있는 쪽으로

쫓아오고 있다는 소식에 마지막으로 어떻게든 그녀를 설득하려 했던 것인데.

아무래도 그가 생각했던 것보다 연우가 움직이는 속도가 훨씬 빨랐던 모양이었다.

쿠우우우—

"연…… 우 님."

프레지아가 떨리는 눈으로 연우를 올려다보았다.

"다친 곳은 없습니까, 프레지아?"

『페페야. 나도 있는데 어찌 저놈만 찾는 거냐?』

어느새 인간의 모습으로 변한 크로노스가 가볍게 투덜거렸다.

프레지아가 고개를 푹 숙였다.

"죄송합니다. 그리고 감사합니다."

"감사하다는 말은 제가 해야죠. 제 사람들을 구하는 데 크게 도움을 주셨다고 들었습니다. 늦었지만, 고마웠습니다."

연우는 가볍게 머리를 흔들면서 저만치 멀리서 이쪽을 쓸쓸하게 바라보고 있는 사내 쪽으로 시선을 돌렸다.

『그런데 저놈 말이다.』

전혀 처음 보는 얼굴.

풍기는 기세도 여태껏 연우가 알고 있던 신이나 악마들

의 것과 전혀 달랐다.

『대체 어디 놈인 거지? 저런 기질을 가진 녀석은 여태껏
본 적이 없는데?』

크로노스는 연우처럼 녀석을 노려보면서도 고개를 갸웃
거렸다. 도저히 정체가 쉽게 짐작이 가질 않았기 때문이었
다.

소속 사회 없이 홀로 다니는 떠돌이인가 싶었지만……
그런 이들은 보통 비마질다라나 케르눈노스처럼 격이 지고
한 것들이 대부분이니 그가 절대 모를 수가 없었다.

그리고 실제로 사내는 격이 아주 높아 보였다.

연우가 전력을 다해 내려친 검뢰를 튕겨 내고도 그을음
만 살짝 남아 있을 뿐, 다친 구석은 전혀 없어 보였으니.

'황' 급에 다다른 존재라고 봐도 무방한 것이다.

그렇다면 품고 있는 신화도 대단할 것인데, 왜 도저히 짐
작이 가질 않는 걸까?

아니, 그런 것을 떠나서.

'이 공간과 마찬가지로, 저자도 너무나 이질적이다.'

신력의 기질도, 작동 방식도 전혀 다른 것 같았다.

일반적으로 그가 알고 있는 법칙으로 구성된 존재가 아
니었다. 마치 이 세계에서 홀로 유리된 것처럼 느껴졌다.

그런데.

"전 알 것 같습니다만."

연우의 말에 크로노스의 고개가 그쪽으로 쏠렸다.

『음? 네가?』

연우는 이룬 경지는 대단해도, 초월자로서의 삶이 그리 길지 않았기 때문에 신과 악마에 대해서는 무지한 부분이 많았다.

그래서 의문이 들었지만, 연우는 아주 간단하게 말했다.

"토르입니다."

『그게 무슨 소리냐? 토르는 분명히 죽었는데? 영혼도 네가 죄다 갈아서 사도들한테 나눠 줬었고.』

토르와 아스가르드는 과거에 티탄과 손을 잡았다가 전멸되지 않았던가.

무엇보다 크로노스가 알고 있는 토르는 저렇게 유려한 생김새를 하고 있지 않았고, 성격도 폭급한 쪽에 가까웠다.

하지만.

"그 토르와는 다른 토르니까요."

『그러니까 그게 무슨 말인……!』

크로노스는 말을 하다 말고, 순간 떠오른 생각에 경악하고 말았다.

『설마 다른 '꿈'에서 넘어온 자란 뜻이냐?』

*   *   *

화아악!

"소주, 다친 곳은? 없으시오?"

율이 다시 본부로 돌아왔을 때.

그의 집무실에서 초조한 마음으로 대기하고 있던 군자란이 다급하게 달려왔다.

그리곤 곧장 혹시 상한 곳이 없는지 몸 이곳저곳을 살폈다.

다행히 이렇다 할 다친 흔적은 없었다. 먼지 위를 구른 것 같지도 않았고.

하지만 율의 표정이 좋지 않았다.

"일이…… 잘 풀리지 않았던 거요?"

군자란의 안색도 저절로 어두워졌다.

그러다 다시 활짝 웃으면서 아무렇지 않다는 듯 그의 어깨를 두들겼다.

"에잉! 아무래도 우리가 알고 있는 사왕은 거품이 잔뜩 껴 있었나 보오. 뭐, 잘 안 되면 어떻소? 우리는 원래 하던 대로 하면 될……!"

"군자란."

군자란은 말을 하다 말고 무뚝뚝한 율의 목소리에 미간을 좁혔다.

"왜 그러오?"

"지금 동원할 수 있는 병력이 몇이나 됩니까?"

"……그게 무슨?"

"최대한 비밀리에, 그리고 신속하게 움직여야 합니다. 얼마나 동원할 수 있겠습니까?"

군자란은 무슨 일이 있었는지 묻고 싶은 마음이 굴뚝같았지만, 진지하게 가라앉은 율의 두 눈을 보고 있노라니 그럴 수가 없었다.

무언가가, 있었다.

"삼백."

"그것밖에 되지 않습니까?"

"억지로 동원한다면야 더 동원할 수도 있겠소만, 저들의 눈을 피해야 하는 것 아니오?"

곳곳에 '그들'의 눈이 닿아 있는 것을 말하는 것이다.

율은 가볍게 한숨을 내쉬었다.

"조금 빡빡하겠군요. 하지만 그래도 해볼 만할지도 모르겠습니다."

"쿠데타라도 일으킬 생각이오?"

"저들도 했는데 우리라고 못 하겠습니까? 다행히 끄나풀인 아티초크와 라플레시아는 죽었으니 일은 쉬울 겁니다."

"……!"

"다른 이들은 신병 확보를, 그리고 주요 기관 장악에 집중해 주십시오."

"알겠소. 내 언젠가 이런 일이 있을지도 모른다고, 블랙리스트들은 죄다 정리해 뒀었지."

군자란은 드디어 그동안 당했던 것을 되갚아 줄 수 있단 생각에 콧김을 뜨겁게 내뿜었다.

프레지아에 대한 건 굳이 묻지 않았다. 율이 저렇게 나선다는 건, 확실히 승기를 잡았단 뜻일 테니까.

"그럼 거사는? 언제로 할 거요."

율의 두 눈이 깊게 가라앉았다.

"지금, 시작해 주십시오."

＊　　　＊　　　＊

쾅!

"전원 손 들어!"

"이, 이게 무슨……!"

"대체 무슨 짓이오, 소주! 이러고도 무사할…… 크악!"

"제 신변은 걱정해 주지 않으셔도 괜찮으니, 여러분들은 본인 걱정부터 하시는 게 좋을 것 같습니다만?"

군자란과 율의 지시에 따라 휘하 병력들은 신속하게 움직였다.

아티초크와 라플레시아가 주로 사용하던 집무실을 점거하고, 그의 수하들이 섣불리 움직일 수 없도록 들이쳤다.

그리고 바이 더 테이블을 운영하는 각 주요 기구들을 장악하여 통제권을 손에 넣었으니.

여태 알게 모르게 아티초크와 라플레시아에게 줄을 댔던 인사들은 줄줄이 끌려 나와야만 했다.

저항은 있었지만, 율은 일체 그들의 사정을 봐주지 않았다.

그리고 율은 압수된 자료들을 통해 그동안 얼마나 바이 더 테이블이 방만하게 운영되고 있었는지, 흑막에 의해 얼마나 좌지우지되고 있었는지를 똑똑히 파악할 수 있었다.

"이들에 대한 처분은 어떻게 하실……."

"조직의 2급 이상의 기밀을 넘긴 흔적이 있는 이들은 전부 사형, 나머지는 죄의 경중에 따라 구류 기간을 결정하시되, 피해액은 철저하게 이자까지 매겨서 그들이 몸담고 있는 조직에다 배상케 하십시오."

율은 죄가 확인된 이들에 대한 처분을 군자란에게 전부 넘긴 뒤, 홀로 집무실에 앉아 조용히 눈을 감았다.

처음 스승인 프레지아를 따라 이곳에 왔을 때가 아직도 눈앞에 선명히 보이는 것 같았다.

경계심에 가득 찬 눈으로 쭈뼛대는 자신에게, 두 번째로 손을 내밀어 주었던 분.

'부디 무사하셔야 합니다.'

그러다 율은 천천히 눈을 뜨면서 집무실 한편으로 천천히 자리를 옮겼다.

한쪽 구석에 높게 서 있는 서고.

그중 정중앙에 놓인 서책을 잡아당기자, 책장이 돌아가면서 뒤에 숨겨져 있던 금고가 드러났다.

—내게 무슨 일이 생긴다면 말이다.

—스승님, 갑자기 불안하게 무슨 말씀을……!

—아니, 들어야 한다. 이제 너는 내 후계이며 이곳의 금고지기니까. 기억하려무나. 바이 더 테이블의 총수가 된다는 건, 바로 그런 의미란다. 언젠가 우리를 찾아올 분을 위해, 레아 님의 혈육을 위해, 이곳을 지키는 것.

―그러니 부디 이곳을 잘 지키고 있다가, 연
우…… 그분이 돌아오시면 지체 말고 이곳을 보여
주려무나.

십여 년 전. 프레지아는 직감적으로 무언가를 느꼈는지,
붕괴하는 탑의 세계로 넘어가기 전에 어린 율을 따로 불러
신신당부를 했다.

당시에는 알겠다면서 고개를 끄덕이긴 했지만, 프레지아
가 너무 걱정이 많다고만 생각했다.

하지만 그것이 유언처럼 되고 말 줄이야.

그 뒤로 그는 여태껏 프레지아의 말을 한시도 잊지 않은
채로 연우가 돌아오기만을 애타게 기다렸다.

흑막이 찾고자 하는 것이 이 금고라는 것을 직감적으로
깨달았어도, 짐짓 모른 척 잡아떼기도 했다.

그리고.

드디어 연우가 돌아와 구원을 시작한 지금.

율은 비로소 이곳을 열 때라고 생각했다.

문 쪽으로 손을 가져갔다.

찰칵!

그동안 단단히 닫혀 있던 금고의 문이 열리기 시작했다.

　　　　　*　　　　*　　　　*

　"그런 것 같습니다."

　『허!』

　연우의 담담한 대답에 크로노스는 헛웃음을 흘리고 말았
다.

　가정법이긴 했지만, 그것이 사실 확신이라는 것을 잘 알
고 있기 때문이었다.

　다른 '꿈'에서 건너온 존재라니?

　그런 게 가능한 일이었나?

　"몇 번째 꿈이었는지 기억은 잘 나지 않습니다만…… 거
기서 봤던 토르가 저런 모습이었습니다. 배려심이 넘치면
서도 유머 센스도 괜찮아서 사회 구분 없이 두루두루 친구
들을 뒀던 사람이었죠."

　『그쪽 토르는 이쪽과 많이 달랐나 보군?』

　"그냥 이름만 같은 존재일 뿐이니까요."

　연우와 크로노스가 말하는 '꿈'이란 일종의 '굴레'였다.

　천마가 창세라는 이름으로 굴리기 시작하면, 칠흑왕이
종말이라는 이름으로 멈추는 굴레.

　그것은 이미 헤아릴 수도 없을 정도로 벌어졌다. 그 안에
서 수많은 인물들이 피어났고, 무수히 많은 사건 사고들이

빚어졌다. 하지만 그것들은 끝내 전부 없던 게 되고 말았다.

그것을 기억하는 이들도 거의 없었다.

있다고 해도 아주 극소수였고, 그마저도 반복되는 굴레 속에 너무 많이 마모되어 사라지기 일보 직전이었다.

법칙이 되고만 고대신. 한때 전 우주를 넘나드는 막강한 권능을 지닌 존재였음에도 불구하고 찌꺼기만이 남았던 우라노스와 메타트론, 바알 등이 그러했다.

연우는 칠흑왕의 내면에서 그러한 굴레들을 수도 없이 보고 겪었다.

기뻐하고, 슬퍼하고, 즐거워하고, 노여워하는 군웅상들.

하지만 끝내 흔적조차 남기지 못하고 덧없이 사라진 그들을 안타깝게 바라봐야만 했다.

칠흑왕이 '꿈'에서 깨어난다는 건, 우주의 종말을 뜻하기 때문에 아무것도 남을 수가 없었으니까.

예외가 있다면 '밖'에 존재하는 '밤'의 존재들뿐.

그들은 애당초 천마가 빚어낸 창세 우주에 몸을 담고 있지 않기 때문이었다.

그런데.

분명히 종말을 맞이한 우주에서 살아남은 생존자가 있다고?

"종말이 다가올 때에 그걸 막으려고 가장 열심히 뛰어다니기도 했었습니다. 결국 막진 못했지만."

종말을 집행하는 건, 언제나 그 '꿈'에서 가장 많은 한을 품어 칠흑왕으로부터 선택을 받은 자였다.

그리고 마찬가지로, 그럴 때마다 항상 '꿈'에서는 꼭 한두 명씩 대적자(對敵者)가 나타나곤 했다.

이쪽을 구슬프게 바라보는 토르가 바로 그런 대적자 중 한 명이었다.

『그런데 분명히 종말과 함께 사라졌을 놈이 어찌어찌 살아남아 여기에 있다는 거지?』

"예."

『그럼 사라진 '꿈'의 파편이라는 거군.』

크로노스는 그제야 어째서 녀석이 있던 자리에 마치 기워 넣은 것 같은 옛 우주의 흔적이 있는지를 알 것 같았다.

저 존재 자체가 절대 이 '굴레'에서 받아들일 수가 없는 것이었기 때문이었다.

『오케아노스가 그랬었지. 자기네들의 목표는 바로 '꿈'을 가져가는 것이라고. 놈들의 정체가 저런 파편들의 조직이라면…… 얼추 이해가 돼. 자기네들의 것은 이미 사라졌으니, 다른 거라도 가져가겠단 거잖아? 유랑민다운 발상이긴 한데, 조금 짜증 나는데?』

파직, 파지지직!

그때, 녀석의 몸에서 샛노란 뇌전이 튀어나오기 시작했다. 검뢰와 비교해도 절대 뒤지지 않을 것 같은 위력.

대기가 요동치면서 붉은 바다가 이리저리 출렁이다가 단숨에 증발되었고, 하늘에서부터 수도 없이 많은 뇌전이 소나기처럼 빗발치기 시작했다.

막대한 신력이 퍼지고 있었다.

[전장을 살피던 케르눈노스가 눈을 가늘게 좁힙니다.]

[정체를 알 수 없는 막대한 신력이 전 우주로 퍼져나갑니다!]

[구성을 알 수 없는 신력의 등장에 많은 신들이 경악합니다!]

[새로운 강자의 등장에 많은 악마들이 경계심을 표합니다!]

......

[신의 사회, '데바'가 정체를 알 수 없는 신력의 정체를 파악하고자 합니다.]

[신의 사회, '멤피스'가 '올림포스'를 막으며 새

로운 동맹군을 찾을 수 있을까 하는 기대를 보입니
다.]

　……

　[악마의 사회, '절교' 내에서 신력의 주인을 두고
갑론을박이 벌어집니다.]

　……

　새로운 강자의 등장에 신과 악마들이 저마다 반응을 보
이는데도 불구하고.

　크로노스는 여전히 짜증 섞인 투로 녀석을 보고 있었다.

『너나 내가 이렇게 뭐 빠지도록 고생하면서 겨우 '굴레'
를 막아 뒀더니, 그걸 날름 가로채겠다는 게 아니냐?』

　순간, 연우가 피식 웃었다.

　"아버지, 말씀은 똑바로 하셔야죠. 아버지가 한 게 아니
라 제가 한 거 아닙니까? 숟가락 얹으려 들지 마십시오."

『야! 나도 지분 있지!』

　"없습니다."

『이놈이! 너 애먼 데 정신 팔리지 말라고 내가 말벗이라
도 안 되어 줬으면 진즉에……!』

　"시작하죠."

『야!』

연우는 크로노스의 말허리를 도중에 자르면서 손을 앞으로 내밀었다.

크로노스는 못마땅하다는 듯이 버럭 소리를 질렀지만, 이내 아들의 의사에 따라 다시 검의 형태로 돌아가 연우의 손에 잡혔다.

합일(合一)!

화아아아!

이미 '황' 급에 다다른 존재와 신왕의 위를 복구한 존재가 하나로 합쳐지자, 사방으로 발산되는 신력의 폭풍은 이루 말로 표현할 수 있는 게 아니었다.

막대한 압력을 버티지 못한 행성이 그대로 폭발하는 것과 동시에, 하늘에서부터 그림자가 내려오면서 연우와 토르를 심상 세계에 가두었다.

[인스턴스 던전, '칠흑과 황금의 뇌방(雷房)'에 입장했습니다!]

"원래는 되도록 당신이 깨어나기 전에 전부 처리하고 조용히 이 '꿈'을 떠나고 싶었습니다만."

토르는 신력이 충만하게 실린 양손을 좌우로 크게 뻗었다.

오른손에는 양. 왼손에는 음.

양극의 기운이 극단적으로 압축되어 다가가는 것만으로도 위압감이 들 정도였다.

"그게 여의치 않게 되었으니, 이렇게 된 이상 저희도 강제 집행을 할 수밖에 없겠습니다."

쾅!

토르는 쓰게 웃던 그대로 양손을 앞으로 끌어모아 크게 박수를 쳤다.

마치 불가에서 갖추는 합장과도 비슷한 자세.

하지만 결과는 전혀 달랐다.

〈쌍극파벽(雙極破僻)〉

콰아아앙―

양극의 기운이 충돌하면서 일어난 폭발이 사방팔방으로 뻗쳐 나갔다. 심상 세계가 금방이라도 부서질 것처럼 크게 휘청거리고, 뇌전 폭풍이 연우를 잇달아 내리쳤다.

창조신들을 여럿 먹어 치웠던 제우스보다도 훨씬 대단한 폭발력. 아니, 비교조차도 불가능했다.

『이거 어쩌면…… 쉽지 않을지도 모르겠는데?』

도저히 믿을 수 없다는 듯한 크로노스의 혼잣말과 함께.

[용신안]
[화안금정]
[검붉은 구비타라 — 현자의 눈]

[천안통]

연우는 눈을 활짝 뜨면서 뇌전 폭풍 사이로 빚어지는 결을 절대 놓치지 않았다.

[검붉은 구비타라]
[브레스]

비마질다라가 남겨 준 권능을 발동하면서 브레스의 형태로 풀어내자, 뇌전 폭풍이 그대로 갈려 나가면서 토르가 있는 곳을 후려쳤다.

공간이 그대로 갈가리 찢겨 나갔다. 심상 세계가 온통 새하얀 빛으로만 가득했다. 토르는 죽기라도 한 것처럼 어디에서도 기척을 느낄 수가 없었다.

하지만 연우는 머뭇거림 없이 위쪽으로 스퀴테를 쳐올렸다. 공간이 갈라지면서 토르가 나타나 있었다. 한 손에는 여태껏 보지 못했던 금색 망치를 든 채로.

〈몰니르〉

쩌어어엉—!

웅장한 소리와 함께, 신력(神力)과 신력(身力)의 힘겨루기가 시작되었다.

띠링!

[사라진 '꿈113,223,188,489'의 대적자가 출현했습니다!]

[이번 '꿈'에 절대 나타날 수 없는 존재입니다. 상대에 대한 판별을 재개합니다.]

[시스템 오류.]

[시스템 오류.]

……

[시스템이 해당 대상을 새롭게 판별합니다.]

……

[여러 조건들을 추가 확인, 해당 대상에 대한 새로운 정보를 갱신하는 데 성공했습니다.]

[업데이트된 데이터를 바탕으로 시스템을 재출력합니다.]

[시나리오 퀘스트가 생성되었습니다!]

[시나리오 퀘스트 / 대적항쟁(對敵抗爭)]

설명: 수도 없이 많은 '꿈'의 망망대해를 유영하던 당신은 한참을 헤매던 끝에 드디어 자신이 원하던 원래의 '꿈'에 돌아오는 데 성공하고, 또한 '잠'을 유예하는 데 성공했습니다.

하지만 이 '꿈'에서 당신이 바라는 소망을 성취하기란 그리 쉽지 않을 것 같습니다. 다른 '꿈'에서 그동안 당신의 다른 자아를 괴롭히던 대적자(對敵者)가 나타났기 때문입니다.

대적자는 보통 신이나 악마보다도 높은 깨달음을 얻어 자체적인 고유성(固有性)을 획득했고, 이를 통해 '꿈'에서 벗어나 정체성을 유지하는 데 성공했습니다.

하지만 완전히 벗어나는 데는 실패했기 때문에 그

는 여전히 불안정한 형태를 하고 있으며, 그것을 극복하기 위해 새로운 세계, 자신만의 '피안(彼岸)'을 만들고자 하는 욕망을 갖고 있습니다.

그리고 그런 피안을 만들 재료는 당신이 가지고 있습니다. 인과 관계상 쿼리날레의 유산이 당신에게로 전해질 운명이기 때문입니다. 다른 '꿈'의 대적자는 이번 '꿈'에서도 또다시 칠흑왕의 자아와 대적해야 하는 상황인 것입니다.

지금부터 대적자로부터 쿼리날레의 유산을 보호하세요.

제한 시간: —
제한 조건: 칠흑왕의 자아

보상:
1. 쿼리날레 유산의 완전한 소유권 획득
2. 쿼리날레와 관련된 비사(祕史) 획득

연우가 얻어 낸 정보를 토대로 새로운 퀘스트가 생성되었다.

대적자.

그것은 익히 연우도 알고 있는 개념이었다.

'꿈'이 마지막으로 치달을 때 즈음 칠흑왕의 자아는 항상 종말을 갖고 오기 마련이고, 이것을 막기 위해 뛰어다니는 존재에게 흔히 '대적자'라는 호칭이 수여된다.

대적자는 하나의 '꿈'에서 적게는 한 명, 많게는 여러 명에 걸쳐서 나타나며, 보통 천마의 선택을 받아 활동한다. 그렇지 않은 경우에도 천마의 가호가 뒤따르는 경우가 많았으니, 칠흑왕의 자아와 완전한 대치를 이루는 셈이었다.

'칠흑왕이 깨어나면서 시켰던 대리 전쟁은 매번 새로운 종말을 맞을 때마다 있었던 거겠지.'

물론, 그중 누구도 결국 종말을 막아 내지는 못했지만.

그리고 이따금 드물게도 대적자 없이 종말이 이뤄지는 경우도 있었다.

대표적으로 이번 '꿈', 연우가 있는 이 우주가 그랬다.

'이건 좀 이상했어. 천마의 혈육인 비바스바트가 그 포지션인 줄 알았는데…… 아니었으니까. 어째서일까?'

물론, 천마의 생각을 들어볼 수가 없으니 그 속내를 알 방도는 없었다.

여하튼.

그렇게 여러 차례 있었던 대적자들은 종말과 함께 사라

졌다. 그들도 모두 '꿈'에 종속된 이상, '꿈'이 끝난다면 존재도 사라질 수밖에 없기 때문이었다.

그리고 연우도 분명 그렇게 알고 있었다.

하지만 퀘스트 내용이 맞다면, 그중에서 극소수의 몇몇은 살아남는 모양이었다.

오롯이 '황'의 자리에 올라 고유성과 독립성(獨立性)을 확보하고, '꿈'에서부터 떨어져 나간 존재들. 아니, 아주 작은 조각들.

"이렇게 부딪치고는 있지만, 사실 저는 당신과 싸우고 싶은 마음은 없습니다."

쿠쿠쿠쿠……!

스퀴테와 묠니르. 각 '꿈'에서 최강자 반열에 오른 신병(神兵)이 한 치도 밀려나지 않을 것처럼 거칠게 떨리는 와중에.

토르는 담담한 얼굴을 하면서 그렇게 말했다.

"칠흑왕에 대한 원한은 크지만, 어차피 이곳은 저희들의 '꿈'이 아닙니다. 그러니 저희들이 그냥 이곳을 떠날 수 있도록 거래를 하는 건 어떠시겠습니까?"

"글쎄. 일을 이딴 식으로 꾸며 놓고서 믿어 달라니. 헛소리도 제법이군."

연우는 가볍게 콧방귀를 뀌었다. 애당초 자신이 잠들어

있는 동안 일을 꾸민 놈들을 어떻게 믿을 수 있단 말인가. 그게 더 이상한 일이었다.

"그런……!"

토르는 안타까운 얼굴로 중얼거렸지만, 결국 어쩔 수 없다는 듯이 신력을 더 크게 끌어 올렸다.

[신력이 확장됩니다!]

[해당 대상의 흐릿했던 존재감이 확정되었습니다.]

[세계가 해당 대상을 제대로 인식하기 시작합니다.]

파지지직!

쿠쿠쿠쿠—

뇌기가 사방으로 튀었다. 검붉은 뇌기는 심상 세계를 강제로 찢어 놓았고, 황금색 뇌기는 그것을 더 크게 벌렸다. 이미 심상 세계는 몇 차례나 붕괴되었다가 수복되길 반복하고 있었다.

『화력은…… 비슷한 건가?』

크로노스는 충돌이 거세지면 거세질수록 더 크게 놀라고 있는 중이었다.

토르의 실력은 여태 그가 칠흑왕의 내면에서 보았던 수많은 자아들 중에서도 단연 손에 꼽힐 만큼 강했던 것이다.

『어떻게 이럴 수 있는 거지? 아무리 '황' 급에 올랐다고 해도, 결국 붕괴된 '꿈'을 막지 못한 낙오자에 불과하지 않나?』

종말을 자행한 칠흑왕의 자아를 막지 못했다면, 결국 그것을 꺾은 연우와 이렇게 대등한 싸움을 하지 못할 텐데도 불구하고.

'그만큼 더 스스로를 단련한 것일 테죠.'

연우는 어쩐지 그 이유를 잘 알 것만 같았다.

녀석에게서 풍기는 신력에서. 그 속에 담긴 수많은 신화에서 처절한 투쟁의 역사를 엿볼 수 있었기 때문이었다.

아마 종말을 막기 위해 대적자로서 뛰어다닐 때에도, 종말 후 낙오를 하고 나서도, 절치부심 단련을 하지 않았을까?

아니, 어쩌면 이 '꿈'에 떨어지고 나서 더 이를 악물었을지도 모르는 일이었다.

이곳은 그가 있던 고향이 아닐지니. 오갈 곳이 없어진 채로, 정처 없는 유랑민이 되어 버린 그가 할 수 있는 건 달리 아무것도 없을 테니까.

녀석들의 목적이 무엇인지는 알 수 없어도.

그것을 이루기 위해 아마 끝도 없는 투쟁을 거듭했을 것이다.

하지만.

그렇다고 해서 연우는 수상쩍게 속내를 감추고만 있는 녀석들에게 호락호락하게 당해 줄 생각 따윈 추호도 없었다.

자신 역시 투쟁의 역사에 있어서는 절대 밀리지 않노라 자부할 수 있었으니까.

[7차 용체 각성]
[권능 전면 개방]

[하늘 날개]

왼쪽 날개에는 투쟁을 담고.

오른쪽 날개에는 죽음을 열면서.

하늘 날개와 함께 용인으로 변모를 마치면서 스퀴테를 빠르게 휘몰아쳤다.

'화력이 비슷하다면 그걸 더 높게 끌어 올리면 되잖습니까.'

위이이잉!

연우는 그 자리에서 검뢰를 더 세게 끌어 올렸다. 칼날이 허공을 휘저을 때마다 막대한 마찰열이 더해지면서 위력이 배로 증폭되었다.

콰르르릉—

[검뢰팔극]

그리고.
콰콰콰콰!

[팔극검 신로(新路)]
[극의순행(極意順行)]

스퀴테의 방향은 변화무쌍했다. 좌측으로 돌아간다 싶으면 어느새 오른쪽으로 겹쳐지고, 원호를 그린다 싶으면 대각선으로 방향을 기괴하게 꺾어 올랐다.

그 안에는 회전의 묘리가 가득 담겨 있었으니.

거기서 일어나는 검뢰는 회전력이 더해지면서 거대한 화염 폭풍을 일으키기도 했다. 대기가 몇 번이나 찢겨 나가면서 토르도 계속 뒤로 튕겨 나야만 했다.

그것은 언젠가 연우가 무왕에게서 보았던 것과 비슷하되, 달랐다.

─너에게 있어 무(武)는 무엇이냐?

─나는 무극(無極)이다. 끝이 없단 뜻이지. 왜냐고? 보면 모르겠냐. 그만큼 강하니까 그렇지. 그리고 끝도 없이 강해질 테니 무극인 거다. 마찬가지로 대장로는 혈뢰(血雷)야. 얼굴 봐라, 봐. 피 좋아하게 생겼잖아. 벼락처럼 빠르기도 빠르고.

─아, 거참! 귀는 더럽게 밝아서는……! 알았으니까 잔소리 그만하고. 하여간. 네놈도 언젠가…… 한백 년? 천 년쯤 지나면 이 존경스러운 스승님과 비슷한 눈높이를 볼 수 있을 거란 말이지. 그때 알게 될거다. 무(武)라는 것은 길이라고. 어느 정도 위치까지는 다 고만고만한데, 그 뒤부터는 전혀 다르거든.

─오로지 너만이 밟아야 하고, 너만이 개척해야한다. 끝은 없기에 오로지 보이지 않는 길을 하나하나씩 묵묵히 두들겨야 하는데…… 그게 참 지랄맞단말이지.

팔극검은 총 여덟 개의 초식으로 이뤄져 있으며, 그것들을 각각 대성했을 경우 숨겨진 여덟 개의 비기들이 나타난다. 그리고 다시 이것들을 완성하게 되면 하나로 합쳐져 오의가 열리게 되니.

 연우에게 있어 그 길이란, 음검이었다.

 그리고 검뢰였다.

 하지만 검뢰는 그가 그동안 잡다하게 익힌 수많은 기술들을 하나로 엮은 것. 거기에 미후왕의 허물이 손을 대면서 변화한 것이기도 했다.

 쉽게 말해, 자신의 것이되 아직 완전히 자신의 것이라 할 수 없었던 것이다.

 그래서 연우는 수도 없이 반복되는 여러 '꿈' 속에서 검뢰팔극을 부단히도 펼쳐 댔다.

 까마득한 세월 동안 쉬지 않고 계속 싸움만 벌이고 있으니, 정신이 금방이라도 무너질 것 같았던 나머지 뭐라도 집중하기 위해서 갈고 닦았던 것도 있었지만.

 무왕이 마지막으로 눈을 감기 전에 보였던 것도 있었기 때문이었다.

 ─잘 봤냐?

그때 보았던 걸 똑같이 따라 하고 싶었다.

아니, 그것을 더 능가하고 싶었다.

그래서 '꿈'에서 몇 번이고 반복했고, 검뢰를 계속 가다듬었다. 그러다 점차 검뢰는 음검과 뒤섞이고, 음검은 팔극검과 다시 합쳐졌다. '팔극검 신로'는 그렇게 해서 탄생한 것이었다.

채채채챙!

물론, 거기서 그칠 연우가 아니었다. 팔극검 신로는 다시 새로운 목적지를 향해 달려 나갔으니. 여태껏 체질적으로 합칠 수 없었던 양도 수용하고자 했던 것이다.

물론, 그리 쉬운 작업은 아니었다. 애당초 그게 가능했다면 무왕은 일찍이 태극혜 반고검을 손에 쥐었을 테니까.

하지만 연우에게는 무왕에게 없던 것이 있었다.

'꿈'.

지금 그가 있는 우주와는 전혀 다른 가능성과 선택지들이 담겨 있던 곳들. 거기서 얻은 새로운 지식들과 식견들은 또다시 새로운 길을 제시해 주었고, 연우는 그것들을 미친듯이 탐독해 나갔다. 적용해 보는 건 그리 어렵지 않았다. 주변 곳곳에 싸울 것들 천지였으니.

그렇기에.

연우는 드디어 완성할 수 있었다.

[태극혜 반고검]

이전에는 인위적으로 크로노스에게 강제로 양도를 할당
해야만 완성할 수 있었던 것을, 드디어 그의 손으로 완벽하
게 빚어냈던 것이다.

촤촤촤촤!

하나하나가 법칙을 가르고, 부수고, 재단하는 칼질. 소호
금천이 자신의 후손, 외뿔부족에게 남겼지만 애당초 그도
제대로 완성하지 못했던 무공이 드디어 제대로 빛을 보였
다.

그러나 그건 소호 금천이 남긴 태극혜 반고검과는 또 형
태가 많이 달랐다. 팔극검 신로에서 펼쳐진 것이다 보니,
전혀 다른 이질적인 모습을 띠었던 것이다. 위력도 초식도
전혀 달랐다.

하지만.

따다다당!

토르도 만만치 않았다. 그는 자신이 있던 세계에서 군신
(軍神)으로 유명했던 바. 전쟁을 승리로 이끄는 것과 마찬
가지로, 일신의 무위도 손에 꼽힐 정도로 높았다.

몰니르를 다루는 솜씨는 가히 일품이라 할 만했다. 분명

증폭되는 검뢰를 완전히 쳐 낼 힘은 부족했지만, 부족분은 전부 그만의 역량으로 채우고 있었다.

올려 치고, 비껴 치고, 후려친다. 스퀴테가 허리춤을 갈라 온다 싶으면 옆으로 밀쳐 내고, 거기서 와류를 그리며 위로 쳐올리면 뇌기를 터뜨려서 방향을 도중에 꺾어 버렸다.

그러다 빈틈이 보인 순간, 그쪽으로 묠니르를 거세게 밀어 넣었다.

콰아앙!

묠니르는 단번에 연우의 우측 어깨에 작렬했다. 눈이 멀 것처럼 샛노란 뇌전 기둥이 그대로 내리꽂히면서 오른쪽 팔이, 아니, 우측 몸뚱이가 통째로 터졌다.

['만능 복원'이 활발하게 진행 중입니다!]

하지만 그런 걸 전혀 아랑곳할 연우가 아니었다. 머리를 포함한 신체가 날아가는 것쯤이야 이미 마성과의 싸움에서 숱하게 겪어 봤던 게 아니던가.

그의 데이터는 이데아에 백업이 되어 있는 상태. 본체만 무사하다면 폴리모프야 얼마든지 다시 유지하는 게 가능했다.

아니, 오히려 몸이 부서진 지금과 같은 때가 기회일 수도 있었다. 상대는 자신이 크게 다쳤을 거라고 생각할 테니까. 방심하는 순간을 노리는 게 유효타로 제격이었다.

팟!

그래서 축지를 활용해 재빨리 토르의 뒤쪽을 점했고.

녀석이 흠칫 놀라면서 뒤를 돌아보기 직전에 스퀴테를 그대로 얼굴 쪽으로 찔러 넣었다.

퍽!

스퀴테의 칼끝이 토르의 미간을 그대로 꿰뚫고 지나갔다. 검신에서 삐져나온 검고 붉은 뇌기가 남은 녀석의 전신을 송두리째 태웠다.

퍼어어엉!

토르의 신체가 풍선처럼 터졌다. 열 폭풍이 팽창하면서 벼락이 잇달아 쏟아졌다. 검은 재도 자욱하게 흩날렸다.

누가 봐도 죽었을 거라고 생각할 수밖에 없는 모습이었지만.

『위!』

연우는 크로노스의 다급한 외침에 고개를 위로 들었다.

『저와 겨뤘던 어떤 칠흑왕의 자아도 이렇게까지 저를 밀어붙이지는 못하였었는데…… 대단하십니다.』

그곳에서부터 거대한 덩치를 자랑하는 '짐승'이 떨어지

고 있었다.

도저히 측정할 수 없을 정도로 어마어마한 크기. 타계의 신들과 비교해도 되지 않을까 싶은 덩치였다. 포악성이 여기까지 느껴졌다.

그것은 마치 거대한 코끼리로 보이기도, 소처럼 보이기도 하는 거대한 꼬리도 지니고 있는 흉측한 몰골을 하고 있었으니.

베헤모스. 종말과 함께 찾아온다는 세 마리의 짐승 중 한 마리가 모습을 비친 것이다.

연우는 천안통을 열고 있었기에 그것이 토르의 본체라는 사실을 깨달을 수 있었다.

『종말을 막는다는 대적자가 종말의 짐승의 형태를 떠? 저게 말이나 되는 짓이야?』

크로노스는 기가 찬다는 듯이 중얼거렸지만.

『이런 흉측한 몰골을 하고 있는 건, 저로서도 인과율을 너무 많이 소모해야 하기 때문에 도저히 하고 싶지 않은 짓이지만…… 어쩔 수 없겠지요.』

토르는 이쪽으로 떨어지면서 아가리라 생각되는 부분을 크게 젖혔다. 공허처럼 시커먼 무저갱이 활짝 열리더니, 거기서부터 거친 숨결이 쏟아졌다.

화르르륵!

샛노란 숨결은 닿는 모든 것을 녹여 버렸다.

그나마 겨우 형체를 유지하고 있던 심상 세계까지.

와장창창, 와르르르—

　　[인스턴스 던전, '칠흑과 황금의 뇌방'이 충격을

　버티지 못하고 붕괴되었습니다!]

　　[현실에 강림합니다.]

『없어…… 졌나? 그래서는 곤란한데.』

　우주 한복판. 토르는 수많은 별들을 녹여 버린 뒤에야 숨
결을 멈추면서 눈을 가늘게 좁혔다. 기감을 확대해 연우의
기척을 찾아보았지만, 전혀 느낄 수가 없었다.

　그는 뒤늦게 아차 싶었다. 여태껏 보았던 연우의 힘을 생
각했을 때 승부가 도저히 쉽게 나지 않을 것 같아서 전력을
다한 것이었는데…… 이렇게 죽어 버릴 줄이야.

　물론, 칠흑왕의 자아이니만큼 소멸은 하지 않겠지만, 아
마 자아를 원상태로 복구하려면 상당한 시간을 필요로 할
게 분명했다. 그게 아니면 백치가 되어 버렸거나.

　퀴리날레의 유산을 회수해야 하는 그로서는 난감한 상황
이라, 다른 동료들에게 뭐라고 변명을 하나 싶던 그때.

『가뜩이나 인과율도 부족한데, 귀찮게 만들어?』

갑자기 뒤편으로 짜증 섞인 목소리가 들렸다.

토르는 한순간 등골을 타고 소름이 돋아 그쪽으로 고개를 돌렸지만.

이미 그보다 먼저 목소리의 주인이 토르의 목덜미를 거세게 물어뜯고 있었다. 웬만한 은하보다도 더 큰 자신보다도 최소 몇십 배는 더 클 것 같은 용…… 아니, 새로운 짐승이었다.

언젠가 토르가 조직의 수장으로부터 들었던…… 여러 종말들 중에서도 마지막 종말에나 찾아온다는 짐승이 그곳에 있었다.

'묵시룡(黙示龍)!'

콰직!

콰드드득―

가죽이 뜯기고, 목뼈가 돌아갔다. 영혼이 짜부라졌다. 신화가 타들어 가는 고통에 토르는 괴로움에 찬 비명을 질렀다.

『크아아아악!』

＊　　＊　　＊

—오효효효. '짐승'이 무엇인지 물었나요?

언제였던가?

지금은 잘 기억나지 않는 어느 날.

토르가 무너진 '꿈'에서 겨우 살아남아 공허를 한참 떠돌다, 동료들에 합류한 지 얼마 되지 않았을 무렵. 그는 수장에게 물어본 적이 있었다.

대체 공허 속에서 자신에게 빚어진 이 현상은 무엇이냐고.

당신이 누누이 말하는 종말의 짐승이란 게 무엇이냐고 말이다.

이에 수장은 언제나 그렇듯이 기괴한 웃음소리를 내면서 이렇게 말했다.

— '틀어진' 것입니다.

—틀어진…… 것?

도저히 이해할 수 없는 말.

하지만 수장은 고개를 크게 끄덕이면서 그렇노라고 말했다.

―예. 올바른 길을 가고자 했으나, 결국 상황이, 환경이, 과정이, 도저히 올바르게 따라주질 않아 아쉽게도 비뚠 길을 걸어야만 했던 것들이요.

―……?

―당신이, 옆에 계신 오케아노스를 보면 감이 잡히지 않으시나요?

―……!

―올바르게 신화를 쌓고 쌓아 '황'이 되고자 했고, 그것으로 '꿈'으로부터 탈피해 칠흑왕과 완전히 갈라서고 싶었지만…… '꿈'이 무너지면서 그러지 못하고 결국 낙오자가 된 당신들을 말하는 것이랍니다.

―…….

―원래대로라면 무너진 '꿈'과 함께 없던 것으로 화했어야 하지만, 쌓은 업이 워낙에 두텁기에 독립성은 일단 얻은 상태라 사라지진 않고, 승화(昇華) 대신에 변이(變異)를 이루고 만 것. 그것이 바로 짐승이지요.

흔히들 신과 악마가 되고 나면 모든 것을 거머쥐었다고

생각한다.

맞는 말일지 모른다.

필멸자가 봤을 때, 흔히 신과 악마로 통칭되는 초월자들은 전지(全知)와 전능(全能)에 가까운 힘을 지녔을 테니까.

하지만 정작 초월을 이룬 이들은 곧 참담한 현실에 마주하고 만다.

그것이 절대 끝이 아니기 때문이었다.

오히려 그때부터가 시작이었다.

초월자들은 수도 없이 경쟁을 치러야만 한다. 격을 올리기 위해서는 자신만의 신화를 완성해야 하고, 그러기 위해서는 눈에 띌 만한 업적을 계속 쌓아야 하기 때문이었다. 그러지 않으면 다른 초월자의 신화에 잡아먹혀 사라지고 말았으니까.

그리고 어느 정도 신화를 완성한 존재들은 언제부턴가 천마와 칠흑왕이라는 아득한 존재에 대해 자각하기 시작한다. 그들이 굴리는 '굴레'에 대해서도.

이때부터는 단순히 격을 쌓는 정도가 아니라, 생존 경쟁이 되고 만다.

굴레에서 완전히 탈출하기 위해 아등바등해야만 하니까.
고유성과 독립성을 쟁취하고 '꿈'에서 탈출할 수 있는 방법은 '황'이 되는 수밖에 없었다.

하지만 대부분의 존재들이 '황'이라는 경지가 주는 벽에 가로막혀 좌절을 겪어야만 했으니.

개중에 운이 좋은 몇몇만이 무너지는 '꿈' 속에서도 간신히 정체성만 유지한 채 공허를 떠돌아다닐 수 있었다.

그리고 그 과정에서 '황'으로 이어졌어야 할 승화가 이뤄지지 않고, 변이가 일어나 전혀 이질적인 형태가 되고 말았다. 타계(他界. 밤)로부터 알게 모르게 영향을 받기 때문이었다.

베헤모스가 되어 버린 토르가 그러했고, 레비아탄이 된 오케아노스가 그러했다.

더 이상 '낮'에 속하지도 '밤'에 들지도 못한 떠돌이들.

수장은 바로 그것을 두고 '짐승'이라 일컬은 것이다.

—대표적으로 우마왕을 꼽을 수 있지요. 아주 까마득한 옛날에 그런 모습이 되고 회한의 나날을 보냈으나, 언제부턴가 자신만의 세상을 일구고서 깊은 침묵에 잠긴 존재. 최초의 짐승…….

—……우마왕의 존재는 이 '꿈'에서도 마찬가지인가 보오.

—그분은 어느 '꿈'에서나 똑같이 존재하는 분이니까요. 짐승이면서 황이기도 하고…….

짐승이면서 황이라고?
그것이 가능한가 묻고 싶었지만, 수장은 굳이 거기에 대해 더 깊게 설명하지 않았다.

—최초의 짐승이라면, 최후의 짐승도 있는 거요?
—있지요.
—무엇이오?
—오효효. 오늘 이거 제가 너무 많은 걸 털어놓는군요. 이러다 밑천이 다 털릴 것 같은데……. 글쎄요. 그걸 두고 대체 뭐라고 해야 할는지. 끔찍한 혼종이니, 복합체니 하는 여러 표현들이 있습니다만, 저는 그걸 이리 부른답니다.
—……?
—묵시룡.
—묵시룡? 들어 본 적이 없는데.
—그렇겠지요. 계시록의 마지막 장에나 서술되는 존재인 것을요.

―계시록의……?

계시록은 토르도 익히 들은 적이 있지만, 여태 단 한 번도 정확한 존재를 확인하지 못했던 미지의 서책.

이 우주의 시원과 태초의 비밀이 담겨 있고, 마지막 종말까지 서술되어 있다는 예언서나 마찬가지였다.

거기에 수록된 존재라니.

토르는 언젠가 나타날 거란 최후의 짐승이 어떤 존재인지 도저히 감이 잡히질 않았다.

―여하튼. 토르 님도, 이 자리에 계신 다른 분들도 모두 같은 짐승이니…… 같은 버려진 짐승들끼리 어떻게든 피안을 찾아 떠나야 하지 않을까 싶습니다만?

―그럼…… 당신은 어떻소?

―무슨 말씀이신지.

―우리를 공허의 늪에서 구제해 준 당신도, 같은 짐승인지 묻는 거요.

―오효효효. 글쎄요?

―그럼 그대는 짐승이 아니라는 거요?

그 질문에.

수장은 언제나 그렇듯이, 알 듯 모를 듯한 미소를 지으면서 대답했다.

—아니라고도 한 적은 없습니다만?

*　　　*　　　*

『그렇군. 역시 짐작한 대로 너희들은 이블케의 수족들이었나?』

파아아—

산산이 부서지는 영혼의 조각들 틈 사이로.

최후의 짐승이 거대한 금색 눈을 번들거리면서 냉소를 터뜨리고 있었다.

'내, 내가 읽히고 있다……!'

토르는 상대가 자신의 신화를 송두리째 읽고 있다는 것을 깨닫고 등골이 서늘해지는 기분을 맛봐야만 했다.

'말도…… 안 돼……!'

그의 상식으로는 도저히 이해할 수가 없었다.

까마득한 세월 동안 겹겹이 쌓아 올렸던 것들이 이토록

쉽게 통째로 으스러지고 있다는 사실도 믿기 어려웠지만.

그것을 바탕으로 정보를 빠르게 습득해 내는 건 더더욱 납득이 가질 않았기 때문이었다.

그만큼 그는 스스로에 대한 자부심이 대단했다.

비록 칠흑왕의 자아—집행자(執行者)를 막아 내진 못했어도 '꿈'에서 독립해 이만큼 성장하면서, 연우가 잠에서 깨어난다고 해도 그를 충분히 해치울 수 있을 거란 자신도 있었다.

하지만 그건 터무니없는 오만에 불과했다.

이미 상대는 자신의 본질마저 전부 꿰뚫어 보고 있음이니.

이것을 대체 어떻게 떨쳐 내야만 하는 건지.

토르로서는 도저히 길이 보이질 않았다.

도주를 하려 해도 일단 이 물린 것부터 어떻게 해야 하지 않겠는가!

『일단 네놈부터 먹어 치우고 나면 보다 정확하게 알 수 있겠지. 네놈들이 뭘 바라는지, 무슨 꿍꿍이를 지니고 있는지 말이야.』

그 순간.

토르는 등골이 오싹해지는 기분을 맛봐야만 했다.

　　['하데스의 식령검'이 활발하게 작동합니다!]

　　[사라진 '꿈113,223,188,489'의 대적자가 격렬하게 저항합니다! 해당 대상의 신화가 적정치 수준을 훨씬 초과하였습니다.]

　　[현자의 돌(오만·식탐·색욕)이 '오만'의 성질을 드러내며 강제로 저항을 분쇄하고자 합니다! 적정 범위를 강제로 확장합니다!]

　　['오만'이 기승을 부립니다!]

　　['오만'이 기승을 부립니다!]

　　……

　　[현자의 돌(오만·식탐·색욕)이 '식탐'의 성질을 드러내며 포악하게 활동합니다!]

　　[현자의 돌(오만·식탐·색욕)이 '색욕'의 성질을 드러내며 해당 대상의 저항심을 무력화시키고자 합니다!]

꾸우우우!

토르의 목덜미가 절반 이상 물어 뜯겼다. 구슬픈 비명 소리가 우주 전체로 퍼져 나가면서 근방에 있던 은하가 통째로 흔들렸지만, 연우는 그런 걸 전혀 신경 쓰지도 않는 투였다.

본체 현신은 그로서도 상당한 부담이 작용할 수밖에 없는바. 막대하게 소모된 인과율을 보충하기 위해서라도 무조건 토르를 이 자리에서 집어삼킬 생각이었다.

검은 그림자가 빠른 속도로 토르의 몸뚱이 위를 잠식해 나갔다. 까맣게 변한 녀석의 신체 위로 균열이 퍼지면서 금방이라도 바스러질 것처럼 위태롭게 흔들렸다.

그러던 그때.

『왔군.』

콰르르릉!
무언가를 감지한 연우의 금색 동공이 위쪽으로 향했다.

[사라진 '꿈9,191,563,025,412'의 대적자가 출현했습니다!]
[이번 '꿈'에 절대 나타날 수 없는 존재입니다. 업데이트된 사항을 반영하여 해당 대상에 대한 정보를 갱신합니다.]

새로운 벼락이 떨어지면서 베헤모스와 똑같은 덩치를 자랑하는 새로운 짐승이 떨어졌다.

지즈.

베헤모스와 마찬가지로 종말에 나타난다는 세 짐승 중 하나. 거대한 날개를 갖춘 괴조(怪鳥)의 형상이었다. 단, 풍기는 위격은 토르보다도 훨씬 더 컸다.

콰아앙!

지즈는 토르를 도와주려는 건지 연우의 목덜미 쪽으로 매섭게 달려들었다. 거대한 부리가 단숨에 두꺼운 비늘을 뚫을 듯했다. 누가 봐도 무시무시한 광경이었지만.

『하!』

연우는 별 아랑곳하지 않는다는 듯, 가볍게 콧방귀를 뀌고는 일단 물고 있던 목덜미를 송두리째 뜯으면서 머리를 뒤로 젖혔다.

아가리가 젖혀졌다. 공허가 수북하게 담긴 식도가 훤히 드러나면서 검붉은 숨결이 토해졌다. 역시나 종말에나 나타난다는 겁화(劫火)가 가득 담긴 숨결.

지즈는 황급히 날갯짓을 하면서 높이 떠올랐다. 아슬아슬하게 숨결이 그의 발아래로 스쳐 지나갔다.

그 순간, 지즈는 속으로 적잖게 당황하면서도, 안도에 찬 한숨을 내쉬고 있었다. 일단 토르를 죽음의 위기에서 구해 낸 셈이었으니까. 그리고 자신의 속도라면, 아무리 묵시룡 이라고 해도 절대 쫓아오지 못할 것이란 계산도 있었다.

하지만 그것이 착각이라는 것을 깨닫는 데는 그리 오랜 시간이 필요하지 않았다.

연우가 이쪽을 주시한다 싶더니 크게 날갯짓을 하면서 단숨에 이쪽까지 쫓아왔던 것이다. 도망쳐 보려 했지만, 상 승하는 겁풍(劫風)을 타고 따라붙는 연우는 그가 어떻게 판 단할 수 있는 수준이 절대 아니었다.

결국 지즈의 날개 한쪽이 연우의 아가리에 물려 뜯겼고, 고통에 찬 괴성이 우주를 뒤흔들어 놓았다. 그는 놓으라면 서 뾰족한 부리로 연우의 안면을 연거푸 찔러 댔다.

그때, 크게 부상을 입고도 어떻게든 연우를 떨쳐 내야 한다는 생각을 한 토르가 연우의 뒷다리 쪽으로 달라붙었 다.

묵시룡과 두 짐승이 한데 뒤엉키면서 광란을 부렸다. 떠밀려 난 암흑물질이 행성들과 뒤엉키면서 자전 궤도가 흐트러지고, 항성들이 잇달아 폭발하면서 빛무리가 번졌 다.

[사라진 '꿈127,394,564,081'의 대적자가……!]

[사라진 꿈의……!]

[시스템 오류.]

[시스템 오류.]

……

[업데이트된 사항의 반영이 자꾸 늦춰지고 있습니다.]

[현재 출현한 대상들에 대한 인식이 제대로 이뤄지질 않아 세계의 법칙이 흐트러지고 있습니다.]

[경고! 법칙의 붕괴 위험도가 커지고 있습니다. 인지되지 않은 대상들을 서둘러 제거하십시오!]

[경고! 세계에 가중되는 영압(靈壓)이 허용치를 훨씬 초과하고 있습니다. 엔트로피 붕괴가 발생할 우려가 있습니다. 변수를 빨리 제거하십시오!]

[경고! 해당 대상을…….]

……

[종말이 일부 벌어집니다!]

[종말이 일부 벌어집니다!]

지즈 말고도 여러 짐승들 두세 마리가 잇달아 출현하면서 연우에게 다닥다닥 붙었다.

그만큼 우주도 금방 깨질 것처럼 위태롭게 흔들렸다.

크오오오!

연우의 포효도 우주 전역으로 퍼지던 그때.

[정보를 읽어 들일 수 없는 존재가 출현합니다!]

여태껏 출현하던 짐승들과는 비교도 할 수 없는 영압이 위쪽에서부터 떨어졌다.

목표는 연우의 정수리 위였다.

콰아아앙!

은하를 통째로 지울 만큼의 폭발이 일어났다. 막대한 충격과 함께 블랙홀이 생성되면서 모든 먼지들을 송두리째 빨아들였다. 폭발을 미처 피하지 못해 부서진 짐승의 조각들이 그 속에 섞여 있을 정도였다.

그리고 그 위로, 다시 인간의 형태로 폴리모프를 마친 연우가 누군가와 힘겨루기를 하고 있었다.

"오효효효! 딱히 이런 식으로 만나고 싶지는 않았는데 말이지요."

이블케가 송곳니가 훤히 드러나라 웃었다.

연우도 그를 보며 똑같이 웃었다.

다른 점이 있다면, 이블케는 진심으로 반가움에서 비롯

된 웃음인 데 반해 연우는 냉소에 가깝다는 점이었지만.

"나는 만나고 싶었다만."

"그런가요? 이런! 제가 차연우 님께 그렇게 가까운 존재인 줄 알았더라면 진즉에 자주 찾아서 인사를 드릴 걸 그랬나요? 그런데 이를 어쩌지요? 오늘은 저와 제 사람들이 달리 할 일이 있어서 여기까지만 하고, 나중에 따로 인사를 드려야 할 것 같아서 말이지요."

"굳이 그럴 필요 있을까?"

연우의 냉소가 짙어졌다.

"앞으로 계속 내 그림자 속에 처박혀서 보게 될 텐데."

[권능, '그림자 영역'이 확장을 시도합니다!]

[권능, '연옥로'의 불길이 거세게 타오릅니다! 겁풍이 뒤섞인 겁화가 맹렬하게 불탑니다!]

「꺄호—! 제가 얼마나 보고 싶었다구용, 이블켕!」

라플라스의 의지에 따라 불길을 머금은 그림자가 뱅글뱅글 맴돌며 이블케를 잡아 가는 한편.

스퀴테는 다시 태극혜 반고검에 따라 맹렬하게 움직이고 있었다. 이블케를 난도질하기 위해서였다.

쾅릉, 쾅릉, 쾅르르르—

콰콰콰콰!

토르를 비롯한 짐승들 따위는 여럿 찢어발길 정도로 강한 화력이었고, 막대한 인과율이 담긴 공격이었지만.

이블케는 마치 산보라도 나온 것처럼 여유롭게 한쪽 팔만 움직이면서 그런 공격들을 죄다 튕겨 내는 것으로도 모자라, 폭발로 상처를 입은 다른 짐승들을 거둬들이기까지 하고 있었다.

이미 무술 실력만 따져도 무왕과 가까운 반열에 오른 연우를 상대하는데도 불구하고, 크게 밀리는 기색이 없었다.

오히려 여유로운 모습까지 뒤섞여 있었으니.

쿠릉, 쿠르르르—

그렇게 한참을 접전을 벌이다, 연우는 이블케로부터 멀찍이 떨어지면서 인상을 팍 찡그렸다.

"너…… 대체 어떻게 제천류를 쓰는 거지?"

제천류.

제천대성 미후왕이 탄생시키고, 천마의 손에 완성되었다던 기예. 연우도 미후왕의 허물로부터 익힌 적이 있었기에 절대 못 알아볼 수가 없었다.

문제는 이블케가 그것을 완벽하게 소화하고 있다는 점이었다. 마치 자신의 시그니처 스킬이라도 되는 것처럼!

"이런! 제가 말씀드린 적이 없었던가요?"

이블케가 어깨를 으쓱거리면서 히죽 웃었다.

"저 역시 원래 천마의 얼굴들 중에 하나였단 것을요?"

"......!"

『......뭐라고?』

연우가 처음으로 강한 충격을 받은 것처럼.

크로노스도 믿기지 않는다는 투로 중얼거렸다.

심지어 멀찍이 떨어진 다른 짐승들도 처음 듣는 말이었는지, 그들로부터 혼란 가득한 사념이 잔뜩 풍겨 왔다.

천마의 얼굴이라니!

사실 연우가 그동안 만난 천마의 얼굴이라고 해 봤자, 미후왕의 허물이 전부였다.

하지만 그것만으로도 그는 미후왕이 얼마나 강한 존재인지를 짐작하기 힘들어했다.

단순한 사념체만 해도 당시에 깊이를 짐작하기 힘들 정도였는데, 본체라면 오죽할까 싶었던 것이다.

물론, 천마의 얼굴이라고 해서 전부 다 뛰어난 건 아닐 것이다.

려라는 미지의 존재에서부터 지금에 이르기까지, 그의 여러 전생(前生)들을 뭉뚱그려 '얼굴'이라고 표현할 뿐이니, 개중에는 농부나 어부처럼 평범한 삶도 있었을 테고.

하지만 그렇다고 해도 영혼의 격이나 잠재력까지 사라진 것은 아니다.

평범한 삶을 살았다고 해도, 뛰어난 재능을 타고나 어떻게든 두각을 드러냈을 게 분명했다.

그런 면에서 따지자면.

이블케가 천마의 얼굴이라는 것도 전혀 이상하지만은 않았다.

「오홍홍! 만약에 그렇다면 그동안 이블케에게 가졌던 수수께끼들도 꽤 많이 풀리는데용? 탑의 최초 관리자였던 것도 그렇고, 비정상적으로 강한 것도 그렇고…… '황' 급의 낙오자들을 저렇게 줍줍 할 수 있었던 것도 그렇고 말이죵!」

라플라스는 이블케를 구속하려다 튕겨 나면서 크게 웃음을 터뜨렸다.

「그런데 참 이상하단 말이죵? 천마의 얼굴이라는 건 이해하겠는데, 어떻게 지금은 저렇게 멋대로 하고 다닐 수 있는 거죵?」

알려지기로, 천마의 얼굴들은 대개 자유분방한 성격을 자랑한다고 알려져 있다.

연우가 보았던 천마나 미후왕의 허물만 봐도 그렇지 않던가. 그들 모두 어딘가에 얽매일 만한 위인들이 아니었다.

하지만 반대로 그렇기에 그들은 자유분방함 속에서도, 자신만의 길을 가지고 있으며, 그만한 의무를 지니고 있었다. 그리고 그런 의무를 완수하고자 하는 병적인 집착까지 있을 정도였다.

그것은 운명 혹은 숙명(宿命)이라고도 할 수 있는 것이었으니.

최초의 불꽃지기였던 려에서부터 내려온 일종의 굴레였다. 천마의 영혼을 타고난 존재라면, 절대 이를 피할 수가 없었다.

그런데 이블케는 전혀 그런 것이 없어 보였으니.

만약 그가 정말 천마의 얼굴이라면, 이렇게 천마의 뜻과 반대되는 행동을 할 수는 없을 것이다.

하지만.

"물론, 출신이라는 거지, 지금도 그렇다는 건 아닙니다? 저는 저고 천마는 천마일 뿐이지요. 그 차이는 아주 크니 착각하지 않아 주셨으면 합니다만, 오효효!"

이블케의 입술 사이로 보이는 송곳니가 유달리 짙었다.

저 말은 더 이상 천마의 영혼을 공유하고 있지 않다는 걸까?

아니면 미후왕의 허물처럼 원래 '이블케'라는 존재가 있었고, 그가 남긴 사념체라는 뜻일까?

도저히 이해할 수 없는 말이었지만.

콰르르릉!

이블케는 제천류 오행공 중 뇌벽세를 크게 터뜨렸다. 엄청난 폭발과 함께 수많은 빛줄기가 감옥처럼 촘촘하게 좁혀 오자, 연우는 재빨리 스퀴테를 허공에다 크게 흔들어야만 했다.

따다다당!

콰릉, 콰릉, 콰르르—

수도 없이 빚어지는 충격파 속에서 인지 영역이 복잡하게 어지러워지는 것을 느낄 수 있었다.

"하여간 인사는 이만하고, 다음에 뵙겠습니다. 여러분들, 이제 집으로 돌아갈 시간이랍니다."

"누구 맘대로!"

연우는 이블케 뒤편으로 검은 그림자가 아른거리는 것을 감지할 수 있었다. 다친 짐승들에게로 그림자가 촉수를 뻗고 있었다.

저건 다른 '꿈'의 조각이었다. 원래 있던 곳으로 되돌아가 몸을 숨기려는 것이다.

물론, 그것을 놓칠 연우가 아니었지만.

"오효효효! 당연히 제 맘대로지요."

이블케가 가볍게 박수를 쳤다.

그 순간.

삐이이이—

연우는 녀석에게로 축지를 펼치려다 말고, 한순간 시야가 뱅그르르 돌아가는 것을 느껴야 했다.

[사라진 꿈의 편린이 증식을 시도합니다!]

[침식이 이뤄집니다!]

['꿈'이 내려옵니다!]

……

[경고! 세계 인지가 흐트러지고 있습니다! 저장된 데이터들이 혼선을 겪습니다. 백업된 클라우드와의 연결이 불안정해집니다.]

[원인을 찾아 제거하세요! 지금과 같은 상황이 길게 이어질 시, 세계를 유지하는 데 커다란 부담이 미칠 수 있습니다!]

[경고! 다른 '꿈'과의 혼용으로 인해 법칙이 흔들리고 있습니다! 이데아에 노이즈가 찾아왔습니다!]

……

[천안통이 흐트러집니다!]

[천이통이 불발됩니다!]

노이즈가 꼈다. 시야뿐만 아니라, 정신이 통째로 흔들렸다. 우주 곳곳으로 뿌려 뒀던 인지 영역이 이리저리 흩뜨려지면서 모든 정보들이 가공되지 않고 들쑥날쑥해지는 기분이었다.

나는 누군가. 여긴 어디인가.

연우는 한순간 자아까지 놓칠 정도였다. 분명히 지옥 같던 '꿈'에서 벗어났을 텐데도 불구하고, 다시 그 속에 갇힌 건가 하는 생각까지 들었다. 멀미라도 하는 것 같았다. 도저히 균형을 잡을 수가 없었다. 잠에서 덜 깬 것만 같았다.

비몽사몽(非夢似夢).

그렇게 표현하는 게 좋을 것 같았다.

[특성, '열광'으로 이성을 유지합니다!]

『연우야? 연우야!』

칠흑왕의 주된 자아가 된 이후, 처음으로 느낀 것이기에 연우로서도 당혹스러울 수밖에 없었다.

다행히 냉혈 특성이 진화하면서 만들어진 열광 특성을 이용해, 재빨리 의식을 되찾아 자아를 온전히 수습할 수 있었다.

정신을 잃을 뻔한 순간도 끽해야 단 0.1초도 안 되는 찰나에 불과했지만.

그것만으로도 이블케 등은 이미 자취를 완전히 감추고 남을 정도였다.

'방금 그건⋯⋯!'

연우는 많은 게 혼란스러웠다.

방금 전에 자신이 겪었던 건 분명히 칠흑왕의 세계, '꿈의 본질'에서 수시로 느꼈던 것과 비슷한 것이었으니까.

'천마의 얼굴이 어떻게 칠흑왕의 힘을 사용하는 거지?'

더군다나 더더욱 혼란스러운 건.

[칠흑왕이 어딘가에서 흔들리는 자신의 자아를 바라봅니다.]

계속 깊은 잠에 들어 있었어야 할 칠흑왕이 모종의 반응을 보인다는 점이었다.

주 자아에 가까워졌는데도 불구하고, 저게 대체 무엇을 의미하는지 도통 알 수가 없었다.

'역시 놈에게는 뭔가가 있어. 반드시 잡아야 해.'

연우는 이를 악물면서 축지를 다시 밟으려 했다.

『어딜 가려고!』

그러던 그때, 크로노스는 연우를 당장 붙잡았다. 이상하게 연우의 체온이 싸늘하게 떨어져 있었다. 비늘 사이로 식은땀이 흐르는 게 느껴졌다.

"쫓아야죠!"

『이런 몸으로 대체 어딜 가겠다고!』

"그러니 더 쫓아야 합니다, 아버지. 그놈들이 계속 활개를 치도록 내버려 두면 단단히 꼬일 게 분명합니다!"

『……네가 그렇게 말하니 가만히 있을 수도 없고, 젠장!』

크로노스는 위험하다는 생각을 하면서도, 연우의 '감'이라는 게 절대 무시할 수 없는 것임을 알기에 인상을 팍 찡그려야만 했다.

『놈이 어디에 있는지는 어떻게 알고? 사라진 꿈의 조각으로 기워 놓아서 읽을 수도 없지 않느냐!』

"녀석이 놓친 게 있습니다."

연우는 주먹을 활짝 펼쳤다.

끼아아ㅡ

고통에 찬 망령이 춤을 추고 있었다.

『아! 주선석!』

제우스의 사도, 김범승은 두 개의 주선석을 가지고 이블케에게로 되돌아갔다. 연우는 이블케가 꿈의 조각을 여는 동안, 정신이 어지러운 와중에도 그 좌표를 정확하게 감지

했던 것이다.

"예. 방금 전에 얼핏 감지할 수 있었습니다. 그쪽으로 가면 됩니다."

『정말이지…… 한시도 마음 편히 쉬는 날이 없구나.』

연우가 잠에서 깨어난 뒤로 아직 며칠 지나지 않았다는 것을 감안한다면, 크로노스로서는 계속 강행군을 거듭하는 아들이 걱정될 수밖에 없었다.

하지만 연우는 더 이상 지체할 생각이 없다는 듯, 그곳에 도착했다.

그런데.

['절교'의 본영, '금오도'에 입장하였습니다!]

『뭐? 절교?』

전혀 생각지도 못한 내용의 메시지.

연우는 재빨리 자신의 발아래 펼쳐진 대지를 바라보았다.

['절교'의 악마들이 허락받지 않은 침입자를 인식합니다!]

[궁기가 당신을 인식하고 당혹해합니다!]

[도올이 더 큰 전쟁을 벌이려는 것인지 당신의 저의를 의심합니다!]

[거라건타가 새로운 침입자의 출현에 등골을 바짝 세웁니다!]

……

[혼돈이 반갑게 당신을 바라봅니다!]

……

['절교'의 수장, 통천교주가 눈을 좁히면서 당신을 응시합니다!]

수많은 시선들이 이쪽으로 쏠리고 있었다.

*　　　*　　　*

[신의 사회, '데바'가 항복 의사를 밝혔습니다!]

[아그니가 쥐고 있던 무기를 바닥에 떨어뜨리며 오열에 잠깁니다.]

[바루나가 참담한 심정에 두 눈을 질끈 감습니다.]

[쿠베라가 더 싸울 수 있노라며 불같이 화를 냅니
다.]

……

[바유가 드디어 자신의 설득이 통했다며 안도에
찬 한숨을 내쉽니다.]

[정벌이 완료되었습니다!]

『우리를…… 이제 대체 어떻게 할 생각이냐?』

데바의 수장, 크리슈나는 무릎을 꿇은 채 흔들리는 눈으
로 자신의 앞에 서 있는 아레스를 바라봐야만 했다.

연우가 전면전을 개시한 직후.

아레스를 포함한 제1군단은 서전도 없이 곧장 데바를 들
이쳤다. 연우의 분노가 얼마나 큰지 잘 알기 때문에 지체하
지 않고 전면전을 치렀던 것이다.

물론, 그들을 정벌하는 건 그리 쉬운 일이 아니었다.

데바 역시 올림포스와 함께 천계 내에서 손꼽히는 세력
에 속했으니까.

그들이 보유하고 있는 신들의 숫자도 상당하며, 각각의
격도 절대 무시할 수 있는 게 아니었다.

하지만 문제는 그런 세력 구도가 연우가 집권을 하기 전

에나 통했다는 점이었다.

연우는 이미 '황' 급에 다다랐을 정도로 뛰어난 격을 지 녔고, 자연스레 그가 다스리는 올림포스의 전력도 덩달아 오를 수밖에 없었다.

무엇보다 연우로부터 직접 힘을 전달받는 사도들의 힘 은 기존 대세력의 주신들과도 견줄 수 있을 만큼 커졌으 니.

더구나 올림포스는 지난 십 년 동안 '밤'과의 최전선에 서 싸운 전력이 있었다.

그깟 십 년쯤이야 신들에게는 아주 짧은 순간에 불과할 지 모르나, 정작 올림포스 신들은 그 시간 동안 죽을 위기 를 숱하게 넘겨야만 했다. 그만큼 '밤'과의 싸움은 아주 치 열했던 것이다.

그러니 그동안 올림포스 신들은 뛰어난 신화를 쌓을 수 밖에 없었고, 이제는 개개인이 일당백이라 할 수 있는 수준 으로까지 전부 상향 조정되었으니.

탑에서 겨우 몸만 빠져나와 목숨을 부지할 수 있었던 데 바가 감당할 수 있는 수준이 아니었던 것이다.

결국 데바는 압도적인 전력 차 앞에서 끝내 무릎을 꿇을 수밖에 없었고.

정벌군의 군단장을 맡고 있던 아레스는 무조건적인 항복

이 아니면 절대 받아 주지 않겠다는 엄포를 놓으면서, 데바는 결국 굴욕적인 백기 투항을 해야만 했다.

그들에 대한 생살여탈권은 물론, 사회의 존폐 여부조차 전부 아레스 손에 들어간 것이다.

"글쎄. 거기까지 생각해 본 건 아니라서 말이지. 그냥 막내 삼촌께서 까라고 하시니, 조카된 입장에서 그냥 까는 수밖에 더 있었겠나?"

아레스는 피식피식 웃으며 말했다. 지금 이 순간이 재미있어 죽겠다는 얼굴이었다.

원래부터 타고난 호전광이었던 그이니, 탑에서만 해도 올림포스와 줄곧 비교가 되곤 하던 데바를 이렇게 꺾었다는 사실이 기뻤던 것이다.

크리슈나는 이를 악다물었다. 하고 싶은 말은 너무 많았지만, 패전한 입장에서는 무슨 말을 해도 비아냥밖에 돌아오지 않을 터였다.

"당신들을 본격적으로 재판하기 전에 묻고 싶은 게 있는데 말이지. 막내 삼촌이 이건 꼭 물어보라고 해서."

『뭐…… 냐?』

칠흑왕의 자아가 물으라고 했다고? 크리슈나는 무슨 질문이 나올까 싶어 눈을 크게 떴다.

순간, 아레스의 입술 끝이 크게 비틀렸다.

"브라함. 아니, 브라흐마가 과거에 이곳을 박차고 나간 이유가 뭐야?"

『그, 그건 자신의 발로······!』

전혀 생각지도 못한 질문이라, 크리슈나는 허를 찔린 듯 말을 더듬었다.

아레스는 그 모습에서 뭔가가 있다는 걸 눈치채고, 말허리를 크게 잘랐다.

"우리가 알고 있기로도 브라흐마가 제 발로 나온 거긴해. 하지만 우리 막내 삼촌의 추측으로는 분명히 이 안에서 무슨 일이 있었던 것 같다고 하시거든. 그런데 그걸 알 수가 없어서 말이지."

『그건······!』

"물론, 거짓말하다 걸리면 줄줄이 초상나는 거 알지?"

『······!』

크리슈나가 선불리 대답하지 못하고 머뭇거렸다.

그럴수록 아레스의 압박은 더욱 커졌다.

"그래서. 뭔데?"

『그······!』

크리슈나가 결국 아랫입술을 질끈 깨물면서 뭐라고 말하려던 그때.

[신의 사회, '멤피스'가 투항 의사를 밝혔습니다!]

[신의 사회, '아베스타'가 초토화되고 말았습니다!]

......

데바와 마찬가지로, 다른 사회들의 항복 메시지가 줄줄 떠오르는데.

유독 다른 한 줄의 메시지가 아레스의 눈에 크게 들어왔다.

"으음?"

[제8군단이 토벌에 실패하였습니다!]

[동맹군, '천교'가 크게 패배하였습니다!]

['절교'가 승리하였습니다!]

*　　　*　　　*

여러 메시지들 속에서. 연우는 의아한 점을 발견할 수 있었다.

통천교주?

'공석이…… 아니었나?'

오래전. 연우가 영귀로부터 려의 조각을 받아 창공 도서관을 찾았을 당시, 절교는 계시록의 정보를 얻기 위해 연우에게 통천교주 직을 제안하기도 했었다.

원래는 희발이라는 걸출한 여장부가 있어 수많은 요신(妖神)과 마왕(魔王)들을 한데 휘어잡았다지만, 알 수 없는 이유로 사라지고 그동안 공석으로 남아 있었다.

그런데 그 자리가 다시 찼을 줄이야!

자신이 없는 십 년 동안 새롭게 권력을 휘어잡은 자가 있었던 걸까?

하지만 그런 생각도 잠시.

연우는 다른 쪽으로 고개를 돌려야만 했다.

인지 영역에 걸려드는 건 절교의 악마들이 보내는 시선만이 아니었다.

금오도의 영역 바깥.

무언가가 있었다.

팟!

재빨리 그쪽으로 축지를 밟아 이동하니 황량하게 변한 들판이 드러났다.

원래는 산들바람이 살살 부는 낙원이었을 그곳은 여러

격전으로 쑥대밭이 되어 있었으니.

곳곳에 부러진 병장기들과 신력의 흔적들이 남아 있었고, 수많은 신들이 쓰러져 있는 것이 보였다.

　　['천교'의 이랑진군이 칠흑왕의 자아를 발견하고
안색이 어두워집니다.]
　　[나타태자가 칠흑왕의 자아가 강림한 것을 보고
땅이 꺼져라 한숨을 내쉽니다.]
　　[벽력자가 저자가 칠흑왕의 자아냐고 이랑진군에
게 묻습니다.]
　　[이랑진군이 그렇다고 고개를 끄덕입니다.]
　　……
　　['천교'의 모든 신들이 칠흑왕의 자아를 차마 제
대로 볼 생각을 하지 못합니다.]

천교.

한때, 올림포스와 동맹을 맺었고, 지금까지도 좋은 관계를 유지하고 있는 곳.

다른 사회들이 르'뤼에에 관심을 표시했을 때, 니플헤임과 더불어 유이하게 그쪽으로는 관여를 하지 않은 곳이기도 했다.

그리고 연우가 천계와 전쟁을 치르겠다고 마음을 먹자, 곧장 동맹 관계를 복구하고 정벌군에 합류해서 절교로 침입을 시작했었을 텐데.

설마 그들이 패배를 할 줄이야.

거기다 주변에 남은 흔적들을 보면 거의 완패라고 해도 될 수준이었다.

절교의 전력이 악마의 사회에서도 단연 우위라는 것은 알고 있었지만, 그래도 이 정도였던가?

게다가 천마가 지금의 자리에 앉기 전에 한창 다투었던 곳이 천교였을 정도로, 그들의 전력도 올림포스를 제외하면 거의 최고로 꼽힐 만할 텐데…….

분명 전쟁을 개시할 때까지만 해도, 절교가 계속 협상을 원한다는 둥 약한 소리를 해 대기에 이쪽이 유리한 줄 알았건만.

아무래도 일종의 함정이었던 모양이었다.

'거대한 무언가가 휩쓸고 지나갔어. 여기도 짐승…… 이 있나?'

분명히 처음에는 전력 차가 비슷했던 것 같았다. 그러다 어떤 존재가 등장하면서 균형추가 절교 쪽으로 확 기운 것 같았으니. 곳곳에 남아 있는 파괴의 흔적과 달린 흔적 따위가, 거대한 무언가가 전장을 태풍처럼 휩쓸고 지나갔음을 말해 주고 있었다.

짐승.

이블케 등과 마찬가지로, 그들과 비슷한 종이 나타난 게
분명했다. 연우는 그것을 이블케 일당과 절교의 연결고리
라고 생각했다.

'어디로 숨은 건지, 여기서 흔적은 완전히 끊어져 있는
데. 절교를 미끼로 던져두고 뒤로 내빼겠단 건가?'

연우는 다시 축지를 밟았다. 천교 쪽이 아닌 그 옆에서
면목 없다는 듯이 고개를 떨어뜨리고 있는 이들 쪽으로.

이블케 일당을 쫓고 싶었지만 이미 완전히 자취를 감춘
데다가, 아무래도 지금은 이쪽을 더 신경 써야 할 것 같았
다.

제8군단. 헤르메스를 포함한 올림포스의 신들이 흔들리
는 눈으로 그를 바라보고 있었다.

"……이거 못 보일 꼴을 보인 것 같습니다."

헤르메스가 씁쓸하게 웃으면서 면목 없다는 듯한 말투로
고개를 떨어뜨렸다.

아테나와 마찬가지로 사도들 중에서 가장 많은 신력을
허락받은 그가 아니던가.

이제는 주신들 중에서도 그를 상대할 수 있는 이가 거의
없을 텐데도 불구하고.

헤르메스는 꽤나 많이 다친 것처럼 보였다.

전신이 생채기로 가득한 데다가, 한쪽 팔이…… 날아가고 없었으니까.

물론, 신력이 따르는 한 언제든지 복구할 수 있을 테지만, 그보다 자존심에 입은 상처가 더 큰 것 같았다.

"어떻게 된 거지?"

그래서 연우는 거두절미하고 이유부터 물었다.

오히려 이런 건 별것 아니라는 듯이 대해 주는 게 좋았다.

헤르메스도 그런 연우의 생각을 알겠다는 듯, 아주 잠깐 희미하게 웃다가 곧 진지한 얼굴이 되었다.

"통천교주…… 가 돌아왔습니다."

연우의 눈이 살짝 커졌다.

"돌아와? 생긴 게 아니고?"

"예. 죽은 것으로 알려졌던 원래의 통천교주가 돌아왔습니다. 있는 줄 알았더라면 이리 쉽게 달려들지 않았을 텐데……. 삼신장이 한꺼번에 달려들어도 당해 내질 못하더군요."

"그 정도였나?"

연우는 여기서 조금 놀랄 수밖에 없었다.

이랑진군, 나타태자, 벽력자.

천계에서도 손꼽히는 무신이었던 그들 셋의 합공을 막아 내는 건, 아마 비마질다라쯤은 되어야 하지 않을까?

어쩌면 그 이상일지도 모르겠다.

'아니, 오히려 그게 당연한 건가?'

비마질다라가 연우에게 자극을 받아 독립을 하긴 했어도, 원래는 절교의 소속이었다. 그리고 그는 다른 세 아수라왕들과 마찬가지로 '사왕(四王)'이라는 직함에 묶여 있었고.

절교에는 사흉(四凶)이니 십천군(十天君)이니 하는 강자들도 수두룩하다.

그만큼 성격도 제멋대로인 그들을 제압하고, 별다른 분란 없이 통솔하는 건 그만큼 뛰어난 위격과 카리스마를 가지고 있지 않으면 불가능했다.

그리고 연우가 알기로, 여러 차례 진통을 겪었던 천교와 다르게, 절교는 그동안 이렇다 할 커다란 내홍이 없었다.

그만큼 통천교주의 입지가 단단하단 뜻일 테지.

그리고 그만한 업적을 세웠던 원주인이 되돌아왔다면…… 절대 약할 수가 없었다.

"하지만 그래도 너까지 거들은 공격을 막을 정도는 아닐 텐데?"

그래도 연우가 걸리는 점은, 어쨌거나 그런 통천교주도 '황'이 되지는 못했다는 점이었다. 감지되는 것으로도 격이 약했다. 근접했을지는 모르지만, 된 것과 되지 못한 것에는 차이는 아주 컸다.

"물론, 그 정도는 아니었습니다. 제가 가세하고 나서는 그래도 조금씩 승기를 이쪽으로 잡을 수 있었으니까요."

"그럼?"

헤르메스가 뭐라고 말하려는 순간.

쿠쿠쿠쿠!

갑자기 대지가 들썩이기 시작했다.

연우와 헤르메스의 시선이 저절로 그쪽으로 쏠렸다. 올림포스 신들과 천교의 군사들도 똑같이 저마다 병장기를 쥐기 시작했다. 그들의 얼굴에는 하나같이 긴장한 기색이 역력했다. 몇몇의 얼굴에는 비장함이나, 공포가 어려 있기도 했다.

대체 이곳에서 무슨 일이 있었던 걸까. 눈을 가늘게 좁히는데.

['삼왕'이 집단 강림합니다!]

['사흉'이 집단 강림합니다!]

['십천군'이 집단 강림합니다!]

......

[통천교주가 강림합니다!]

['절교'에 소속된 모든 악마들이 모습을 드러냅 니다!]

벼락이 튀는 소리와 함께, 하늘에서부터 검은 공허가 활짝 열리면서 절교의 전력들이 나타났다.

유독 눈에 띄는 이들이 있었다.

좌측.

딱 보기에도 막대한 투기를 흘려대는 세 명의 마왕들이 있었다.

해와 달을 가리는 나후.

해일을 일으킨다는 거라건타.

싸움을 사랑한다는 바치.

비마질다라와 함께 아수라라는 투귀(鬪鬼, 싸움 귀신)들을 하나로 묶고, 그중에서도 단연 제일 앞자리에 선 이들.

그리고 우측에도 그들에 못지않은 이들이 흉흉한 기세를 드러내고 있었다. 세 아수라왕이 살벌하다면, 이들은 흉포했다.

도철 삼묘.

궁기 공공.

도올 곤.

그리고 혼돈 환두.

현재 우주가 탄생하고, '굴레'가 구르기 직전. 수미산이라는 태초의 씨앗이 아직 꽃을 피우기 전에 수많은 왕들이 있었으며, 그중에는 패배를 하여 결국 도주를 해야만 했던 네 사람이 있었다.

그들은 인간이 지을 수 있는 네 가지 죄, 사죄(四罪)로부터 힘을 얻어 마침내 초월을 이뤘으니.

[혼돈이 오랜만에 만난 칠흑왕의 자아에게 반가운 인사를 보냅니다.]

그중 연우와 어느 정도 인연이 있었던 혼돈이 먼저 인사를 건넸다.

처음 연우가 골랐던 네 개의 권능 중 하나였던 〈무면목 법서〉.

부—파우스트를 발전시키는 데 큰 도움을 주기도 했던 그 권능의 주인이 녀석이었던 것이다.

다만, 그 뒤로 간간이 메시지만 보낼 뿐, 언제부턴가 그런 메시지조차 떠오르지 않았던 터라 무슨 일이 있기라도 했었나 싶었는데. 보아하니 큰일은 없었던 모양이었다.

[헤르메스에게서 메시지가 도착했습니다.]
[메시지: 저자입니다. 통천교주에게 직접 휴전을 제안해 주었습니다. 덕분에 저희는 그나마 피해를 최소화할 수 있었구요.]

헤르메스는 직접 육성으로 말을 해서는 안 좋을 거라 여겼는지, 시스템을 이용해 의사를 전달해왔다.

연우는 의외라는 얼굴로 혼돈을 보았다.

[혼돈이 칠흑왕의 자아의 인사를 기다립니다.]
[혼돈이 칠흑왕의 자아가 아무런 답변도 주지 않자 시무룩해합니다.]

"......?"

전혀 예상치도 못한 반응.

연우는 고맙다는 말이라도 해야 하나 싶어 무슨 말을 하려는데.

『혼돈. 장난은 거기까지 해라. 더 이상 사기를 흐려지게 만들면 용납지 않아.』

삼왕과 사흉의 사이에서, 한 존재가 손을 조용히 들어 올리면서 중얼거렸다.

그리고 그 순간, 대기의 흐름이 바뀌었다.

이토록 강한 존재들이 수두룩한데도 불구하고, 오로지 그녀의 존재감만이 가득 차 있었다.

백색 동공과 검은자위를 한 독특한 눈에 넝마처럼 헤진 날개를 달고 있는 여인.

통천교주 발.

『전에도 분명히 말했을 텐데? 칠흑과는 인연을 맺어서 그리 좋을 게 없다고. 실제로 지금처럼 이런 일이나 벌어지고 있잖느냐.』

[혼돈이 통천교주의 질책에 어깨를 아래로 축 떨어뜨립니다.]

연우는 자신을 한껏 노려보고 있는 통천교주를 마주 본 후에야, 그동안 어째서 혼돈이 자주 메시지를 보낼 수 없었는지를 알 것 같았다.

이유는 알 수 없어도.

통천교주는 자신에게 강한 적대감을 지니고 있었다.

『올림포스의 주신이자, 칠흑왕의 여러 자아 중 하나여. 이곳은 그대의 대지가 아니노라. 그대 휘하의 군을 데리고 떠날 것을 요청하는 바이다.』

[통천교주가 칠흑왕의 자아에게 물러날 것을 권고합니다.]
[악마의 사회, '절교'가 새롭게 벌어질지 모르는 전투에 전의를 불태웁니다.]

연우는 어이가 없었다.

먼저 시비를 건 쪽은 자신들이면서도, 일방적으로 나가라고 명령을 한다?

마치 자신들은 아무런 잘못도 없다는 듯한 뻔뻔한 말투가 짜증 나기만 할 뿐이었다.

"……주군."

하지만 헤르메스의 걱정스러운 부름에 연우는 화를 삭일 수밖에 없었다.

당장 자신만 있다면 모를까, 여기는 올림포스 신과 천교의 신들도 수두룩하게 많았다.

또다시 전쟁이 벌어져서야 이미 패색이 짙은 이쪽의 피

해만 더 커질 뿐이었다.

거기다 혼돈이 직접 나서서 시간을 벌어 주었다고 하지 않은가.

그러니 지금은 일단 여기서 물러났다가, 전열을 재정비하고 난 뒤에 뒷일을 고려해야 하는 상황이었다.

물론, 그렇다고 해서 굽힐 수는 없는 노릇.

"물러나는 건 어렵지 않지."

『그럼……!』

"하지만 그보다 너희들이 숨기고 있는 이블케 일당의 신병을 받고 싶은데."

『이블케?』

그런데 이상하게 반문을 던지는 통천교주의 목소리에는 의문이 가득했다.

그게 무슨 말이냐는 투.

혹시 기만을 하고 있는 것인가 싶었지만, 그런 기색은 전혀 보이지 않았다.

그때, 옆에 있던 사흉, 도올이 그녀의 귓가에다 뭐라고 입술을 달싹였다.

통천교주는 묵묵히 그걸 듣고 있더니 가볍게 코웃음을 쳤다.

『일전에 찾아왔던 짐승 놈들을 말하는 것인가? 하! 그

떨거지들과 무슨 충돌이라도 있었던 모양이지?」

"그들만 넘긴다면 조용히 물러나지. 이 뒤로 절교의 죄도 묻지 않겠다고 약속하겠다."

통천교주는 팔짱을 끼면서 오만한 투로 말했다.

『미안하지만, 번지수를 잘못 찾은 것 같군.』

"뭐?"

『우리네 쪽의 손님들이 아니라서. 그쪽으로 가서 찾아라.』

연우가 대체 그게 무슨 말이냐고 소리치려는데.

별안간 통천교주가 허공 쪽으로 시선을 던지더니 버럭 일갈을 내질렀다.

『우마왕! 내가 분명히 귀찮은 꼬리들은 달고 오지 말라고 누누이 말했을 텐데! 그런다면 협력 따윈 더 이상 없다고!』

'우마왕?'

생각지도 못한 이름이었다. 그가 왜 지금 갑자기 언급되는 거지?

    ['절교'의 요청에 협력 관계인 '마군(魔軍)'이 응
    답합니다!]

'마군이라고……?'

그 순간.

"푸하하하! 이거이거 아무래도 여왕님이 뿔이 단단히 나신 모양이로군. 흐흐흐."

연우에게도 익숙한 목소리와 함께 뒤쪽에서 새로운 존재들이 등장했다.

[헤르메스에서 메시지가 도착했습니다.]

[메시지: 저들입니다. 저희를 패배케 만든 존재가.]

먼지구름이 거칠게 휩쓸고 지난 자리.

특색 있는 모습을 한 여섯 명의 남녀가 도도하게 서 있었다. 특히 그중 중심에 있는 존재는 일찍이 연우가 만났다가 놓친 자였으니.

이름도, 생김새도 절대 모를 수가 없었다. 저런 독특한 생김새를 가진 사람이 어디 또 어디 있으랴!

붉은 머리칼을 마치 사자 갈기처럼 흩뜨린 사내.

"사타왕!"

동주칠마왕이 나타난 순간이었다.

그리고.

『……뭐야, 저 노인네가 왜 저기 있어?』

그림자 속에서. 여태껏 깨어난 뒤로 한 번도 의지를 드러낸 적이 없었던 미후왕의 허물이 웅얼대는 소리가 들렸다.

그의 시선은 동주칠마왕 중에서도 가장 뒤쪽에 있는 한 노인에게 단단히 고정되어 있었다.

연우도 그의 격을 읽고 인상을 굳혔다.

'설마, 저 사람이?'

『어. 우마왕이다.』

"으하하하! 오랜만이구나, 애송아! 못 본 사이에 꽤나 많이 유명해졌다는 말은 들었는데, 이거 정말 대단해졌잖아? 길 지나가다 마주치면 못 알아보겠는데?"

사타왕은 연우를 보면서 껄껄 웃음을 터뜨렸다. 신력을 대체 얼마나 실은 건지 너무 쩌렁쩌렁하게 울려서 귀가 다 아플 지경이었다.

우르르!

하지만 격동하는 세상을 보면서도 올림포스 신들이며 천교의 신들까지 모두 인상만 찡그릴 뿐, 거기에 대해서 크게 따지진 않고 있었다.

아니, 따질 수가 없었다.

비록 저들이 활약한 건 한창 전쟁이 무르익고 있을 때 즈음 등장한 한순간에 불과했지만.

그것만으로도 저들이 얼마나 강한지는 뼈저리게 느낄 수 있었으니까.

평천대성 우마왕.
복해대성 교마왕.
혼천대성 붕마왕.
이산대성 사타왕.
통풍대성 미후왕(獼猴王, 손오공의 미후왕과는 한자가 다름).
구신대성 우융왕.

그리고 이 자리에는 없는 제천대성 미후왕 손오공까지.
흔히 묶어서 칠대성(七大聖)이라고도 불리는 존재들은 천계에서도 모르는 이가 극히 드물었다.
사실 그들은 모든 천계의 사회들을 통틀어 가장 적은 숫자이면서도, 손에 꼽히는 전력을 보유하고 있다 알려져 있었다.
그들이 전면에서 활동하는 경우는 거의 없다. '마경'이라 불리는 자신들만의 세계에 은거를 하고 있는 경우가 대부분이었으니까. 하지만 이따금 한 번씩 세상에 나왔을 때는 전혀 달랐다.

평지풍파라는 말이 어울릴 정도로 아주 많은 것들이 쓸려 나갔으니. 여러 사회들은 그들과 엮이는 것을 극히 싫어했다. 특히 동주칠마왕의 우두머리, 우마왕이 밖으로 나서는 것을 가장 경계했다.

그 때문일까?

올림포스 신과 천교 신들 모두가 동주칠마왕을, 특히, 가장 뒤에서 여유롭게 서 있는 우마왕을 경계하고 있었다.

지금은 비록 별다른 기세를 흘리지 않고, 지팡이에 의지하고 있는 허리 굽은 노인으로만 보일 뿐이었지만.

천안통과 천이통을 동시에 열고 있는 연우에게는 전혀 다르게 보였다.

쿵.

심장이 조금 내려앉는 기분. 스승 무왕을 처음 만났을 때와 비슷한 기분이었다.

그와 힘의 격차가 나서가 아니었다. 정말 저런 존재가 실재하는 게 가능할까 싶어서였다.

최초의 짐승이자, 황이었다던가?

'밤'의 무질서한 신력이 뒤엉켜있는 것 같으면서도, '낮'의 존재처럼 체계가 잡혀 있었다. 연우로서도 도저히 어떤 형태로 구성되어 있는지 좀처럼 파악이 불가능한 존재였다.

'하긴 그럴 만도 한가……. 군림보의 초기 버전인 우보 (牛步)를 천마에게 가르쳐 주었던 게 우마왕이었다고 했으 니.'

[헤르메스에게서 메시지가 도착했습니다.]
[메시지: 우마왕입니다. 그가…… 모든 전투를 무 위로 만들어 버렸습니다.]

헤르메스의 설명에 따르면, 한창 전쟁이 무르익던 중에 동주칠마왕이 개입했다고 한다. 그들이 개입하면서 천교 쪽으로 기울던 균형추가 완전히 평형을 이루었고, 마지막 으로 우마왕이 나서면서 확 꺾였다고 한다.

[헤르메스에게서 메시지가 도착했습니다.]
[메시지: 딱 한 걸음이었습니다.]
[헤르메스에게서 메시지가 도착했습니다.]
[메시지: 저희에게…… 완패를 안기는 데 필요한 건 그게 고작이었습니다.]

'저 흔적들이 전부 우마왕이 남긴 거였나?'
한 걸음. 아무래도 우보라도 밟았던 모양이었다. 올포원이 발휘했던 군림보만 해도 천계를 통째로 꼼짝하지 못하게 만들 정도였는데, 원주인인 그가 나섰다면 이리 전부 망가지는 것도 무리는 아니었다.

'잡을 수 있을까?'

한순간, 연우는 우마왕의 기량을 가늠해 보고자 했다.

통천교주는 분명히 이블케 일당이 동주칠마왕의 손님이라고 했다. 대체 그들이 어떤 관계인지는 알 수 없지만, 아무래도 이블케 일당을 잡으려면 우선 우마왕부터 잡아야 할 것 같았다.

그런데⋯⋯.

[천안통으로 지정 대상을 면밀하게 스캔합니다.]
[천이통으로 지정 대상의 성질을 파악합니다.]
[분석 실패.]
[재차 분석을 시도합니다.]
[분석 실패.]
[원인을 알 수 없습니다.]
⋯⋯
[지정 대상은 감지할 수 없는 대상입니다.]
[원인을 파악할 수 없습니다.]

'보이질 않아.'

아무리 우마왕의 영혼을 구석구석 살펴도, 그 역량을 도저히 가늠하기가 힘들었다.

자신보다 위인지 아래인지, 약점이 어디인지, 어떤 특성을 가지고 있는지도. 튕겨 나는 것도 아니었다. 그냥 데이터가 없는 것처럼 나왔다. 분명히 이 '꿈'에서 연우 그 자체라 할 수 있는 시스템이 파악하지 못할 대상은 거의 없는데도 불구하고.

그러던 그때.

씩!

우마왕의 입가에 엷은 미소가 걸렸다.

마치 자신의 생각 따윈 모두 짐작하고 있다는 것처럼.

소처럼 맑은 눈을 보고 있노라니, 연우는 오히려 자신이 도로 역으로 그에게 읽히는 듯한 기분이 들어 한 발 뒤로 물러서야만 했다.

"뭐야? 지금 나 무시당한겨, 시방?"

사타왕은 연우가 우마왕만 살피고 있을 뿐, 자신에게는 전혀 관심을 보이지 않자 거칠게 콧김을 뿜었다.

그로서는 안면이 있는 연우가 이곳에 찾아와 반갑기도, 호승심이 들기도 해서 말을 건 것인데 대놓고 무시를 당한 셈이니.

그래서 잔뜩 열 받은 얼굴로 연우에게 달려들려 했지만.

"어딜 가려는 거야, 멍청아? 네가 여기서 나설 군번이
될 것 같아?"

그때, 동주칠마왕 중 셋째이자 홍일점인 붕마왕이 사타
왕의 어깨를 잡아당겼다.

"내가 뭘!"

"보면 모르겠니? 네가 가면 그냥 처발리기밖에 더 하겠
어?"

"그걸 해보지도 않고 알아?"

"응. 잘 알아."

"그래도……!"

"그러니까 좀 짜져 있으라고. 큰오빠도 가만히 있는데
왜 네가 나대?"

"……."

사타왕은 그제야 우뚝 멈춘 채로 우마왕의 눈치를 살짝
살폈다. 안하무인인 그였지만, 유일하게 우마왕에게만큼은
약할 수밖에 없었기 때문이었다.

하지만 그런데도 불구하고, 우마왕은 여전히 웃고만 있
을 뿐 아무 말도 없었다. 그가 뭐라고 말을 붙여 보려는
데.

휘휘휘!

그 순간, 연우의 그림자가 꿀렁이면서 미후왕의 허물이 천천히 모습을 드러냈다.

동주칠마왕의 시선이 저절로 그쪽으로 확 하고 돌아갔다.

"저건?"

"막내가 남긴 껍질 같은데?"

붕마왕이 눈을 가늘게 좁히면서 혀로 입술을 다시는 동안.

미후왕의 허물이 팔짱을 낀 채로 미간을 찌푸렸다.

『이 양반들아! 마경에나 있을 것이지, 여기는 대체 무슨 콩고물을 얻겠다고 와 있는 거야?』

미후왕의 허물로서는 동주칠마왕이, 그것도 우마왕을 포함한 그들 전체가 절교와 손을 잡고 있는 것이 도무지 이해가 되질 않았다.

동주칠마왕은 한때 천교와도, 그리고 절교와도 척을 진 적이 있었다.

하지만 그중에서도 가장 많이 대립을 한 곳을 말하라 한다면 절교를 말할 수 있을 것이니. 그건 본체인 미후왕이 한창 활약하고 다니던 때—흔히 천축행이라고 불리는, 삼장법사 등과 함께 하던 시절—에 주로 싸웠던 대상이 절교였기 때문이었다.

그러다 천마와 절교 간의 전쟁이 극단으로 치달았을 때, 동주칠마왕은 통째로 천마의 편을 들어주면서 다시는 돌아올 수 없는 강을 건너기도 했다.

그런데 갑자기 여기서 손을 잡고 있으니. 그로서는 황당할 수밖에.

혹시 본체와 관련되었나 싶기도 했지만, 어디서도 본체의 향이 느껴지질 않으니 그와는 전혀 무관한 것 같았다.

하지만 질문을 들은 동주칠마왕은 별다른 대답을 하지 않았다. 몇몇은 움찔한 표정이 되기도 했지만, 역시나 우마왕의 눈치만을 살필 뿐 아무 말도 하지 않았다.

결국 미후왕의 허물이 답답한 심정을 참지 못하고 뭐라고 소리를 치려는데.

"이 늙은이가 그렇게 하라고 말하였다."

우마왕이 드디어 입을 뗐다. 나지막하면서도 조용한 목소리. 그러나 모든 이들의 귓가에는 그의 목소리가 너무나 선명하게 들렸다.

미후왕 허물의 얼굴이 와락 일그러졌다.

『영감이? 뭐 때문에?』

"구해야 할 게 있어서 말이다."

『그러니까 그게 뭐냐고!』

"허허. 그냥 맨입에 말해 주려니 입이 심심하구나."

『아 쫌!』

"그런 게 있단다."

『아, 씨……!』

미후왕의 허물은 우마왕이 저리 허허롭게 말해도, 절대 말해 주지 않으리라는 것을 알 수 있었다. 우마왕의 고집이 얼마나 심한지를 그가 모를 리 없었으니까. 괜히 '쇠고집'이라는 말이 생겼겠나.

우마왕은 혼자서 약이 바짝 올라 발을 동동 구르는 막내의 허물을 흐뭇하게 바라보다, 여전히 자신을 잔뜩 노려보고 있는 연우 쪽으로 시선을 돌렸다.

"여기까지 오느라 고생이 많았네. 하지만 오늘은 여기서 물러나심이 어떠신가?"

아주 잠깐, 연우는 우마왕을 더 면밀하게 살피다가 한 발 더 뒤로 물러섰다.

아무리 그를 탐색해 봐도 승부를 완전히 점칠 수 없는 데다가, 일단은 이쪽의 피해가 크니 숨을 돌릴 필요가 있을 것 같았다. 미후왕의 허물도 따로 뭔가 하고 싶은 말이 많은 눈치였고.

"……알겠습니다."

"이해해 줘서 고맙네. 내 나중에 이 일은 잊지 않고 배로 쳐줌세."

순간, 연우의 눈가로 이채가 스쳤다.

빚을 갚겠다는 말.

그냥 인사치레일 수도 있지만, 우마왕쯤 되는 인물이 하는 말은 절대 허언이 아닐 터였다.

그리고 적대 관계가 아니라는 의사를 은연중에 흘리는 것이기도 하니. 연우는 그 말을 '이블케 일당의 편을 들지는 않을 것이다' 라는 완곡한 표현으로 받아들였다.

'일단 놈들이 어디에 박혀 있는지는 알았으니 그것만 해도 충분한 성과지. 다만, 접근 방법은 달리 바꿀 필요가 있겠어. 절교와 동주칠마왕, 이블케 일당…… 이들 세 곳이 함께 무엇을 꾸미고 있는지도 알아봐야 할 거고.'

이미 연우의 머릿속에는 이후에 해야 할 일들과 계산이 차곡차곡 맞춰지고 있었다.

"그럼 멀리 배웅하지는 않겠네. 다음에 보세나."

우마왕은 싱긋 웃으면서 가볍게 지팡이로 땅을 짚었다.

탁!

가벼운 동작에 불과했지만, 결과는 절대 그렇지 않았다.

두우웅—

올포원—비바스바트가 군림보를 발현했을 때처럼.

범종이 울리는 듯한 맑은 소리와 함께 지면을 따라 파문이 길게 그려졌다.

그리고.

['우보'가 전개됩니다!]
[특정 공간이 설정되었습니다.]

['파초선'이 진정한 모습을 드러냅니다!]
[특정 공간이 이동됩니다.]

화아아—

어디선가 바람이 확 불어오는 듯한 느낌과 동시에.

휙!

한순간, 연우와 올림포스, 천교를 포함한 공간이 살짝 흔들린다 싶더니, 통째로 전이되었다.

['천교'의 본영, '곤륜산'에 입장하였습니다!]

"허……!"

"……단박에 우리를 통째로 이곳으로 보내다니."

"역시 우마왕은 우마왕인가."

천교의 신들은 눈 깜짝할 새에 자신들의 본영으로 되돌아와 있자 한숨을 내쉬고 말았다.

특히 이랑진군을 포함한 삼신장의 표정이 좋질 않았다. 등골을 따라 식은땀이 흘렀다.

우마왕이 본영의 좌표를 정확하게 인지하고 있다면, 때에 따라서는 그도 얼마든지 아무 방해 없이 이곳으로 입장할 수 있단 뜻이었으니까.

굳이 그들을 단번에 이곳으로 보낸 것은, 그가 절교에 있는 동안에는 절대 전쟁을 벌일 생각을 하지 말라는 경고이기도 했던 것이다.

"일단은 향후 대책에 대해서 논의토록 하지."

연우가 삼신장들에게 말했고, 그들은 알겠노라며 무겁게 고개를 끄덕였다.

*   *   *

"혹시 오래전에 우리가 거래했던 내용, 기억나는가? 동맹을 맺으면서 했던 거래 말이다."

이랑진군은 휘하의 신들에겐 우선 쉬도록 명령하고, 중심지인 현도로 연우 등을 안내하면서 말문을 열었다.

연우는 아주 오래전의 기억 속에 묻힌 사실을 떠올리면서 고개를 끄덕였다.

"탐욕의 돌을 찾는 걸 도와 달란 거였지, 아마?"

망자 거인들을 각성시키고, 기어 다니는 혼돈을 토벌하러 움직일 당시.

연우와 이랑진군 간에는 조건부의 동맹 계약이 이뤄졌다. 천교는 연우의 세력 재건을 물심양면으로 도와주고, 반대로 연우는 천교의 탐색을 돕기로. 그리고 마지막엔 서로에게 계륵이나 다름없는 순결의 돌과 탐욕의 돌을 교환하기로 말이다.

하지만 그 뒤로 연우가 올포원과의 전쟁을 본격적으로 준비하면서 약속은 계속 뒤로 밀렸고, 옥황상제가 제우스에게 잡아먹히면서 약속은 흐지부지되고 말았다. 그러다 연우가 칠흑왕 속에 저물면서 잊히기까지 했고.

이랑진군은 그것을 거론한 것이다.

"맞아. 본 교, 절교, 동주칠마왕…… 셋 다 뒤엉켜서는 그것을 찾고자 엄청 싸워 댔었지. 한데, 문제가 생겼다. 탑이 붕괴되면서 그 장소도 완전히 무너졌던 거였지."

"……그런가?"

"물론, 그대를 원망할 생각은 없어. 당시에 우리도 자네를 거들기도 했으니. 여하튼 문제는 그 뒤에 벌어졌다. 완전히 사라진 줄 알았던 탐욕의 돌이 묻힌 장소가 나타난 것이지."

순간, 연우의 눈이 반짝였다.

"절교와 동주칠마왕이 손을 잡은 건가?"

이랑진군이 무겁게 고개를 끄덕였다.

"그런 것 같다. 비록 절교와 싸우면서 이번에 알게 된 사실이지만. 저들이 언제부터 손을 잡았을지는 우리도 모르고 있고."

'이블케의 솜씨로군.'

한숨을 내쉬는 이랑진군과 다르게, 연우는 두 곳이 손을 잡은 것이 그리 얼마 되지 않았을 거라고 생각했다. 길어봤자 십 년쯤. 탑이 무너지고, 이블케 일당이 본격적으로 활동하면서부터일 것이다.

증거는 없지만, 여태껏 그가 봤던 이블케는 이런 식으로 보이지 않는 곳에서 일을 꾸미는 걸 좋아했다.

'피안…… 인지 뭔지 하는 걸 만든다고 했었지. 그게 탐욕의 돌을 찾는 것과 관련이 있는 건가? 아니면 그와 다른 게 있는 걸까?'

여하튼 연우로서는 절대 놓칠 수 없는 정보인 셈이었다.

'다만, 문제는 우마왕 등을 어떻게 상대하느냐인 건데.'

통천교주가 돌아온 절교.

우마왕이 있는 동주칠마왕.

그리고 짐승들을 대거 거느리고 있는 이블케.

세 곳을 함께 상대한다는 건 절대 쉬운 일이 아니었다.

어떻게든 그들 사이를 비집고 들어갈 필요가 있었다.

'현재로서는 탐욕의 돌을 내가 가로채는 게 가장 좋을 것 같은데.'

연우가 눈을 가늘게 좁혔다.

"대체 탐욕의 돌이 있다는 곳이 어디지?"

"려의 무덤일세."

"려? 효마(曉魔) 치우(蚩尤)?"

"그렇다네."

"……!"

려. 효마 치우는 천마의 얼굴 중에서도 시초에 해당하는 인물이었다.

연우로 하여금 창공 도서관으로 가게 해 주었던 조각의 원주인이기도 했으니.

"그게 무덤이 있었나?"

연우가 놀란 눈이 되어 되물었고, 이랑진군이 고개를 끄덕이면서 뭐라고 답변하려 했다.

그때, 별안간 그림자에서부터 미후왕의 허물도 놀란 얼굴을 한 채로 불쑥 나타나 반문했다.

『잠깐만. 분명히 거기엔 본체가 있을 텐데?』

돌원숭이. 필마온. 미후왕. 제천대성. 손행자. 투전승불…….

다양한 별칭만큼이나 한창 활동하던 시절에 사고란 사고는 다 치고 다니고, 그만큼 수많은 업적과 신화를 쌓았던 존재.

천마의 얼굴들에 대해서 잘 모르는 사람들조차도 '손오공'이란 이름은 한 번쯤 들어 봤을 정도로, 그는 유명 인사였다.

당연한 말이지만, 그렇게 널리 알려진 만큼 신앙도 막대해서 격도 아주 높다고 알려져 있었다.

동주칠마왕 중에서도 막내로 시작하였으나, 우마왕이 아니면 제지하는 게 아주 힘들다고 할 정도로.

다만, 그렇게 사고뭉치였던 손오공도 언제부턴가 종적이 홀연히 사라진 상태였으니.

혹자는 그가 모종의 이유로 원뿌리인 천마와 합일을 이루어 사라졌다고 말하기도 했다.

그렇게 해서 천마가 끝내 영혼의 파편들—흔히 '려의 조각'이라 알려진—을 모아 초월의 초월을 거듭해 '황'에 다다를 수 있었노라고.

하지만 거기에 대한 증거는 어디에도 없었고, 천마도 굳이 거기에 대해 어떤 말을 한 적이 없었기 때문에 모두가 헛소문이라고 여겼다.

오히려 손오공이 또 다른 즐거움을 쫓아 정체를 숨기고

하계나 천계 어디쯤에 있을 거라고 짐작하는 편이었다.

그런데.

『푸하하! 그거 아는 사람도 거의 없는데, 대체 어디서 새어 나간 거지?』

미후왕의 허물이 그렇게 웃으면서 말했다.

순간, 연우의 눈이 커질 수밖에 없었다.

"그럼 그 말이 사실이란 말씀입니까?"

『어. 정확하게는 천마가 옛 영혼의 조각들을 전부 모아서 '황'을 이룬 거라……. 손오공이라는 또 다른 조각을 회수한 것일 뿐이지만.』

"그럼……!"

『하지만 본체는 살아 있어.』

"……?"

이게 대체 무슨 말일까?

『굴레는 여러 차례 구르고, 거기에 따라 수많은 '꿈'이 있다 사라졌지. 거기선 지금 이곳 '꿈'과 거의 비슷한 모습을 한 '꿈'도 있었지만, 또 전혀 생각하기 힘든 모습을 한 '꿈'도 있었다. 그럼 그중에 손오공이 살았을 가능성을 품은 '꿈'도 있지 않겠어?』

"그럼?"

『본체는 천마에게 있어 전생이기도 하지만, 스승이기도

했거든. 그러다가 같이 있을 수 있는 기회가 생기니 그대로 가져와 탑에다 꽂은 거지. 굴레 때문에 갈수록 영지가 약해지니 대신할 사람이 필요하기도 했고. 하여간 이런저런 복잡한 이유로 있게 되었다.』

"그럼 아까 그 말씀은?"

본체가 려의 무덤에 있게 된 경위를 묻는 것이다.

『알려지지 않은 건데…… 본체는 천마에게 일종의 죄책감을 가지고 있다. 그래서 아직 회수되지 않았던 려의 무덤을 지키고 있었던 거고…… 그런데 그곳을 통천교주뿐만 아니라, 우마왕이 노리고 있다 하니! 흠!』

미후왕의 허물은 볼을 긁적였다.

『우마왕, 그 양반이나 다른 의형제들이 전부 본체의 그런 사연을 모를 리가 없을 텐데…… 왜 거기에 붙어 있는 건지 좀 이상하단 말이지.』

연우의 두 눈이 빛났다.

"그 점을 알아낼 수 있으면 저들을 갈라놓을 수도 있겠군요."

미후왕의 허물이 어이없다는 듯이 연우를 바라봤다.

『거기서 바로 어떻게 이간질할지부터 계획 잡는 거냐?』

"내분만큼 적의 전력을 약화시키는 좋은 방법도 없으니까요. 그리고…….."

연우는 말을 하다가 도중에 삼켰다.

여러 짐승들과의 격전으로 인해 인과율을 대량으로 소모해야만 했으니.

이제 남은 인과율이라고 해 봤자 끽해야 2할이 전부.

짐승들을 몇 마리 삼키면서 인과율을 보충해 보려 했지만, '꿈'에서 낙오된 부류라 그런지 생각보다 많은 보충이 이뤄지지는 않았다. 그나마 남은 녀석들도 이블케가 전부 데려가 버렸으니.

이대로 우마왕 등과 겨뤄서야 정말 인과율이 한계점에 다다를 수 있었기 때문에 최대한 자중해야만 했다.

최대한 인과율을 덜 소모하는 쪽으로 저들을 도모해야 한다……. 연우는 그런 생각밖에 없었다.

미후왕의 허물도 그런 연우의 사정을 잘 알기에 가만히 고개를 끄덕였다.

약점이 될 만한 사실을 굳이 이랑진군 등이 있는 앞에서 말할 필요는 없었으니까.

"흠…… 하지만 우리는 거기서 제천대성을 본 적이 없는데, 어떻게 된 거지?"

이랑진군은 미후왕의 허물을 보면서 미간을 좁혔다. 손오공의 신화 중에는 천교와 다퉜던 내용도 있다. 그와 이랑진군은 사이가 나쁜 것 같으면서도 그리 나쁘지는 않은, 묘한 관계였다.

『네가 아는 본체가, 어디 한 군데 묶여 있으라고 한다 해서 묶여 있을 존재였나?』

"하긴……. 그도 그렇군."

그제야 이랑진군의 입가에 쓴웃음이 걸렸다.

괜히 '돌원숭이'라는 말이 나왔겠나.

손오공은 절대 종잡을 수 있는 존재가 아니었다.

연우는 과거에 미후왕의 허물을 처음 만났을 때, 본체가 어디에 있는지는 모른다고 했던 말을 떠올렸다.

그때는 그저 그렇겠거니 하고 여겼었는데.

아무래도 절반 정도는 진심이었던 모양이었다.

『없었다면 아마 모르긴 몰라도 어딘가에서 실컷 놀고 있겠지. 그동안 좁기만 했던 탑도 부서지고 했으니 돌아다녀야지, 안 그래?』

"그럼 문제가 생길……!"

『그리고 놀고 있는 곳은 그 근방이겠지.』

"……그렇군. 확실히 그러면 자유분방한 것 같으면서도, 어딘가에 항상 날카롭게 계산이 숨어 있었으니까."

"오히려 뒤로 빠져서 감시를 하고 있을 수도 있단 말씀이시군요."

『그래.』

연우의 말에 미후왕의 허물이 고개를 끄덕였다.

"그럼 우선 손오공부터 찾아야겠습니다."

연우의 눈이 차갑게 빛났다.

                    *   *   *

연우는 율과 프레지아가 있는 바이 더 테이블의 본진으로 돌아왔다.

손오공을 찾으러 가기에 앞서 확인할 것이 있어서였다.

퀴리날레의 유산. 어머니 레아가 바이 더 테이블에 남겼다는 금고를 확인하기 위해서였다.

이블케 일당이 가지고자 했던 것이 무엇인지 확인하고 싶은 마음도 있었지만.

그보다 어머니가 타천을 하시기 전에 남겨 두었다는 안배가 어떤 것인지를 보고 싶은 마음이 더 굴뚝같았기 때문이었다.

"아버지."

『왜?』

"요즘 들어 드는 생각입니다만…… 어머니는 어쩌면 우리가 알던 게 전부가 아닐지도 모른다는 생각이 듭니다."

『…….』

크로노스는 침묵했다.

그 역시 연우와 똑같은 생각을 하고 있었으니까.

다만, 밖으로 말만 꺼내지 못했을 뿐.

"제가…… 아니, 저나 정우 중에 누군가가 언젠가 바이더 테이블을 방문할 거라고 생각하셨던 걸까요?"

『……글쎄다. 나도 거기에 대해서 뭐라고 말은 못 하겠구나.』

크로노스는 가볍게 한숨을 내쉬면서 그동안 머릿속에 담아 두었던 생각들을 조금씩 꺼내기로 마음먹었다.

『사실 지금 와서 떠올려 보면, 나도 네 엄마에 대해 모르는 것이 아주 많았단다. 그때는 그렇겠거니 하고 대수롭지 않게 여겼었던 것들 중에 짚이는 게 적잖게 있구나.』

크로노스의 목소리가 깊게 착 가라앉았다.

『내가 지구로 떨어진 것. 처음에는 우연인 줄 알았었다. 네 엄마가 거기서 기다리고 있었던 것도 아주 오랫동안 나를 찾았었구나…… 그렇게만 여기고 있었어.』

하지만 너도 이젠 알겠지만, 세상에는 우연이란 건 없더구나.

크로노스는 그렇게 뒷말을 붙이면서 말을 이어 나갔다.

『하지만 내가 지구에 왔던 건 우연이 아니었지. 칠흑이 묻었던 태엽이 그저 자석처럼 지구로 빨려 들어간 것뿐이었으니까.』

지구는 칠흑왕의 육체, 르' 뤼에가 잠든 봉인지(封印地)였다. 그리고 이면의 차원에는 탑이 놓인 장소이기도 했다.

크로노스의 태엽이 지구로 떨어진 건 아주 당연한 것이었다. 그곳에 르' 뤼에가 있으니까. 칠흑왕의 사도가 갈 만한 곳이 거기밖에 더 있겠나.

『네 엄마는 그것을 진즉에 파악하고 있었던 것 같다.』

연우는 언뜻 떠오르는 게 있었다.

"……공간의 퀴리날레."

『이 멍청한 아버지와 다르게, 네 엄마는 가문의 권능을 누구보다 잘 알고 있었으니까 말이다. 그 정도쯤은 충분히 유추했겠지. 그러니…… 여기서 나는 한 가지 추측을 더 할 수밖에 없어.』

"……?"

『칠흑에 대해서 알고 있었다면, 그 뒤에 벌어질 일도 진즉에 파악하지 않았을까?』

"……!"

『칠흑은 끈질기다. 한번 점지한 대상은 절대 놓치지 않아. 나에게서 너에게로…… 대를 이어질지도 모른다고 생각했을지도 몰라.』

"……."

『그렇다면 방주가 탑에 있었던 것도 전혀 이상하지 않다고 생각한다만.』

연우는 잠시간 침묵에 잠겼다.

『너도 나와 똑같은 생각을 하고 있었던 것, 아니냐?』

연우는 아무 말도 할 수 없었다.

크로노스의 짐작대로, 그도 비슷한 생각을 하고 있었으니까.

흔히 천계에서는 크로노스만이 신왕인 줄 알고, 올림포스에서도 그에 대한 평가만 높이 하고 있었지만.

그건 어디까지나 크로노스의 포악한 성정이 외부로 많이 비쳤기에 강한 인상을 남겼던 것일 뿐.

사실 올림포스가 전성기를 맞을 수 있었던 건, 내정을 담당했던 왕이 따로 있었기 때문이었다.

레아는 왕비가 아닌 여왕이었다.

단순한 말장난 같아도, 이 차이는 아주 컸다.

부부왕(夫婦王)이었단 뜻이었고, 레아도 똑같이 실권을 쥐고 있었단 의미였다. 비록 크로노스에는 미치지 못해도 레아 역시 격이 지고했다. '낮'의 출신인 퀴리날레의 힘을 그만큼 깊게 이해하고 있었던 것이다.

그렇게 현명한 그녀이니만큼, 크로노스를 미치게 만들었던 원흉인 칠흑왕에 대해 깊게 조사를 할 수밖에 없었을 테고.

크로노스를 구제하고 난 뒤에도 벌어질 일들에 대해서 미약하게나마 짐작했을지도 몰랐다.

정확한 내용은 모를지라도, 칠흑왕의 그림자가 어떻게든 저주처럼 그들 부부를 따라다닐 거라는…….

그리고 그것을 대비하기 위해 탑에 방주를 남기고, 프레지아에게 따로 퀴리날레의 유산을 맡긴 것이라면?

전혀 이상할 것이 없었다.

아니, 오히려 여태껏 어머니 레아에게 가졌던 의문들이 전부 풀렸다.

다만, 연우가 그런 내막들을 짐작하면서도 크로노스에게 따로 말하지 않았던 건, 그것을 입 밖으로 꺼내는 순간 가슴이 무너질 것 같았기 때문이었다.

가뜩이나 자신들을 위해 희생만 하시다가 눈을 감으셨던 어머니가 아니었나.

증오심에 불타고 있을 남편을 달래고자 스스로 격도 내다 버렸고, 또 언제 불쑥 찾아올지 모를 칠흑의 저주를 알고 계시면서도 내색 한번 없이 남편을 껴안고 새롭게 생긴 자식들을 보듬어 주셨다.

그동안 얼마나 두려우셨을까?

그리고 얼마나 무서우셨을까?

그러면서도 어디서 맘 편하게 말 한마디 못 하셨을 그 마음이 떠오르는 것 같아 가슴이 먹먹해지고, 미칠 것만 같았다.

'그래도.'

연우는 아랫입술을 질끈 깨물었다.

'그래도 마지막에 눈을 감으시기 전에는 여기에 대해서 말씀을 해 주셨으면 좋았을 텐데…… 왜 그때까지 아무 말씀도 하지 않으셨던 걸까? 조금이라도 털어놓으셨다면……!'

연우가 천천히 입을 뗐다.

"……예전에."

연우는 말을 하다가 도중에 삼켰다. 목소리가 잘게 떨리고 있었다. 이런 감정 따윈 '꿈'들을 숱하게 헤쳐 나오면서 거의 무뎌졌다고 생각했는데, 꼭 그런 것만은 아닌 모양이었다.

그래서 떨림이 조금이나마 가라앉은 뒤에야 겨우 다시 말을 이을 수 있었다.

"예전에 물으셨잖습니까? 어머니를 왜 소환할 생각하지 않았었냐고."

『그래.』

"아무래도…… 확인해 봐야 할 것 같습니다."

『……그래. 그러자꾸나.』

두 사람의 대화는 거기서 끊어지고, 더 이상 이어지지 않았다.

화아아!

"형……!"

율은 연우가 공간을 열며 불쑥 뒤에서 나타나자 그가 무사하다는 사실에 환한 얼굴이 되었다가, 곧 그의 표정이 딱딱하게 굳어 있단 것을 깨닫고 웃음을 그쳐야만 했다.

무언가 분위기가 심상치 않다는 것을 깨달은 것이다.

옆에 있던 프레지아만이 말없이 연우를 바라보고 있었다.

츠츠츠—

연우의 뒤편으로, 스퀴테가 해체되었다가 인간의 형태로 돌아왔다.

『페페야.』

"예. 크로노스 님."

프레지아는 무겁게 고개를 끄덕였다.

『레아가 남긴 것들이 있다고 했었지?』

"자식이든, 후손이든, 언젠가 누군가가 찾아온다면 열어 달라고 부탁하신 바가 있었습니다."

『역시…….』

크로노스는 자신과 아들의 짐작이 맞다는 것을 깨닫고,

한숨을 내쉬면서 말했다.

『혹시 지금 볼 수 있을까?』

"예. 이곳으로 오십시오."

프레지아는 고개를 끄덕이면서 연우와 크로노스를 금고가 있는 방으로 안내했다.

그들의 뒷모습을, 율은 떨리는 눈으로 바라봐야만 했다.

여기서부터는 자신이 따라가면 안 될 것 같아 남았지만. 그래도 앞서 금고를 열어 본 적이 있었기에, 곧 벌어질 일들이 두 눈에 선명하게 그려지는 것 같아 안타깝기만 했다.

Stage 90.
레아의 유산

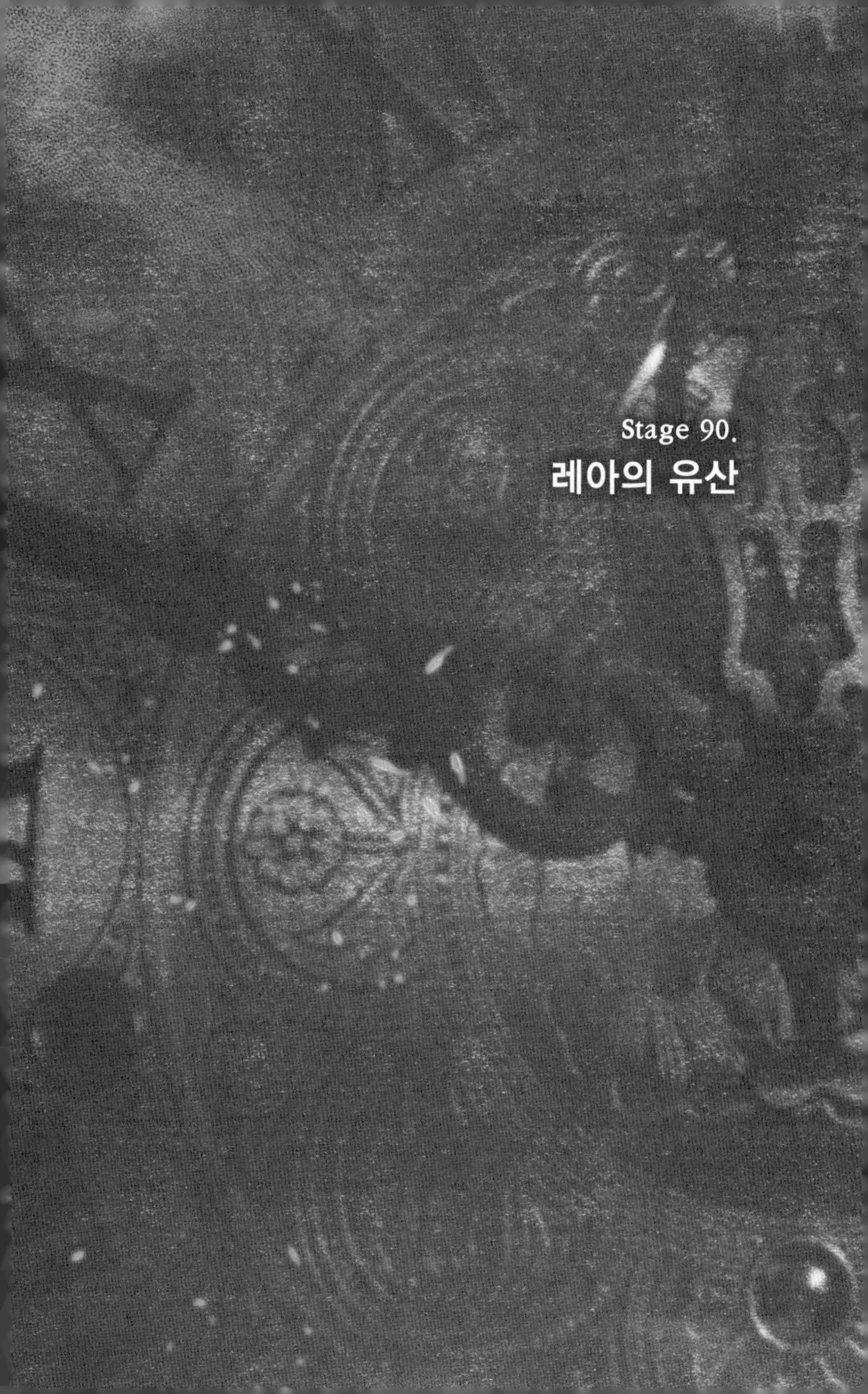

"허허. 그래. 이만하면 됐나?"

연우와 일행들이 모두 떠난 자리.

우마왕은 여전히 지팡이에 의지한 채로 있다가, 너털웃음을 터뜨리면서 옆으로 고개를 돌렸다.

여전히 옆집 할아버지처럼 평온한 얼굴이었지만.

그를 잘 아는 사람들은 일제히 흠칫했다.

'흐이익……!'

'큰형님 심기가 적잖게 상하신 것 같은데 어쩌우?'

'어쩌긴 뭘 어째. 다들 오늘 하루 종일 입 닥치고 조용히 큰형님 눈에 띄지 말아야지. 안 그랬다간 우리 전부가 다

갈려 나간다고!'

'하아…… 따지고 보면 저놈도 막내 놈의 또 다른 모습이잖아? 하여간 막내 '들' 은 죄다 저 모양인가?'

동주칠마왕은 저마다 깊게 한숨을 내쉬었다.

지금 우마왕의 심기를 건드린 작자는 이블케였다.

천마의 또 다른 얼굴.

즉, 막내 제천대성의 다른 환생체란 뜻이었으니.

과거에 천마에게 호되게 당한 전적이 있기도 했던 그들로서는 끝없이 자신들을 괴롭히는 저 얼굴이란 것들이 참 짜증 나기만 할 뿐이었다.

하지만 어쩌겠나.

우마왕의 결정이 이미 이렇게 난 이상, 자신들은 거기에 따라가는 수밖에.

"오효효! 이거 아무래도 제가 여러분들을 많이 난처하게 만든 모양입니다."

쩌걱 하고 갈라진 공간의 틈 사이로 이블케가 천천히 모습을 드러내면서 가볍게 웃음을 터뜨렸다.

그러면서 고맙다며 머리에 쓰고 있던 중절모를 가슴에 붙이고 고개를 숙였다.

깍듯하기만 한 모습이었지만, 여전히 가늘게 좁혀진 우마왕의 눈은 도저히 펴질 기미를 보이지 않았다.

『흥! 고작 그 정도로 끝냈으면서 뭘 그만하면 되었단 거지? 시건방진 놈이었으니, 그걸로는 부족해! 응당 그 목을 부러뜨렸어야지!』

그때, 통천교주가 마땅치 않는다는 듯 팔짱을 낀 채로 콧방귀를 뀌었다.

그녀의 두 눈은 분노로 젖어 활활 불타오르고 있었다.

좀 전 연우에게 적개심을 노골적으로 드러냈던 것에 이어, 지금도 여전히 연우를 치지 못한 것에 불만을 가지고 있었다.

그러나 그들 중 그녀와 비마질다라 간의 관계를 모르는 사람은 없었기에 굳이 거기에 대해 지적하는 이들은 없었다.

통천교주가 아직 어리던 시절, 부모의 보살핌을 받지 못하고 정처 없이 떠돌고 다닐 무렵에 비마질다라가 거두어 손녀처럼 돌본 일화는 천계에서도 모르는 이가 거의 없을 정도였다.

통천교주가 공석이 된 이후, 비마질다라가 반쯤 은거를 하다가 연우에게 자극을 받고 나서 별 미련 없이 절교를 박차고 나온 것도 전부 그런 이유 때문이었다.

그리고 다른 '꿈'을 유영하고 있던 통천교주는 비마질다라의 죽음을 듣고 이곳으로 넘어온 것이었으니…….

사실 연우가 우마왕 때문에 경계심을 놓지 않아서 그렇지, 만약 그가 빈틈을 보였다면 통천교주는 진즉에 그를 기습하고도 남았을 터였다.

하지만 우마왕은 비마질다라와는 전혀 달랐다.

"미안하게도, 우리가 바라는 건 어디까지나 려의 무덤을 올바르게 잡는 것뿐이라네. 쓸데없는 데 전력을 빼놓을 생각 따윈 없다네."

『휘하에 천마의 신도들을 거둬들였다면서? 그들의 신앙은 칠흑왕의 자아를 죽이는 것에 있지 않나?』

탑이 무너지기 전, 끝내 자신들을 돌보지 않았던 천마를 등지고, 다른 동주칠마왕을 받들어 떠났던 '마군'을 이야기하는 것이다.

그들은 현재 대주교 흄과 함께 복마전의 식구로 들어간 상태. 우마왕이 다스리는 '마경'이란 이름의 낙원에서 터를 잡고 있었다.

하지만 한평생 마(魔)를 외치며 살아온 그들에게 있어 평화롭기만 한 일상은 갈증을 불러일으키기 마련이니.

그들의 신앙은 여전히 복수를 울부짖고 있었다.

자신들을 그런 꼴로 만든 천마는 물론, 탑에서 내쫓기게 만든 연우에게까지도.

"그건 나와 그들이 결정지어야 할 문제라네. 자네가 개입할 문제가 아니지."

하지만 우마왕은 더 이상 개입하지 말라며 선을 그었고, 통천교주도 가볍게 코웃음만 칠 뿐 더 이상 거기에 대해 언급하지 않았다.

"오효효! 다들 하실 대화도 전부 나눈 것 같으니, 이만 '문'을 열어도 되겠습니까?"

"그럼세. 각자 하려는 목적을 빨리 수행하고 흩어지는 게 서로에게 좋지 않겠나?"

"옳은 생각이십니다. 다만, '문'을 열기 전에 마지막으로 한 가지만 더 확인하겠습니다. 더 이상 노선이 꼬이면 안 되니까요. 각자가 갖기로 한 것을 말씀해 주십시오. 먼저, 제가 갖고자 하는 것은 '려의 조각'입니다."

"유해일세."

『탐욕의 돌.』

이블케의 웃음이 커졌다. 활짝 벌어진 입술 사이로, 유달리 송곳니가 반짝이는 것 같았다.

"좋습니다. 그럼…… 다들 들어가도록 하시죠."

짜악!

이블케가 크게 박수를 쳤다.

그 순간, 손끝에서부터 빛무리가 터졌다.

화아악!

[최초 관리자의 자격을 검사합니다.]

[관문이 통과되었습니다.]

[장벽이 해제되었습니다.]

……

[무너진 이면 세계가 모습을 드러냅니다!]

빛무리가 가신 자리.

이리저리 갈라진 공간 너머로 비치는 광경에, 자리에 있
던 절교의 악마들과 동주칠마왕 모두 긴장된 얼굴이 되었
다.

[이곳은 '탑 외 지역'입니다.]

[입장하시겠습니까?]

[주의! 현재 탑(오벨리스크)은 알 수 없는 이유로
운영이 정지된 상황입니다. 입장 시에 어떤 불이익
을 받을지 알 수 없습니다.]

[주의! 이곳은 개인 사유지입니다. 버려진 지 오
래되었지만, 소유주가 따로 있어 무단 침입 시 어떤
불이익을 받을지 알 수 없습니다.]

......

탑 외 지역!

무너지는 세계와 탑 속에서 그들 모두가 도망치듯이 빠져나와야만 했으니.

칠흑왕이 모습을 드러냈을 때 보였던 위용은 아직도 그들의 머릿속에 트라우마처럼 남아 있었다. 그래도 어떻게든 잊고자 애쓰고, 시간이 지나면서 겨우 떨칠 수 있었던 것인데.

그게 다시 드러나고 말았으니.

언제나 많은 인파들로 북적대던 탑 외 지역의 마을과 상가 구역은 모두 망가져 옛 모습은 거의 찾을 수가 없는 상태였다.

언제나 하늘 높이 우뚝 서 있던 탑도 당연히 전부 사라진 지 오래였지만, 곳곳에 파편으로 보이는 것들은 남아 있었으니.

이블케는 박수를 다시 한번 더 세게 쳤다.

그러자 마치 카메라가 줌 인(Zoom—In)을 한 것처럼 틈 사이로 보이는 광경이 원래 탑이 있던 자리를 비췄다. 돌무덤이 나타나고, 화면이 그 안쪽으로 파고들어 가더니, 다시 땅속으로 들어갔다.

그러자 거짓말처럼 시커먼 지하로 이어지는 나선 계단이 보이고, 뒤이어 거대한 크기를 자랑하는 석문이 나타났다.

[숨겨져 있던 탑(오벨리스크)의 지하가 모습을 드러냅니다!]

그리고 떠오른 메시지에 악마들의 긴장은 더욱 커졌다.

지하!

언제나 지상으로 나 있는 탑의 위쪽 충계만 생각하고, 좀 더 시야를 확장하더라도 우회로까지 보는 게 전부였던 그들로서는 설마 지하에도 공간이 숨겨져 있을 거라고는 생각도 못 했으니까.

그간 알아채지 못했던 지하야 있을 수 있다고 하더라도, 탑 아래에서부터 칠흑왕이 올라왔던 것을 기억하는 이들로서는 당연히 저기에 칠흑왕이 있지 않겠냐는 생각이 스쳐 지나갔지만.

"다들 걱정 마십시오. 저곳은 원래 엄연히 탑의 히든 스테이지 중 한 곳이었으니까요. 정확하게는 천마가 칠흑왕을 좀 더 확실하게 잠재우기 위해 설치해 둔 잠금장치 같은 것이랍니다."

이블케는 그런 악마와 마왕들의 생각을 읽기라도 한 듯, 설명을 덧붙였다.

"원래대로라면 지구에서 좀 더 생력을 끌어들여서 열어야만 했겠지만…… 어쩔 수 없지요. 우선 있는 대로 여는 수밖에요."

아, 그리고 지금은 여의봉이 칠흑왕의 자아에게로 가 있다고 해도, 이곳은 엄연히 천마의 영역이니 그에게 들킬 우려도 아주 적답니다.

이블케는 그렇게 뒷말을 덧붙이면서 어느새 자신의 손에 들려 있던 열쇠를 석문에다 꽂아 돌렸다.

철컥—

쿠쿠쿠!

[최고 관리자의 열쇠(子)가 사용되었습니다!]

[칠흑이 일부 투영됩니다.]

[지구의 생력이 투입됩니다.]

……

[석문이 열립니다!]

[경고! 이곳은 천마의 성역입니다! 허락받지 않은 무단 침입은 막대한 피해를 야기할…… %$#^%@$@#$!]

[표기 불가.]

[표기 불가.]

……

[최고 관리자의 권한으로, 모든 안내 메시지가 강제 종료됩니다!]

치이이익!

경고 메시지가 연신 쏟아졌지만, 이블케가 귀찮다는 듯이 손을 허공에다 가볍게 휘젓자 모든 메시지창이 꺼졌다.

"그럼 들어가시지요."

이블케는 활짝 열린 석문 안쪽으로 발걸음을 옮겼다.

절교의 악마들과 동주칠마왕들은 감히 함부로 움직이지 못했다.

꿀꺽.

누군가가 긴장감에 침을 삼키는 소리와 함께.

이내 모두 천천히 이블케의 뒤를 따르기 시작했다.

*　　　*　　　*

연우가 입장한 곳은 금고라기보다는 보고(寶庫)라는 단어가 훨씬 더 잘 어울리는 것 같았다.

한때, 우주 전역을 떨쳐 울렸던 퀴리날레의 유산이 담겨 있어서 그런 걸까?

거기엔 수많은 무구들이 가득했다.

그리고.

어딘지 모르게 연우는 이곳이 낯익다는 생각이 들었다.

『이거…… 어디 올림포스의 보고를 보는 것 같은데?』

아니나 다를까.

크로노스는 헛웃음을 흘리면서 그런 말을 했다.

언젠가 연우가 10층을 통과하고 나서, 12대신의 열쇠를 모두 모아 열었던 올림포스의 보고와 똑같은 모습.

거기서 헤르메스를 만나기도 했으니…… 당시 받았던 인상이 워낙에 강렬했기에 확신할 수 있었다.

"올림포스의 보고가 이곳을 따라 한 것이겠죠?"

『당연하지. 올림포스의 보고라는 개념 자체를 만들어 낸 게, 사실 네 엄마였다.』

"그랬습니까?"

연우로서도 전혀 몰랐던 사실이기에 눈이 저절로 커질 수밖에 없었다.

『그래. 당시 올림포스는 워낙에 정벌이 활발했기 때문에 각지에서 받아 오는 공물이며 보물들이 너무 많았거든. 그 것을 소속 신에게 나눠 주는 데도 한계가 있어서 아예 금고를 열어야 했지.」

연우는 이해하겠다는 듯이 고개를 끄덕였다.

확실히 자신이 봤던 올림포스의 보고에는 단순히 올림포스의 신들이 쓴다고 하기엔 말이 안 되는 독특한 형태를 갖춘 무기들이 아주 많았으니까.

『그보다…… 이런 것들에 네 엄마가 남긴 뭔가가 있을 것 같지는 않고.』

"여기일 겁니다."

『음?』

연우는 과거의 기억을 되짚어 보던 크로노스를 지나쳐 안쪽 깊숙한 곳으로 들어섰다.

수많은 성화와 성물로 빼곡하게 찬 홀이 나타났다.

그곳은 궁이었다.

중앙에 난 단상에 놓인 두 개의 옥좌를 중심으로, 수많은 신하들이 도열해 있는 궁.

하나하나가 전부 대리석을 깎아 만든 조각이었지만, 너무 생생한 나머지 금방이라도 살아 움직일 것처럼 보였다.

그리고 그건 연우에게도 낯익은 광경이기도 했다.

크로노스의 신화 속에 있을 무렵에 봤던 것과 똑같은 광경이었으니까.

크로노스와 레아가 모든 내전을 종식시키고, 처음으로

공동 왕이 되어 올림포스를 다스리기 시작할 때의 모습이
었다.

모든 것이 아직까지 어수선하고, 어제까지만 해도 살벌
하게 싸웠던 대상과 같은 자리에 서 있어야 한다는 사실에
떨떠름해하는 심정이 전부 나타나 있었다.

크로노스의 얼굴에는 긴장감이, 레아의 얼굴에는 온화함
이 어려 있기도 했고.

연우는 슬쩍 크로노스를 돌아봤다.

크로노스의 두 눈은 크게 요동치고 있었다.

『이런…… 말도 안 되는……!』

크로노스는 말을 하다 말고 도중에 아랫입술을 질끈 깨
물었다. 당장이라도 눈물이 쏟아질 것 같았으니까.

"뒤쪽에도 공간이 있는 것 같습니다."

『……뭐?』

연우는 크로노스를 데리고 계속 보고 안쪽으로 들어갔
다.

그곳은 넓은 홀이 아니었다. 조금 작은 방. 두 사람의 침
실이었다. 레아는 갓 태어난 헤스티아를 품에 안고 있었고,
크로노스는 그런 자신의 첫 번째 자식을 앞에 두고 어쩔 줄
몰라 당혹해하고 있었다.

"……."

「…….」

　그다음에는 둘째와 셋째인 데메테르와 헤라가 태어나 가족이 같이 행복한 피크닉을 떠난 광경이.

　또 그다음에는 세 살 정도쯤 된 하데스와 포세이돈을 목말 태운 채로, 역시나 아이들에 둘러싸여 안절부절못하는 크로노스와 그것을 보며 웃고 있는 레아의 모습이 있었다.

　제우스와 가볍게 장난을 치는 크로노스도 있었고, 세 딸들에게 바느질을 가르쳐 주는 레아도 있었다. 다투다가 크로노스와 레아에게 걸려 호되게 야단맞는 아이들의 모습도 있었다.

　레아가 직접 빚었을 게 분명한 석상과 성화들은 하나하나가 전부 크로노스와의 추억이 담긴 것들이었다.

　혹은 그와 함께 이루고 싶었지만 결국 이루지 못했던 광경들이, 바로 거기에 있었다.

　'……어머니.'

　연우는 아주 잠깐 동안 레아가 이곳을 만들면서 어떤 마음이었을지 도저히 감이 잡히질 않아 가슴이 저절로 먹먹해졌다.

　이곳은 레아가 지구로 건너오기 전에 만들었던 곳. 즉, 크로노스가 마성에 완전히 젖어 폭군으로 활약하다 내쫓겼던 때에 만들어졌단 뜻이었다.

당시 크로노스는 자식들을 공허에다 유폐시키는 등 악랄한 짓을 많이 했으니, 그에 대한 원망이 아주 컸을 텐데도 불구하고.

레아는 여전히 마음 한쪽 구석에 크로노스에 대한 애틋하고 그리운 감정을 지우지 않고 있었던 모양이었다.

그러다 크로노스를 찾아 지구로 넘어온 것일 테지.

털썩.

크로노스도 그런 레아의 마음을 알아차렸기에 감정이 북받친 나머지 더 이상 움직이지 못하고 자리에 주저앉아 눈물을 뚝뚝 흘리고 말았다.

연우는 그런 아버지를 달래 드릴까 싶었지만, 지금은 혼자 있고 싶으실 것 같다는 생각이 들어 잠시 그를 남기고 보고의 가장 깊숙한 곳까지 들어갔다.

그리고 그곳에서 연우는 숨이 턱 하고 막히는 기분이 들었다.

자그마한 탁상에 한 여인이 조용히 눈을 감은 채로 잠들어 있었으니까.

비록 입고 있는 옷은 올림포스 신들의 그것처럼 화려했지만, 얼굴만큼은 근심의 세월이 잔뜩 묻어 있었다.

낯익은 얼굴이었다.

"어머니……!"

숨소리는 느껴지지 않았다. 레아가 타천을 하기 전에 남긴 육체이리라.

다시는 만날 수 없을 거라고 생각했던 어머니의 모습에, 연우는 떨리는 발걸음으로 다가가 주름진 그녀의 손을 조심스럽게 붙잡았다.

파아아!

그 순간, 레아의 육체가 산산이 부서졌다.

"아……!"

연우는 안타까움에 어머니를 붙잡으려 손을 뻗었지만, 입자들은 그의 손가락 틈 사이로 빠져나가고 있었다.

뚝.

뚝.

크로노스처럼 그의 눈가에서도 눈물이 떨어질 무렵.

연우는 뒤늦게 방금 전까지 레아가 앉아 있던 탁상에 쌓인 편지들을 볼 수 있었다.

어머니의 글씨체로 정성스럽게 쓰인 편지들.

떨리는 손길로 첫 번째 편지지를 붙잡았다.

이곳을 누군가가 찾아왔다는 건, 다행히 내가 무사히 그이를 다시 만날 수 있었단 뜻이겠지.

그것은 언제 찾아올지 모를, 미래의 자식에게 그녀가 보내는 편지였다.

그 순간.

파아아!

고운 입자들이 연우를 중심으로 돌개바람을 크게 그리더니, 곧 그에게로 흡수되기 시작했다.

동시에 터지는 빛무리.

파앗!

　　[저장된 영상이 다수 있습니다. 재생하시겠습니까?]

　　[재생을 선택하였습니다.]
　　[저장된 영상을 차례로 읽어 들이기 시작합니다.]
　　[로딩 중…….]
　　[영상을 재생합니다.]

　　　　　　*　　　*　　　*

'여기는……?'

연우는 갑자기 바뀐 주변을 둘러보았다.

올림포스의 대신전, 주신의 방이었다.

익숙한 장소였지만, 어쩐지 낯설게 느껴졌다. 아무래도 세월에 큰 차이가 있는 모양이었다.

『네 엄마가 신력을 뭉쳤다가 곳곳에다 사념을 남긴 모양이구나. 대략 7, 8천 년 전쯤의 올림포스인 것 같다. 내가 타르타로스에 갇히고…… 올림포스가 탑에 유폐된 시기쯤인 것 같은데.』

그 순간, 크로노스가 옆에서 불쑥 나타나 주변을 둘러보면서 말했다.

연우는 움찔 놀라 그를 돌아보았다.

'……아버지.'

『왜? 무슨 일이라도 있냐? 뭘 그런 얼굴로 쳐다봐?』

크로노스는 아무렇지 않은 척 담담한 투로 콧대를 높이 들었다. 하지만 얼마나 울어 댄 건지, 눈은 이미 시뻘겋게 달아오른 채였다.

'콧물 나오셨는데요?'

『뭐라? 큼큼!』

'거짓말입니다. 합체 로봇한테 콧물이 어디서 납니까?'

『이 새끼가? 근데 뭐? 합체 로봇?』

'툭하면 분리됐다가 합체되지 않습니까. 변신도 자유자재고. 애들이 좋아할 것 같다는 생각이 갑자기 들었습니다.'

『…….』

크로노스는 한순간 이 얄밉기 짝이 없는 막내아들의 뒤통수를 후려칠까 말까 갈등했다.

분명히 분위기를 환기시켜 주려는 목적인 건 알겠는데, 어째 기분이 찜찜했으니까.

'무슨 문제라도 있습니까?' 하는 뻔뻔한 표정을 하고 있는 연우를 보고 있노라니 기가 찰 뿐이었다.

요즘 들어 아버지로서의 위신이 자꾸 떨어지는 것 같은데, 이참에 한마디 따끔하게 해 봐?

한순간 그런 생각도 들었지만.

크로노스는 짧은 고민 끝에 곧 고개를 휘휘 저었다. 그래 봤자 본전도 못 찾게 될 게 분명했으니까.

막말로 저번처럼 합일을 이루고 나서 이상한 데(?)다 집어넣기라도 하면 자신만 손해지 않은가.

'아버지.'

『왜?』

'저길 보십시오.'

크로노스는 연우가 또 무슨 헛소리를 하려나 싶어 심통 어린 얼굴로 시선을 돌렸다가 놀란 눈이 되고 말았다.

모퉁이를 돌아 방으로 이어지는 곳. 연우가 가리킨 방향에 레아가 의자에 앉아 있었다.

연우가 흡수했던 레아의 유해와 똑같은 모습.

주신 시절의 레아였다.

그녀는 커다란 캔버스에다 붓으로 묵묵히 그림을 그리고 있는 중이었다.

'…….'

『…….』

그 그림을 보는 동안, 연우와 크로노스는 또 아무 말도 하지 못했다.

퀴리날레의 보고에서 봤던 여러 성화 중 하나였으니까.

크로노스와 레아가 여섯 명의 아이들과 함께 정답게 이야기를 나누고 있는 광경.

톤은 전체적으로 밝았고, 인물들의 표정에도 전부 미소가 맺혀 있었다. 행복감이 여기까지 느껴지는 듯했다.

하지만.

정작 화가인 레아의 표정은 그림과 달리 딱딱하게 굳어 있었으니.

연우는 그 속에 깊숙하게 내재된 슬픔을 읽을 수 있었다.

방에는 그 그림만 있는 게 아니었다. 곳곳에 다른 그림들과 조각들이 아무렇게나 놓여 있었다. 마찬가지로 전부 퀴리날레의 보고에 있던 것들. 평화와 행복이 가득 담긴 작품들이었다.

레아는 이 그림을 완성하는 것만이 자신이 할 일이라는 듯, 캔버스를 거의 노려보다시피 하고 있었다. 붓질에는 힘이 가득했고, 손끝에는 자잘한 상처들이 많았다.

그렇기에 붓 터치가 계속될수록 크로노스의 얼굴은 더더욱 일그러졌다.

『레아…… 당신은 대체…….』

크로노스의 목소리가 잘게 떨렸다. 벙긋거리는 입술은 몇 번이나 레아의 이름을 부르고 싶어 했다.

하지만 이것은 전부 저장되어 있던 사념이자, 환영. 레아는 자신들을 보지 못한다. 아무리 소리를 질러 봤자 닿지 못할 아우성에 지나지 않으리라.

'누가 옵니다.'

『누가?』

'아무래도…….'

연우가 고개를 돌린 곳. 방문이 신경질적으로 쾅 하고 열렸다.

제우스가 잔뜩 성난 얼굴로 레아를 노려보고 있었다.

"어머니!"

아들이 허락 없이 작업실에 들어오고 나서도, 레아는 그쪽으로 눈길 한 번 주지 않았다. 숫제 투명인간 취급이었다.

"어머니! 대체 이게 무슨 짓입니까!"

제우스는 그런 레아의 모습이 더더욱 마음에 들지 않는지, 주먹으로 벽면을 거세게 후려쳤다.

콰르릉, 쿠르르—

그 때문에 주먹 끝에서 튀어 오른 뇌전이 작업실 내부를 잇달아 휘갈기면서 멀쩡하던 그림들이며 조각상들을 모조리 부서뜨렸다.

『저놈이⋯⋯!』

크로노스로서는 분통이 터질 일. 얼굴이 시뻘겋게 달아오른 채로 그만하라며 제우스에게 달려들었지만, 당연하게도 그의 손끝은 제우스를 통과하고 말았다. 크로노스는 이를 악다물고 말았다.

반대로 연우는 언제부턴가 제우스를 가만히 노려보고만 있었다.

이것이 아무리 재생되는 과거의 사건이라고 해도, 가슴 안쪽에서부터 짜증이 치밀어 오르고 있었다. 그래도 사념은 끝까지 봐야 한다는 생각에 화를 억지로 삭이는 중이었다.

다만, 정작 레아는 이런 광경이 너무나 익숙한 듯, 담담하게 부서지는 작품들을 가만히 바라보고만 있을 뿐이었다.

뿌연 먼지가 천천히 내려앉고.

레아의 시선이 바닥을 향하다 제우스에게로 닿았다.

그것이, 제우스를 더 발끈하게 만들었다.

"제 말이! 새로운 왕인 제 말이 들리지 않으시는 겁니까? 이 짓거리들을 당장 그만두라고 몇 번이나 말씀드리지 않았습니까!"

"그랬었지."

나지막한 목소리.

그러면서도 울림이 있었다.

연우는 어쩐지 어머니의 목소리가 익숙하면서도 낯설다는 생각이 들었다.

자신의 기억 속에 있는 어머니의 목소리에는 언제나 따스함과 사랑이 가득 담겨 있었으니까.

하지만 지금 저 목소리에는 그런 것이 일체 없었다.

담백하지만, 텅 비어 있었다.

"한데, 왜 어리석게도 이런 짓을 계속 저지르시는 것입니까! 이미 모두 끝난 일입니다!"

"그래. 끝났지."

"한데……!"

"끝난 일이니 해도 되는 것이 아니더냐?"

"뭐라구요?"

제우스의 두 눈이 부릅떠졌다.

당장이라도 신벌을 내릴 듯한 모습이었지만.

레아는 여전히 담담한 투였다.

"나는 너를 살렸다."

"무슨……!"

"하지만 그것이 네 아버지를 죽이란 뜻은 절대 아니었다."

"……!"

제우스가 이를 악다물었다.

아버지를 권좌에서 강제로 끄집어 내리고, 그 자리에 앉은 새로운 왕.

비록 크로노스가 폭군이었기에 명분이 있었다지만, 그래도 여전히 그의 자질을 의심하는 시선은 아주 많았다.

"그를 죽이지 않았으면요? 내쫓지 않았으면 질서가 알아서 바로잡히기라도 했을 것 같습니까?"

"안다. 그러니 나 역시 너에게 왕위를 물려주고 내려온 것이 아니었더냐."

"이이……!"

"내가 바랐던 것은 그저……!"

레아는 무언가를 말하려다가, 곧 한숨을 내쉬었다. 여태껏 위엄이 잔뜩 배어 있던 모습은 온데간데없이, 한순간 수

십 년의 세월이라도 맞은 것처럼 입가엔 씁쓸함이 맺혀 있었다.

"……아니다. 이 모든 게 다 아픈 남편을 잘 보살피지 못하고, 자식들을 보듬지 못했던 내 잘못일 뿐이지. 그래도 제우스야. 내 사랑하는 막내아들아. 부디 내 마지막 남은 소망만큼은 들어주지 않겠느냐? 너를 방해하지 않겠다고, 조용히 살겠노라고 누차 말하지 않았더냐. 한데, 이것까지 방해를 해야겠더냐?"

"……."

제우스는 레아의 간절한 부탁에 이를 악다물어야만 했다.

사실 그는 여태 이해를 하지 못하고 있었다. 어째서 레아가 크로노스를 이렇게 그리워하고 있는 건지.

제 자식들을 공허에 처박고, 분란만 일삼으며, 결국 자신의 가슴에다 대못까지 박은 사람이 아니던가!

누군가는 신왕이니 뭐니 하면서 위대했다고 표현한다지만, 그로 인해 피해를 입은 사람들도 너무나 많았다.

그런데도 여전히 그를 그리워하고, 있지도 않았던 행복한 일상을 억지로 떠올리며 환상에 갇혀 살기만 하는 어머니가…… 너무나 밉기만 할 뿐이었다.

제우스는 한평생 부모의 따스함을 받지 못하고 자랐다.

그렇기에 항상 그것을 갈구하며 살았고, 어머니를 '위기'에서 구해 내고 난 뒤엔 드디어 따뜻한 손길과 정겨운 응원이 자신에게로 쏟아질 것이라 믿었다.

하지만 그런 믿음은 꺾이고 말았다. 눈앞에 있는 건 자신인데, 정작 어머니는 여전히 과거에 갇혀 헤어나지 못하고 계시지 않은가.

그렇기에 화가 났고, 서운했고, 짜증이 났다.

하지만 제우스는 언제나 굴곡진 삶만 살아왔기에 그런 속내를 털어놓는 방법을 알지 못했다. 떼를 쓰듯이 화를 내는 게 할 줄 아는 전부였기에 그는 결국 신경질적으로 돌아설 수밖에 없었다.

쾅!

그렇게 제우스가 울컥하는 마음을 참지 못하고 떠난 뒤.

"나이를 먹고도 어찌 저리 아이 같기만 한지……. 하아! 어머니, 다친 곳은 없으십니까?"

소란을 듣고 찾아온 건지, 하데스가 조심스레 들어왔다.

레아는 쓰게 웃으면서 고개를 가로저었다.

"다치지 않았으니 걱정 말거라."

"……천성이 나쁜 아이는 아닙니다. 그저 모든 게 뜻대로 되지 않아 어린아이처럼 투정을 부리는 것뿐이니 이해해 주십시오. 더군다나 최근에는…… 천마에게도 패하지 않았습니까?"

하데스의 입가에는 쓴웃음이 걸렸다.

"그 때문에 가뜩이나 이래저래 시끄러웠던 차에, 이곳 탑인지 뭔지 하는 곳에 유폐되기까지 하니 폭발하기 직전인 듯합니다. 제우스도 상당히 민감해진 상태라…….."

"이제 바깥일은 너희들의 것이다. 너희들이 알아서 정하려무나."

"……예. 어머니."

하데스는 차마 뒷말을 덧붙이지 못했다.

지금 당신의 막내아들이 많이 아프단 사실을.

천마증인지 뭔지 하는 병에 걸려 시름시름 앓고 있는 중이고, 그 때문에 가뜩이나 위태롭던 지지 기반이 더 크게 흔들리는 중이라고.

그나마 포세이돈과 자신이 있어 버티고는 있다지만, 당장 언제 쓰러져도 이상하지 않다고. 어머니의 도움이 반드시 필요하다고 말이다.

하지만 지금 이런 말을 레아에게 해 봤자, 그녀의 귀에는 전혀 들리지 않을 것이다. 들린다 해도 금방 잊을 것이고.

그만큼 그리움에 사무친 사람은 스스로 깨어나지 않는 한, 절대 벗어날 수 없는 법이었다.

『……하아.』

그리고.

크로노스는 그런 광경들을 제삼자의 시선으로 보면서 가슴이 찢어지고 있었다.

이렇게 되어 지켜보니, 레아를 비롯해 자식들까지 저마다 얼마나 아픈 상처를 입고 살고 있는지 알 것 같았으니까.

"그보다 부탁한 것은?"

"여기…… 있습니다."

하데스는 조용히 품에서 양피지 더미를 꺼내 레아에게 내밀었다.

그것을 꼼꼼하게 살피는 내내.

레아의 눈은 크게 흔들리고 있었다.

"타르타로스에서 에레보스까지, 전부 꼼꼼하게 돌아다니면서 분석한 것들입니다. 어머니의 예상대로, 탑이 박힌 자리는 원래 칠흑의 늪이 있던 자리…… 였습니다."

"그럼 역시 이곳은…….."

"예. 천마와 칠흑왕이 서로 굴리던 '굴레'를 멈추기 위해 설치한 것이었습니다. 칠흑의 늪이 튀어 오를 수 없도록 여의봉의 무게를 더하기 위해 우리 올림포스를 비롯해 여러 신과 악마들을 전부 집어넣었던 것 같습니다."

레아는 그동안 이곳에서 조각을 하고 그림을 그리는 등

소일거리를 하면서, 뒤로는 하데스를 통해 탑의 근원에 대해 몰래 조사를 하고 있었다.

하데스의 성역인 타르타로스와 에레보스는 천계가 아닌 하계에 있었으니, 비교적 이곳보다 조사가 훨씬 수월했기 때문이었다.

아직 올포원이 본격적으로 절지천통을 이루기도 전이라, 층계를 오르내리는 것도 그리 힘들지는 않았다.

"어머니는…… 여전히 아버지께서 언젠가 이곳으로 돌아오실 거라고 생각하고 계시는 겁니까?"

하데스는 양피지를 살피기에 여념 없는 레아를 보면서 조심스럽게 물었다.

레아는 이쪽으로 시선도 주지 않고 고개를 끄덕였다.

"그래."

"하지만…….."

"네 아버지는 죽었다고?"

"……티탄들도 그것을 알고 저 난리를 치고 있습니다."

"정확하게는 '정지'지."

"다릅니까?"

"다르단다."

레아는 딱 잘라 말했다.

"칠흑은 칠흑을 잡아당긴다. 아무리 멀리 가더라도 계속 끌어당기지. 네 아버지는 지금 어딘가 우주 한쪽을 돌고 있 겠지만…… 그렇기 때문에 이곳으로 올 수밖에 없어. 그게 정확하게 언젠지, 어딘지를 찾아야만 해. 그리고 그것을 위 해 준비를 해 둬야 하고."

레아는 천천히 고개를 들었다.

"그것이."

단단한 눈빛이었지만.

하데스는 어딘지 모르게 어머니가 위태롭게 보인다고 생 각했다.

"여전히 끝나지 않은 채로 계속 굴러가기만 하는 우리 가족의 불운(不運)을, 앞으로 더 크게 다가올 불행(不幸)을 막을 수 있는 유일한 방법이란다."

"……불운이라뇨? 그게 무슨?"

하데스는 한순간 레아의 말을 이해할 수가 없었다.

공허에 처박히고, 구출되었다. 아버지를 권좌에서 내쫓 았으며, 어머니는 사라진 아버지를 찾기 위해 노력한다. 그 런데 이보다 더한 불운이 벌어질 거라고?

하지만 레아는 쓴웃음만 지을 뿐, 거기에 대해서 별다른 말을 하지 않았다.

대신에 씁쓸한 시선으로 흔들리는 눈매를 한 하데스를 바라볼 뿐이었다.

"하데스야."

"예. 어머니."

"나와 제우스 사이를 중재하느라, 많이 고생한다는 것 알고 있단다."

"그건……!"

하데스가 뭐라고 말하려 했지만, 레아는 고개를 가로저었다.

"아니. 굳이 아닌 척할 필요 없단다. 사실 따지자면 크로노스는 네게도 미운 아버지가 아니더냐. 한데 그런 그를 구하고자 발 벗고 뛰어다니는 나를 이해하지 못할 텐데도…… 묵묵히 옆에서 도와주어서 고맙다. 그 말을 하고 싶었단다."

"……어머니."

"다만, 한 가지만 더 부탁하고 싶구나. 만약에…… 만약에 말이다. 이 어미가 떠나고 난 뒤에 이 어미와 비슷한 향을 풍긴 사람을 만난다면 말이다."

"어째서 그런 말씀을 하시는 겁니까? 거둬 주십시오. 아니, 그냥 듣지 못한 것으로 하겠습니다."

하데스는 인상을 굳히면서 돌아서려 했지만,

"그때는 부디 모른 척하지는 말아 주었으면 좋겠구나."

"……."

레아는 그런 하데스의 뒤에다 말을 던졌고, 하데스는 아무 대답도 하지 않았다.

화가 많이 났구나. 레아는 그렇게 쓰게 웃으면서 몸을 숙여 제우스가 부수고 나간 조각들을 하나둘씩 주웠다. 이것들을 다시 붙이려면 꽤나 많은 시간이 필요할 것 같았다.

그런데 문이 반쯤 열렸을 때 즈음, 하데스의 걸음이 잠깐 멈췄다.

"그런데 어머니."

레아는 무슨 일인가 싶어 고개를 슬쩍 들었고.

"저는 아버지를 원망한 적은 없습니다. 그리워한 적은 있어도요."

하데스가 훌쩍 떠나면서 남기고 간 말에 한참 동안이나 가만히 앉아 있어야 했다.

                    *   *   *

『네가 하데스에게서 신위를 넘겨받았을 때. 녀석이 그랬었다며? 원래 있던 곳으로 되돌리는 것뿐이라고.』

'예.'

크로노스는 레아처럼 하데스가 떠난 문을 물끄러미 바라보다 연우에게 그렇게 물었다.

연우는 가만히 고개를 끄덕였다.

하데스가 직접 말을 한 것은 아니었다.

하지만 자신에게 남아 있던 하데스의 신화는 분명히 그렇게 말했었다.

'그'에게서 받은 것을 '그'에게로 되돌리는 것뿐이라고.

여기서 말하는 '그'가 누구인지는…… 굳이 깊게 생각하지 않아도 금세 알 수 있으리라.

『어쩌면 알고 있었던 건지도 모르겠구나. 네 엄마의 부탁을 기억하고서 말이다.』

크로노스의 검은 동공에 연우가 맺혀 있었다.

『사실 네 형제들 중에서 네 엄마와 가장 많이 닮은 게 너와 정우였으니까.』

'……처음부터 알아차리셨던 걸까요?'

『설마. 그렇지는 않았겠지. 하지만 너라는 사람을 계속 겪다 보니 저절로 알아차릴 수밖에 없지 않았을까?』

연우는 무겁게 고개를 끄덕였다.

포세이돈이나 제우스 같은 이들은 그다지 형제로서의 감정이 느껴지질 않았지만, 하데스만큼은 달랐으니까.

탑에서 동생을 찾기 위해 한없이 날카로워지던 자신을 올바르게 잡아 준 고마운 사람이었다. 그에게 있어 스승이나 아버지, 혹은, 큰형 같은 존재였다고 해도 과언이 아닌 것이다.

연우도 크로노스와 마찬가지로 한동안 하데스가 떠난 자리를 가만히 바라볼 수밖에 없었다.

*　　　*　　　*

레아는 식음을 전폐하고 며칠에 걸쳐서 하데스가 가져다준 자료들을 살피기에 여념이 없었다.

연우와 크로노스도 가만히 그녀가 정리하는 것들을 옆에서 지켜보았다.

그리고 시간이 지날수록 연우는 적잖게 놀라고 있는 중이었다.

레아가 내린 추론들이 하나같이 '예지'라도 한 건가 싶을 정도로 정확했기 때문이었다.

· 천마와 칠흑왕의 '굴레' 싸움은 이미 헤아릴 수도 없을 정도로 이뤄져 왔다.

· '굴레'는 흔히 '꿈'이라고도 표현된다. 전자는 천마, 후자는 칠흑왕이 주로 하는 표현이다.

· 하지만 이 굴레 싸움도 이제는 거의 한계점에 다다라, 둘은 종지부를 찍을 필요성을 느꼈다.

· 그래서 천마는 '탑'을 세워 칠흑왕을 깊숙하게 봉인시켰다. 하지만 칠흑왕의 대책은 아직 드러난 바가 없다.

……

· 칠흑은 한번 점찍은 대상이 완전히 스러질 때까지 절대 놓지 않는다.

· 크로노스가 아직 살아 있다고 가정했을 경우, 칠흑의 이끌림에 따라 탑의 인근으로 올 수밖에 없다.

· 탑은 일종의 이면(裏面)에 있다. 이 뒤에는 수많은 신화들이 재생되고 있는 '지구'라는 문명이 있다는 것이 관측되었다.

· 크로노스의 태엽이 이쪽으로 떨어질 가능성이 8할이 넘으며, 그럴 경우 그의 성격상 업을 쌓기 위해 전생을 거듭할 가능성 또한…….

……

· 하지만 칠흑은 크로노스를 '사도'로 삼았을 뿐, '집행자'로 삼지 않았다. 여기서 초반의 의문점이 재차 제기된다.

· 천마가 먼저 첫수를 놓았다. 그렇다면 칠흑왕의 다음 수는 무엇인가?

· 이것은 두 절대자의 장기판이다. 수를 알아야만 한다.

……

• 추측할 수 있는 재료는 여러 가지다. 크로노스가 시간과 죽음을 신위로 두고 있다는 점, 선조가 한때 칠흑을 추종했지만 천마 쪽으로 돌아선 '낮'의 존재들이었다는 점. 그리고…… 아내인 나 역시 같은 '낮'의 후손이라는 점.

• 시간과 공간은 우주 창생의 주재료다. 반대로 칠흑이 아끼면서도 꺼리던 재료이기도 했다. 천마를 잡으려면 이 두 주재료를 가져올 가능성이 농후하다.

• 그리고 여태 빚어진 칠흑의 동향은 이런 추론에 신빙성을 더한다.

• 나와 크로노스 사이에는 6명의 자식들이 있다. 그들은 시간과 공간의 가능성을 모두 타고났다. 하지만 이들에게는 칠흑이 손길을 뻗은 정황이 보이지 않는다.

• 정확한 이유는 알 수 없지만, 태어날 때부터 신격을 타고나 영혼을 마음대로 다루기 어렵다고 판단해서일 수도 있다.

• 이전 '꿈'의 집행자 사례들만 봐도 대부분 힘겨운 일을 겪어 가슴 속에 짙은 한을 품고 있었다. 그리고 대부분 그런 사연의 시작은 초월적인 존재를 앞에 둔 좌절과 절망이었다.

……

• 이런 정보들을 모두 취합해서 내놓을 수 있는 추측은?

칠흑이 보일 수 있는 다음 수는?

• 프네우마와 퀴리날레의 새로운 혈육을 유도하고, 그것
이 필멸자로서 겪게 될…….

레아는 양피지를 빠르게 적어 내려가다 말고 도중에 펜
을 내려놓아야만 했다. 글자의 끄트머리가 쭉 미끄러지고
있었다.

"이게…… 대체 뭐야?"

레아는 암담한 심정을 더 이상 참지 못하고 떨리는 손길
로 얼굴을 덮고 말았다.

소리 없는 흐느낌이 이어졌다.

『연우야, 이건.』

'예. 하나같이 열받는 것들뿐이네요.'

연우는 이를 악물었다.

하나하나가 전부 자신이 겪었던 일들이었으니까.

자신 역시 칠흑왕의 자아 중 하나로서 이런 내용들을 어
렴풋이 짐작하고 있었다지만.

그래도 아주 오랫동안 이런 '운명'이 결정되어 있었다는
사실이, 초월적인 존재에 의해 장기 말처럼 부려졌단 사실
이 너무 화가 나 미칠 것 같았다.

그리고.

이것을 처음부터 예상하고 계셨을 어머니는 또 얼마나 오랫동안 벙어리 냉가슴 앓듯이 있어야 했을지, 말문이 막혀 도무지 아무 생각도 나지 않았다.

하지만 레아는 여기서 굴하지 않겠다는 듯, 이를 악물며 다시 양피지를 써 내려갔다.

두 눈이 어느새 크로노스처럼 잔뜩 충혈되어 있었다.

그리고.

오기도 담겨 있었다.

· 만약 칠흑의 의도대로 따르지 않을 경우 일어날 결과로는 크게 두 가지를 추론할 수 있을 것이다.

· 첫째는 현재 있는 여섯 자식들이 차례로 불운을 맞거나, 그 후손이 타격을 입어 타천을 할 수밖에 없는 상황에 놓이는 것. 둘째는 크로노스에게 더 큰 재난이 닥치는 것.

……

· 하지만 무엇이 되었든 간에 현재 칠흑이 놓을 수가 정확하게 무엇인지는 알 수 없다. 그렇다고 해서 다른 사람에게도 맡길 수 없는 일이다.

· 직접 확인하기 위해서라도 움직여야 한다.

그것이 레아가 내린 결론이었다.

칠흑왕이란 존재는 올림포스의 수장이었던 그녀조차도 까마득하게 여기는 절대적인 존재.

그런 자가 수를 놓으려 한다면 절대 막을 수 없다. 가능한 한 피해를 줄이기 위해 대비를 하는 게 전부였고, 거기서 방향이 틀어지게끔 유도하는 것이 최선이었다.

그리고…… 레아는 자신이 직접 나서기로 마음먹었다.

자식들에게는 절대 말을 하지 않을 참이었다. 이제야 겨우 칠흑이 주던 재난에서 벗어나 다시 일어서려는 아이들에게 더 큰 짐을 안게 할 수는 없지 않은가.

반면에 크로노스가 겪고 있는 일은 현재 진행형이었고, 또한 그것은 따지자면 자신의 일이기도 했다.

그 뒤로.

레아는 빠르게 주변 정리를 해 나갔다.

물론, 다른 이들이 알아서는 좋을 게 없었기 때문에 최대한 비밀리에 준비했다.

"포포, 페페. 너희들에게 부탁할 것이 있어."

훗날, 프레지아와 아나스타샤라는 이름을 가지게 될 여급(女給)들에게 각각 임무를 맡겼던 것이다.

프레지아에게는 퀴리날레의 유산을 부탁했고, 아나스타샤에게는 하계로 내려가 앞으로 탑의 동향을 살펴 달라고 부탁했다.

두 사람은 레아가 곧 떠나려는 것을 눈치챘음에도 굳이 거기에 대해서 묻지 않고 묵묵히 명령을 따랐다.

레아는 그러면서도 시간 나는 대로 틈틈이 만들고 있던 조각상과 그림을 마무리 지었다.

되찾고 싶었던 일상들을 돌아보면서, 언젠가 반드시 이곳으로 되돌아오겠다며 몇 번씩 다짐하기도 했다.

그리고.

떠나게 되는 날. 레아는 어느 그림 앞에 가만히 섰다. 크로노스가 이쪽을 보면서 환하게 웃고 있었다.

레아도 그를 마주 보면서 웃었다. 그가 마성에 젖고 난 뒤로 단 한 번도 보지 못했던 미소.

"당신, 그거 알아? 사실 나 따지고 보면 내 자식과 손주들만 지키면 그만인 거잖아. 그럼 당신만 칠흑한테 실컷 괴롭힘을 받겠지만, 그동안 당신이 저지른 짓들 생각해 보면 그래도 싸잖아. 그런데도…… 왜 내가 당신을 이렇게까지 애쓰면서 구하려는 건지 알아?"

연우는 크로노스를 돌아봤다. 하지만 크로노스는 놀라기만 할 뿐, 전혀 모르겠다는 듯이 고개를 가로저었다.

사실 그건 그도 갖고 있던 생각이었다. 어째서 레아는 자신을 그토록 아껴 주었던 걸까. 못난 자신은 그녀에게 상처를 입힌 기억밖에 없는데.

"당신은 기억하지 못하겠지만, 사실 예전에 당신이 나 구해 준 적이 있었거든."

『으음?』

"내가 아버지에게 입양되고 나서 올림포스 분위기에 적응하지 못하고 한창 정체성에 대해 고민하고 있을 때…… 다른 형제들이 날 지독하게도 못살게 괴롭혔었거든. 특히 테이아, 그년이 진짜 죽일 년이었어."

『하하.』

"근데 당신이 내 앞에 서서는 테이아, 그년한테 그러더라. 시끄러워 죽겠으니까 꺼지라고. 테이아가 노려보는데도, 당신은 뭘 어쩌라는 식으로 개개는데…… 그게 얼마나 멋있던지."

『큼큼! 내가 좀 어렸을 때부터 멋있긴 했지.』

"웃기기도 했지만."

『뭐시라?』

"나보다 늦게 입양되어서 더 혼란스러울 법도 한데, 그런 건 다 무시하고 제멋대로 굴었잖아? 테이아도 결국에는 이기지 못하고 떠나 버렸고. 나는 그게 그렇게 부러울 수가 없었어."

『……』

"아마 그때부터였을 거야. 내가 마음 한쪽에 당신을 두

기 시작했던 건."

『……흠. 난 그때 아무 생각도 없었던 것 같은데.』

"그래서 그때부터 몇 번씩 시그널을 보내기도 했는데…… 당신처럼 둔한 사람이 뭘 알겠어? 오히려 왜 꼬나 보냐면서 날을 세우는데, 그건 또 얼마나 멍청해 보이던지."

『……거 아들이 바로 옆에 있는데 멍청하다는 표현은 좀.』

"그래도 결국 당신을 쟁취한 건 나였으니까, 내가 승리자인 거였겠지? 그리고 그것도 모르지? 사실 당신이 나랑 결혼할 수밖에 없었던 것도 내가 유도한 거였다는 거?"

『엥?』

"당신은 꿈에도 몰랐겠지만. 하여간 하나부터 열까지 내가 다 챙겨야지. 어쩌겠어."

『……쩝.』

"그러니까 이번에도 내가 챙겨 주러 간다. 그러니까 거기서 꼼짝 말고 기다려."

『허!』

크로노스는 정말 레아와 대화라도 하는 것처럼 이런저런 말을 주고받다가, 마지막에는 겸연쩍었던지 검지로 볼을 긁적였다.

그리고 그런 생각이 들었다.

결국 처음부터 마지막까지, 자신은 레아와 이뤄질 운명이었나 보다…… 그녀와 함께할 운명이었나 보다…… 그런 생각이 들었다.

『그런데 말이야. 당신이야말로 모르는 게 있어.』

크로노스는 그림에서 시선을 떼고 천천히 돌아서는 레아를 보면서, 이번에는 자신의 속내에 담겨 있던 말들을 하나둘씩 꺼냈다.

『내가 아버지의 신력을 물려받고 본격적으로 내전에 뛰어들었을 때…… 사실 여기저기서 나를 스카우트하려 했었어. 누가 보더라도 내가 제일 셌으니까. 어떤 놈은 아예 나더러 독립하자고 말하기까지 했지. 하지만 내가 굳이 그러지 않고 왜 당신에게 갔겠어?』

한 걸음.

또 한 걸음.

레아가 천천히 걸음을 옮길 때마다 배광이 치솟았다. 그리고 그런 배광은 산산이 부서지면서 땅바닥에 내려앉았다.

타천이 시작되고 있었다.

이제, 크로노스가 있을 지구로 갈 준비를 하려는 것이다.

『내가 하루도 쉬지 않고 사고를 치고 다녔던 것도, 사실 따지고 보면 당신의 관심을 사려고 그랬던 거였어. 내가 아버지한테 실컷 혼나고 나면 가장 먼저 와서 왜 그렇게 철없이 사느냐고 툴툴대고 갔던 게 당신이었거든.』

레아는 어느 탁상 앞에 조용히 앉았다. 탁상을 손으로 쓰다듬는 손길에 엷은 미소가 걸렸다.

언제였던가. 무슨 이유 때문인지 기억은 나지 않지만, 어렸을 적에 그녀와 크로노스가 실컷 싸운 적이 있었다. 우라노스는 화를 크게 내면서 화해하란 뜻으로 뭔가를 같이 만들라고 했었고, 그래서 두 사람은 하루 종일 툴툴대면서도 뚝딱뚝딱 탁상을 만들어 냈다.

그리고 그때부터…… 이 탁상은 그녀에게는 천금을 주어도 바꾸지 못할 보물 1호였다.

『지구에 있을 때도 마찬가지였어. 그동안 내가 얼마나 많이 전생을 해 댔게? 그리고 원체 이 몸이 잘났다 보니 그만큼 나 좋다고 따라다닌 여자도 산 몇 바퀴를 돌리고도 남을 정도였지. 하지만 난 그들에게 일절 눈길 한 번 내주지 않았어. 왜냐고?』

크로노스는 조용히 탁상에 얼굴을 파묻는 레아를 바라보았다.

『신화를 복구해서 어떻게든 올림포스로 돌아가고자 했

222 두 번 사는 랭커

던 것도 마찬가지. 당시엔 제우스 놈이 밉기도 했지만, 그보다 훨씬 더 큰 소망이 있기 때문이었어. 먼발치에서라도 좋으니, 당신을……!』

크로노스는 북받쳐 오르는 감정 때문에 살짝 말문이 막히자, 억지로 삼키면서 계속 말을 이어 나갔다.

레아의 눈이 감기고 있었다.

『당신을, 어떻게든 한 번이라도 더 보고 싶었거든.』

레아의 눈이 완전히 감겼다. 크로노스도 타천이 마무리되어 가는 그녀를 빤히 바라보았다.

"그러니 우리 꼭."

『그러니 우리 곧.』

"다시 그곳에서 만나요."

『다시 이곳에서 만납시다.』

파아아!

레아에게서 내뿜어지던 배광이 완전히 가라앉았다.

타천이 마무리되었다는 뜻.

그녀가 마지막으로 남긴 이 사념 공간도 무너지기 시작했다.

그리고.

그 아래에서 크로노스는 고개를 위로 들었다.

['사자 소환'이 발동되었습니다.]
[누구를 소환하시겠습니까?]

『레아.』
크로노스는 한평생 자신이 사랑했던 여인의 이름을 입에
담았다.

[소환하신 대상을 찾을 수가 없습니다.]

『……뭐?』
차정우의 영혼을 소환했을 때와 똑같이 나타나는 메시지
창.
당연히 크로노스의 얼굴이 와락 일그러지고 말았다. 이
런 경우는 도저히 생각도 못 했으니까.
그러다 연우 쪽을 홱 하고 돌아봤다.
연우는 그답지 않게 담담한 표정을 짓고 있었다. 화를 참
고 있는 것처럼 보이는 것 같지도 않았다.
마치 이럴 줄 알았다는 듯한 표정.
『너…… 뭔가 짐작이라도 가는 게 있는 거니?』
'어머니는 차후에 벌어질 일들을 어느 정도 짐작하셨고,
곳곳에 안배를 마련해 두셨잖습니까? 탑에다 방주를 둔 거

나, 바이 더 테이블로 하여금 편지를 지키게 한 거나……
그럼 아버지를 찾으러 지구로 넘어오실 때에도 뭔가 마련
해 둔 게 있지 않을까요?'

『그게 뭔데?』

'지금부터 알아봐야죠.'

촤르르륵—

철컥!

연우는 팔을 감고 있던 쇠사슬을 풀어 식탁에다 꽂았다.

　　[사념 공간, '레아의 추억'이 시간의 태엽과 연결
　되었습니다.]

　　[시간이 정지하였습니다!]

그러자 붕괴되던 사념 공간이 강제로 정지했다.

동생의 사념은 여전히 회중시계에 담겨 아난타에게 있었
지만, 시간의 태엽만큼은 그에게 있었으니까.

그리고.

　　[시간의 태엽이 돌아갑니다.]

　　[사념 공간의 시간이 재생됩니다.]

공간은 다시 새로운 모습을 빚어내면서 레아가 지구로 떨어진 이후, 숨겨져 있던 뒷이야기를 하나둘씩 풀어내기 시작했다.

타천한 레아가 자신의 의식을 되찾은 곳은 어느 이름 모를 달동네의 좁은 단칸방.

거기서 미혼모가 홀로 어렵게 아기를 낳고 있었고, 그 아이는 곧 고아원으로 보내졌다.

레아는 이미 태어난 순간부터 자신이 누군지를 자각하고 있었기에 버려지는 순간들을 전부 보고 있었지만, 울지도 않고 떼를 쓰지도 않았다.

그저 어서 이 어리디어린 몸이 자라기만을 바랄 뿐이었다. 그래야 이 지구 어딘가에 있을 크로노스를 찾을 수 있을 테니까.

다만, 걱정되는 점은 있었다.

크로노스를 찾는 것 자체는 어렵지 않았다. 오랜 계산 끝에 한국에서 활동할 건 예상하고 있었으니까.

하지만 실수로 연도 측정이 잘못되기라도 하면 이미 죽었거나 다 늙어 가는 크로노스와 만날 수 있었기 때문에, 그것만큼은 반드시 피하고 싶었다.

태엽을 매개체로 과거의 기억과 정체성을 가지고 계속 전생을 할 수 있는 크로노스와 다르게, 그녀는 이번 한 번밖에 기회가 없었으니까.

하지만 그건 전부 '운'의 영역이기 때문에 자신이 어떻게 할 수 있는 게 아니었다.

문제는 항상 이성적으로 살아와서 그런가, '운'이라는 단어를 그녀가 가장 싫어하고 믿지 못한다는 점이었다. 그래서 한편으로는 초조한 마음이 있었는데.

"……어?"

레아는 한순간 유독 눈에 띄는 아이를 한 명 볼 수 있었다.

그냥 길거리에서 흔하게 볼 수 있는 꼬마지만, 이상하게 세상 다 산 것 같은 회의적인 눈빛을 가진 아이.

비록 얼굴은 조금 달라져 있었지만, 레아는 단번에 깨달을 수 있었다.

그동안 믿지 않았던 '운'이 처음으로 자신에게 빛을 내려 줬다는 걸.

"거봐. 내가 말했었지?"

그렇기에 레아의 입가에는 어느새 미소가 맺혀 있었다.

"우리는 다시 이곳에서 만날 수 있을 거라고."

*　　　*　　　*

그 뒤로.

함께하고, 결혼하고, 아이를 낳고…… 레아는 그토록 오랫동안 바랐던 소망을 이룰 수 있었다. 그림과 조각으로만 남겨야 했던 간절한 바람은 이곳에 있었고, 그런 만큼 즐거운 시간은 너무나 빠르게 흘렀다.

하지만 한편으로 그녀의 마음 한쪽 구석에는 일말의 불안감이 남아 있었다.

언제 칠흑의 손길이 뻗쳐 올지 모른다는 불안감.

이 행복과 안정, 그리고 평온이 하루아침에 깨어질지 모른다는 불안감이었다.

"왜 그래 무슨 일 있어? 안색이 좋질 않아."

"아냐. 아무것도."

이따금 크로노스가 걱정스러운 얼굴로 물어봐도, 레아는 그런 자신의 속내를 절대 드러낼 수가 없었다.

그저 괜찮다며 고개를 가로젓기만 할 뿐.

더군다나 무리하게 타천을 시도해 버렸기 때문인지, 건강도 그리 좋지 않았다. 당연히 병원에서 이것을 치료할 수 있을 리 만무했고, 크로노스는 그때부터 약을 구하기 위해 곳곳을 뛰어다녀야만 했다.

"아직은…… 아직은 아파서는 안 되는데."

아직 칠흑은 움직일 기미도 보이지 않는데 자신이 아파서야 어쩌겠다는 말인가. 그래서 어떻게든 기력을 찾아 보려 해도 좀처럼 쉽지 않았다. 지금은 옛날 일처럼 되어 버린 절대적인 권능이 그립기만 했다.

하지만 레아의 마음을 더 아프게 만드는 것은 겨우 이룰 수 있었던 행복한 가정에 조금씩 균열이 가기 시작했다는 점이었다.

크로노스가 외부로 돌아다니면서 연우, 정우와는 점점 서먹해질 수밖에 없었고, 특히 연우는 노골적으로 크로노스를 싫어하는 모습까지 보이기도 했다.

이미 그들은 두 아들만큼은 '평범하게' 살게 하자고 약속했었기에, 크로노스는 자신이 돌아다니는 이유에 대해서 아무런 변명도 하지 못했다. 그럴수록 부자지간의 관계는 계속 틀어져만 갔고, 중간에서 레아는 이 모든 걸 안타깝게 바라봐야만 했다.

제우스 등이 겪어야만 했던 과거가 다시 오버랩되기 시작했던 것이다…….

그것만은 어떻게든 막고 싶었지만, 이미 체력적인 한계에 다다른 레아는 아무것도 할 수가 없었다.

그렇게 위태로운 일상이 흐르던 어느 날.

"정우야, 정우야!"

차정우가 홀연히 자취를 감춰 버렸다. 병을 치료할 수 있는 약을 구하겠다는 편지를 몰래 남겨 놓고서.

레아는 그것이 칠흑이 부린 술수라는 것을 알 수 있었다. 지난 수십 년 동안 조용하기만 하던 마수가 드디어 움직이기 시작한 것이다. 그것도 하필이면 책임감 강한 막내라니…….

필멸자의 자식을 낳으면 칠흑이 가장 먼저 손을 쓸 가능성이 높다는 건 알고 있었지만, 그래도 그것이 막상 현실이 되니 가슴이 찢어질 수밖에 없었다. 거기다 하필이면 몸이 좋질 않아 '한눈'을 판 사이에 벌어진 일이 아니던가.

조금만.

조금만 더 신경을 썼더라면 도중에 차단할 수 있었을 텐데.

하지만 그러기엔 이미 늦은 상태였고, 차정우는 아무래도 '탑'으로 끌려간 것 같았다. 탑이 어떤 곳인지 잘 아는 그녀였기에, 그 어린 것이 그곳에서 얼마나 고생하고 있을지 눈에 빤히 그려지는 것 같았다.

그리고 차정우를 구하기 위해 움직인 크로노스까지 그곳에 억류되어 돌아오지 못하게 되었을 때.

"……이래서는 안 돼."

레아는 두 눈을 질끈 감고 말았다. 어떻게든 막아 보려 애썼지만, 그리고 관심을 기울였지만, 칠흑은 결국 소리 소문 없이 찾아와 그녀에게서 모든 것을 앗아가 버렸다. 이전에 했던 것과 마찬가지로, 이번에도 똑같이.

"……되찾아와야만 해."

하지만 레아는 이번만큼은 절대 그렇게 내버려 둘 수 없다고 생각했다.

이미 한 번 당한 것을 또 당하는 것은 올림포스를 다스렸던 여왕으로서도, 그리고 여덟 아이의 엄마로서도, 절대 있을 수 없는 일이었다. 겨우 찾은 남편을 또다시 이렇게 잃을 수 없었다.

다행히 레아는 칠흑이 언젠가 올 것이라는 걸 예상하고 있었고, 녀석이 어떤 '수'를 썼을 때 어떻게든 반격을 가하기 위해 오래전부터 준비를 해 뒀던 게 있었다.

'정우야. 남편. 조금만 기다려.'

그랬다.

레아는 그때까지만 해도 차정우가 칠흑의 선택을 받은 줄로만 알았다.

＊　　　＊　　　＊

삑, 삑, 삐익—

ECG가 한창 소리를 내는 병실에서.

레아는 천천히 눈을 뜨면서 겨우 상체를 일으켰다. 이제

몸은 상할 대로 상한 나머지 물먹은 솜처럼 축 처진 상태.
이렇게 억지로 몸을 일으키는 것도 버겁기만 했다.

"……연우야."

레아는 자신의 침상에 반쯤 얼굴을 묻고 잠든 연우의 얼굴을 안타깝게 쓰다듬었다. 며칠 동안 제대로 눈도 못 붙이고서 자신을 돌보다가 이제야 겨우 잠이 든 것이다.

원래는 신경이 예민해서 이렇게 건드리기만 해도 곧잘 깨곤 했는데, 지금은 그마저도 넘어설 만큼 피곤했던 모양이었다.

그녀는 연우를 쓰다듬는 내내 아무 말도 하지 않았다. 하고 싶은 말, 해 주고 싶은 말, 당부하고 싶은 말…… 너무 많은 말들이 입 언저리를 맴돌았지만, 도저히 꺼낼 수가 없었다.

지금부터 엄마는 먼 길을 떠날 것이니 너는 부디 건강해야 한다는 그 말을, 어떻게 할 수 있을까.

그렇기에 레아는 연우의 얼굴을 조금이라도 더 많이 눈에 담아 두고자 했다.

그리고 간절히 바랐다. 이것이 절대 마지막 만남이 아니기를.

다시 웃으면서 다 같이 만날 날이 있기를 바랐다. 그래서 그간의 오해도 풀어 주고, 네게는 사실 위로 여섯 명의 형제와 남매들이 더 있노라고 말해 주고 싶었다. 그리고 다 같이 어울리면서 웃고 싶었다.

그래. 이왕이면 사진이라도 하나 찍어 두면 좋겠지. 가족 사진이 좋을 것 같았다. 무엇이 그리도 바빴던 건지, 네 가족이서 찍은 가족사진 하나 제대로 남아 있지 않은 게 안타깝기만 할 뿐이었다. 하지만 다음에는 다를 것이다. 그렇게 생각했다.

그렇게 레아는 말로 전달 못 할 당부를 담아 연우의 손을 맞잡아 포갰고.

조용히 고개를 떨어뜨렸다.

삐이이이—

ECG의 스크린이 직선을 그렸다.

＊　　　＊　　　＊

레아가 타천을 하기 전에 준비한 일 중 하나는 자신의 격과 신력을 한데 뭉쳐 놓는 것이었다.

그녀의 뿌리인 퀴리날레의 권능은 공간.

권능에 따라 특정한 공간을 사유화하고, 그곳에 흐르는 법칙을 제 입맛대로 구성할 수 있다. 성역과 비슷한 개념일지 모르지만, 이것은 그보다 훨씬 높은 개념이었다. 즉, 그

공간에 있어 절대적인 창조주가 된단 뜻이었으니까.

그래서 그녀는 따로 아공간을 만들어 두었다. 만약 지구에서 일이 잘못되어 자신이 죽었을 경우에 바로 발동될 수 있도록.

안타깝게도 레아의 인간 육체는 죽음을 맞고 말았고, 그녀의 영혼은 순리에서 벗어나 윤환전생의 굴레가 아닌 아공간에서 다시 깨어났다.

윤환전생을 거부한다는 것.

그것은 환생이니 전생이니 하는 개념을 벗어던진다는 뜻이므로, 이후에는 '죽음'을 맞을 경우 소멸로 이어질 수밖에 없었다.

더군다나 지금 갖고 있는 신력은 한계가 있었다. 그냥 단순히 '저장'만 해 둔 것이기에 보충은 되지 않는다. 그냥 쓰면 끝인 일회용이란 뜻이었다. 문제는 그마저도 칠흑과 엮였을 경우, 얼마나 빨리 소모될지 모른다는 것이었으니.

때에 따라서는 남편과 아들을 구하고 난 뒤에 자신의 존재가 소멸해 버릴지도 몰랐다.

그것이 얼마나 무서운 말인지, 신이었던 레아였기에 훨씬 더 잘 알고 있었다.

하지만.

그녀는 전혀 그런 걸 신경 쓰지 않았다.

지금은 칠흑의 마수에 사로잡혔을 남편과 아들을 구하는
게 급선무였으므로.

『네 엄마는…… 저렇게 우리의 뒤를 따라온 거였구나.』

크로노스는 이를 악다물었다.

연우도 어머니가 눈을 감으신 이후로도 편하게 계시지
못하고, 보이지 않는 곳에서 움직이고 있었다는 사실에 더
더욱 마음을 아파 왔다.

그렇기에 어머니의 영혼이 어째서 사자 소환에 응답하지
않는지도 알 것 같았다.

응답하지 않은 것이 아니었다.

못 한 것이었지.

저 때의 어머니는 양초나 다름없었으니까.

당장 불은 빛나고 있을지 몰라도, 촛농이 전부 떨어지고
나면 사그라질 수밖에 없는…….

[시간의 태엽이 빨리 감기 됩니다.]
[재생 속도가 빨라집니다.]

레아가 향한 곳은 탑이 아니었다. 그곳은 이미 크로노스
가 갔다가 실종된 장소니까. 칠흑이 이미 본격적으로 활동
하기 시작했단 뜻이니만큼, 녀석이 절대 읽을 수 없는 의표

를 찾아 찔러야만 했다.

그곳에 크로노스와 차정우가 있을 것이다…… 레아는 그렇게 생각하고 있었다.

그래서 레아가 택한 곳은 바로 심연이었다.

무의식의 깊은 곳. 모든 영혼들이 강물처럼 흐르는 세계의 밑바닥. 법칙의 지저(地底). 그리고…… '꿈'의 끝자락. 혹은 경계선.

연우도 차정우를 찾으러 갔다가 튕겨 나야만 했던 바로 그곳이었다.

그녀도 마찬가지로 까마득한 세월을 헤엄친 뒤에야 겨우 그 끝에 다다를 수 있었다.

"……여기구나."

끝도 없이 커다란 문 앞에서 레아는 침을 크게 삼켰다. 조상들로부터 구전으로만 내려오던 장소를 직접 찾아오게 되니 저절로 소름이 돋았다.

그리고 이 문을 열고 들어가는 순간, 레아는 두 번 다시 자신이 왔던 곳으로 되돌아올 수 없겠단 생각도 들었다. 물론, 그런 것쯤이야 이미 골백번도 더 다짐했던 것이므로, 그녀의 발목을 붙잡게 하지는 못했다.

다만, 의아했던 부분은 분명 전해져 오는 말에 듣기로, '문'을 지키는 '문지기'가 따로 있다고 했었던 것 같았는데, 정작 그런 문지기가 보이지 않는다는 점이었다.

여기서 신력을 전부 불사를 각오도 했었건만. 오히려 이건 마치 문지기가 '일부러' 자리를 비운 것처럼 느껴지기도 해서 의문스러웠다. 하지만 거절할 이유 따윈 없으므로 '문'을 활짝 열었고.

쿠우웅!

엄청난 무게 때문에 신력을 상당수 소모한 뒤에야 그녀는 '문' 너머로 들어설 수 있었다. '꿈'의 경계선 너머…… '낮'과 '밤'의 중간 지대에 위치한 장소였다.

그곳에서.

키키키키킥.

이건 뭐야. 대체.

못 보던 얼굴인데. 누구지?

수많은 활자들이 어지럽게 빙글빙글 돌고 있었다. 그것들은 하나같이 소름이 끼칠 정도로 또렷한 악의를 담고 있으면서도, 낯선 침입자에 대한 호기심을 품고 있었다.

레아는 그들의 뒤에 서 있는 저 검은 아지랑이…… 혹은 그림자 같아 보이는 것들이 저 목소리인지 활자인지 알 수 없는 것들의 주인이라 생각했다.

곳곳에서 쏟아지는 시선이 많아도 너무 많았다. 억? 조? 경? 어떻게 단위로 헤아릴 수 있는 수준이 절대 아니었다.

이것들이 바로 마성.

칠흑왕이라는 군집체(群集體)를 이루는 조각들인 걸까.

이번 '꿈'의 단편인 것 같은데. 용케 여기까지 흘러왔나 보네. 이게 얼마 만이지? 목적이 없으면 평범한 정신력으로 여길 들어오는 것부터가 난센스인데.

저거, 먹어도 돼?

될 것 같냐, 멍청아. 문지기를 통과하고 들어왔는데.

저거 현인(賢人)이 통과시킨 거야. 찢기고 싶지 않으면 가만히 있는 게 좋을걸.

현인? 아. 그가 부른 거였어? 근데 원래 그런 이름이 있었나? 음?

언젠가의 '내'가 부를 이름이야. 아무렴 어떠려고.

어떻게 나설지 보자고.

마성들은 저들끼리 키득거리다 말고, 갑자기 좌우로 크게 물러나기 시작했다.

저들을 뚫고 어떻게 아들을 찾을지 고민하던 레아는 갑작스러운 상황에 놀라 고개를 높이 들었고.

그곳에서 발견할 수 있었다.

그토록 찾고 싶어 하던 아들의 영혼을.

비록 생전의 기억은 모두 잊은 듯 보이지만. 당장 망령으로 떨어져도 이상하지 않을 만큼 약해져 있는 게 보였지만, 그건 분명 차정우의 영혼이었다!

하지만 레아는 그곳으로 섣불리 움직이지 못했다.

네 아들을 되찾고 싶으냐?

다른 마성들보다도 훨씬 작은 덩치를 가진 마성.

그러면서도 깊은 울림과 깊이를 가진 마성, 현인이 레아를 보면서 그렇게 물었다.

배신자의 후예가 되어 이런 곳에 직접 올 줄이야.

*보아하니 '낮'과 '밤'의 관계를 아는 것 같은데 말이지.
이곳으로 올 생각을 하기 쉽지 않았을 텐데.*

그것이 너희네가 말하는 모성애라는 건가 보지?

활자들이 정신없이 빙글빙글 돌아갔다.

하지만 레아의 시선은 현인의 손에 붙잡혀 있는 차정우의 영혼에 고정되어 있었다.

아들이었다.

그토록 마음이 여리고, 책임감이 강한 나머지…… 아픈 엄마의 병을 고쳐 보겠답시고, 위험한 곳인 줄 알면서도 뛰어든 나의 아들.

오랫동안 주신으로서 살아왔기에, 레아는 아들의 영혼이 풍겨 대는 사념을 차례로 읽어 낼 수 있었다.

막내아들이 겪어야만 했던 온갖 사건과 사고들이 전부 그 속에 다 담겨 있었다.

동료들을 만나고, 승승장구하고, 탑을 오르며, 사랑을 나누고, 영웅이자 우상이 되었지만, 결국 벽을 넘지 못해 쓰러지고, 친구들에게 버려지고, 연인이 떠나고, 홀로 남아

버리게 된…… 어머니에게 건네줄 엘릭서를 드디어 얻었음에도 불구하고 지구로 넘어갈 힘이 없어 결국 일기장만 남겨야 했던…… 일들.

그 모든 것을 본 순간, 레아는 소리 없는 비명을 지르고 말았다.

막내아들이 겪은 일들이 하나하나 생생하게 전해졌다. 그가 아플 때면 자신도 아팠고, 그가 눈물을 흘릴 때면 자신도 슬펐다. 그리고 끝내 죽음을 맞았다는 것을 봤을 때는 아무 말도 할 수 없었다.

하지만 정작 레아를 더 괴롭게 만드는 건, 그것이 '끝'이 아니었다는 점이었다.

'칠흑이 선택한 집행자가…… 정우가 아니었어!'

전혀 생각지도 못한 상황에 레아는 손가락이 가늘게 떨렸다. 그럼 대체 이제 어떻게 되는 거지? 정우가 칠흑의 선택을 받은 게 아니라면 대체 누가……?

설마, 연우가?

그 순간, 레아는 숨이 턱 하고 막히는 기분이 들었다.

지금쯤 연우는 지구에 홀로 있을 테니…….

문제는 연우에게 걱정을 끼치고 싶지 않아 아무런 당부도 하지 못했다는 점이었으니.

쿵!

그때, 뒤쪽에서 '문'이 크게 닫히는 소리가 났다.

레아가 그쪽으로 고개를 돌렸다. 그녀가 들어왔던 '문'은 꿈쩍도 않겠다는 듯 단단히 닫힌 채였다. 그리고 그 너머에서 여태 감지할 수 없었던 문지기의 존재도 느껴졌다.

어쩌면 일부러 자리를 피한 것일지도 모르겠다던 생각이 현실로 밝혀지는 순간이었다.

'이 모든 게 함정이었던 거야!'

애당초 칠흑이 바랐던 건.

프네우마와 퀴리날레의 피를 이은 집행자만이 아니었던 모양이었다.

아니, 이건 부성애도 포함되는 것이겠지.

'나'로서는 사실 이해가 잘 안 가긴 하는 감정이다. 예전에는 비슷한 것을 느낀 것도 같았지만, 지금은 많이 희석되어 버린 것이라.

하지만 그 사사로운 감정 덕분에 프네우마와 퀴리날레, 시공(時空)의 재료를 다시 한자리에 모을 수 있게 되었으니

'나'로서는 참으로 다행이라 할 수 있겠지.

레아는 아랫입술을 질끈 깨물었다.

막내아들, 차정우를 미끼로 삼아 크로노스가 탑으로 제 발로 걸어 들어가고, 레아마저 이곳 칠흑에 갇히게 만들었다.

이로써 칠흑으로서는 천마에게 빼앗겨야만 했던 프네우마와 퀴리날레를 되찾은 것이 되었고.

집행자로 점찍어 뒀던 연우를 혼자 남게 만들었으니, 그야말로 최고의 한 수가 된 셈이나 마찬가지였다.

특히 지금부터 연우가 동생의 원수를 갚겠답시고 앞으로 겪게 될 우여곡절을 생각해 본다면…… 그 과정에서 비틀리는 심사와 품게 될 한을 고려해 본다면…… 이보다 칠흑의 집행자에 어울릴 적임자도 없을 것이다.

집행자는 '꿈'을 닫고, '굴레'를 멈추게 만드는 자.

세상에 대한 짙은 원망만큼 이를 시행케 하는 크나큰 원동력은 또 없을 테니.

결국.

실상 레아가 칠흑의 의표를 찔러야겠다고 생각했던 것들까지, 전부 칠흑의 손바닥에서 놀아난 것에 불과했던 셈이었다.

'어떻게든. 어떻게든 방법을⋯⋯!'

레아는 아랫입술을 질끈 깨물었다.

모든 것이 꼬여 버린 지금. 칠흑의 손바닥 위에 올라와 버린 이상, 어떻게든 차정우라도 살릴 방법을 찾아야만 했다. 연우도 걱정되었지만, 그래도 일단 바로 눈앞에 있는 아들부터 구해야 할 것만 같았다.

"당신은⋯⋯ 원하던 모든 것을 갖게 되었죠?"

그런 셈이지.

"그리고 당신의 손에 붙들린 내 아이는 그럼 더 이상 쓸모가 없어진 것일 테고요."

하고 싶은 말이 뭐지?

현인이라 불린 마성은 섣불리 레아의 유도 신문에 넘어가지 않았다. 그 정도의 얄팍한 수는 장난에 불과하다고 말하는 것 같았다.

그러면서도 레아는 그가 웃는 것 같다는 느낌을 받았다. 이목구비가 없어서 표정을 알 수 없었지만, 녀석은 지금 이 상황을 단순한 유희로 여기고 있는 것 같았다.

그 사실이, 그녀로서는 불쾌하기만 했다.

타인의 인생을 멋대로 희롱하면서 저런 모습이라니. 비록 그 생각을 내색할 수는 없었지만.

"그럼 내 아이는 풀어 주세요. 우리 부부를 끌어들이기 위한 미끼로써 쓰임은 다했잖아요? 이미 영혼도 쇠…… 락할 대로 쇠락했으니 필요도 없을 테구요."

'쇠락'이란 단어를 꺼낼 때, 레아의 목소리는 유독 떨렸다. 막내아들이 그렇게 된 이유가, 아픈 몸을 이끌면서도 언젠가 자신을 찾아와 줄지도 모를 연우를 위해 회중시계에다 일기장과 자신의 기억을 심어 넣었기 때문이란 것을 알았기 때문이었다.

글쎄. 이것 역시 따지고 보면 너희들의 혈육이 아닌가? 지금 점찍어 둔 후보가 뜻대로 잘 풀리지 않으면 이 아이를 대체재로 써도 괜찮을 것 같은데 말이지.

보다시피 이 아이도 품고 있는 한이 적지 않아서 말이야. 그건 어떻게 생각하지?

레아는 아랫입술을 질끈 깨물었다.

"꼭! 꼭 그렇게까지 해야 하나요!"

'나'는 종말을 원한다. 이 '꿈'이 끝나길 바란다. 그리고 너희들 전부 이 '꿈'이 끝나고 나면 기억도 사실도 잊은 채 사라질, 그런 조각에 불과하지. 그렇다면 뭔들 못할까.

"돌려주세요."

싫다만?

"그러지 않는다면."

않는다면?

"당신이 얻고 싶어 하는 것을 망가뜨리겠어요."

어떻게 하겠다는 거지?

"이렇게요."
화아악!
그 순간, 레아의 몸이 희뿌연 배광을 뿌려 댔다. 온통 어둠으로만 가득한 세상에 아주 자그마한 점에 불과하지만, 빛이 밝혀졌다.

겨우 그녀라는 존재를 유지하고 있던 신력이 급속도로 소모되고 있었다.

"보다시피 저는 이미 격도 잃고, 신앙도 잃은 몸이에요. 그리고 겨우 남은 이 신력을 전부 소진하고 나면…… 저는 소멸하겠죠. 당신은 헤아릴 수도 없을 만큼 굴린 '굴레' 끝에 겨우 얻은 퀴리날레를 잃어버리고 말 테고요."

협박을 하겠다는 건가?

"협상을 하자는 겁니다. 온전한 저를 드릴 테니 제 막내아들은 풀어 주세요. 제발. 부탁드리겠습니다."

레아는 고개를 숙였다. 무릎을 꿇으라면 그마저도 꿇을 태세였다.

그만큼 그녀는 간절했고, 차정우를 구하고 싶다는 마음이 굴뚝같았다.

그리고.

키득.

레아는 그런 웃음소리를 들은 것 같았다.

내가 당장 여기서 너를 붙잡아 소멸을 막을 수도 있을 텐데.

"그보다 제 소멸이 빠를 테죠."

음. 그래서야 곤란한데 말이지. 확실히 너의 말대로 이 아이의 쓰임새는 다 끝나기도 했고. 어쩐다……?

한순간, 레아는 희망을 볼 수 있었다.
그래서 겨우 고개를 들었다.
하지만.
현인은 여전히 웃고 있었다.

미안하지만.

역시나 안 되겠어.

아무래도 이 아이가 이번 '꿈'의 대적자라서 말이야.

"……!"

＊　　　＊　　　＊

『이게 대체 무슨 개 같은 소리란 말이냐! 연우야!』

현인이 내뱉은 말에 경악한 건 레아만이 아니었다.

말없이 둘을 지켜보던 크로노스도 마찬가지였다.

집행자와 대적자.

둘의 싸움은 매번 '굴레'가 굴러갈 때마다, '꿈'이 반복될 때마다 이어진다.

집행자는 칠흑왕의 대리자로서, 대적자는 천마의 대변자로서. 그러니 둘은 절대 양립할 수 없는 관계였다. 애당초 추구하는 목적이 다르고, 등에 지고 있는 배경이 상반된 존재들이기 때문이었다.

이번 '꿈'의 집행자는 연우였다.

그런데 대적자는 여태 나타나질 않아 혹시 빠진 건가 싶었는데…… 설마 그게 차정우라니!

두 사람의 아버지인 크로노스로서는 비명을 지를 수밖에 없었기에, 황급히 연우 쪽을 돌아보는데.

『……설마 너, 알고 있었던 거냐?』

연우는 그와 달리 표정이 고요했다. 현인을 노려보고는 있지만, 흐트러지는 기색은 없었다.

크로노스는 한순간 끓어올랐던 화가 싹 가라앉는 기분이

들었다.

'혹시 그럴지도 모르겠다고 짐작만 하는 정도였습니다.'

『무슨……?』

'정우는 탑이 무너질 때 '낮'의 후계자로 선정되었습니다. 고대신들은 기다렸다는 듯이 택했고, 메타트론과 바알도 마찬가지였죠. 그만한 존재라면, 대적자로 가장 잘 어울리지 않을까요?'

『……!』

크로노스의 눈가가 파르르 떨렸다.

『하지만…… 그래도 그렇지! 어째서…… 이런……!』

크로노스는 더 이상 아무 말도 할 수 없었다. 목이 깊게 잠긴 나머지 아무런 목소리도 낼 수 없었다. 그리고 아들들에게 이런 빌어먹을 운명의 굴레를 물려줘야만 했던 스스로를 원망했다.

연우가 한창 칠흑왕의 자아들과 다투고 있을 무렵, 녀석들은 동생의 행방에 대해 질문에 이렇게 대답했었다.

—보지 못하였다.

—분명히 우리가 갖고 있었으나, 사라졌다.

원래 자신들이 갖고 있었지만, 감쪽같이 사라졌다는 대답.

처음에는 이것을 동생의 행방이 홀연히 사라진 것으로 여겼지만, 지금 와서 생각해 보면 미심쩍은 구석이 많았다. 애당초 그 말들에는 상당히 많은 것들이 생략되어 있었던 것이다. 그런다면 절대 거짓말은 아닌 셈이었으니까.

하지만 그렇기에 연우는 당장 칠흑으로 되돌아가 현인과 생사 결단을 내고 싶은 마음이 굴뚝같아도 꾹 참고 있었다.

자아들이 했던 말 중에는 그런 말도 있었으니까.

　　—칠흑 속에 있는 '꿈'의 어딘가로 흘러 들어간 것일지도.

그 말뜻은 곧······.

연우의 생각은 거기서 끝났다.

현인이 다시 활자를 내뱉고 있었다.

그러니 돌려주지 못한다.

대적자를 풀어주어 다시 천마가 날뛰기 시작하면 '나'만 골치가 아파지니까.

그러니.

현인을 둘러싸고 있던 칠흑이 크게 출렁였다.

네가 네 아들의 곁으로 오려무나.

화아아악!

레아의 발밑에서부터 칠흑으로 이뤄진 거대한 손이 불쑥 튀어나왔다. 동시에 여태 물러나 있던 마성들도 똑같이 그녀 쪽으로 달려들었다.

"당신, 실수했어."

하지만 레아는 당황하는 기색 없이 오히려 더 화려하게 신력을 불태웠다.

"아들을 구하려는 엄마만큼 센 건 없거든?"

칠흑의 손이 레아를 잡아채려다 말고 갑자기 보이지 않는 결계에 튕겨 났다. 마성들도 똑같이 투명막에 가로막혀서 아등바등했다.

칠흑이 어떻게든 결계를 뚫고 들어오려 했지만, 쉽게 이뤄지지 않았다.

공간의 퀴리날레.

일정 권역에서만큼은 창조주나 다름없는 권능을 발휘하

는 그 능력이 발동되고 있었다. 비록 이곳에서 그녀가 설정하고 있는 공간이야 육체와 그 주변의 한 뼘에 불과하고, 그만큼 신력도 송두리째 타오르는 중이었지만, 레아는 결코 아랑곳하지 않았다.

화려한 빛줄기가 치솟았다.

막내아들에게로 달리는 레아와 그녀를 붙잡기 위해 달려드는 마성들. 부딪치고, 막히고, 엉키는 등, 칠흑은 단숨에 난장판이 되었다.

키키키키킥.

재밌어. 재밌다고!

엄마, 엄마, 엄마! 나도 엄마가 있었는데!

그때까지도 현인은 고요한 시선으로 레아를 바라보고만 있을 뿐이었다.

그러다 갑자기 레아가 달리다 말고 도중에 방향을 확 바꾸었다. 마성들도 똑같이 그쪽으로 따라붙으려는데, 그 순간 레아 앞쪽의 공간이 뒤틀렸다. 그리고 깨졌다. 레아는 공간에 난 균열 사이로 손을 불쑥 내밀었다. 공간과 공간을 잇는 것은 퀴리날레의 또 다른 권능이기도 했다.

현인 앞으로 레아의 손이 불쑥 나타났다. 차정우의 영혼을 낚아채려는 손길이었다. 하지만 손끝이 영혼에 닿으려는 찰나, 현인은 몸을 한 걸음 뒤로 뺐다.

레아는 어떻게든 균열로 손을 더 깊숙하게 밀어 넣으려 했지만, 그 순간 거짓말처럼 그녀를 휘감던 배광이 뚝 그치고 말았다. 신력이 바닥 났단 신호였다.

"아, 안⋯⋯!"

레아의 안색이 창백해졌다. 마성들은 이 기회를 놓치지 않겠다는 듯 더 악착같이 달라붙었다. 배광이 완전히 사그라지고, 레아는 마성들로 이뤄진 늪 사이로 빠지고 말았다.

정우야.

아주 미약하지만 그런 목소리도 들린 것 같았다. 하지만 수많은 마성들이 내뱉는 괴성에 완전히 파묻혀 들리지 않았다.

더 이상 힘 빼지 말고, 따로 자리를 내어 줄 테니 아들과 지낼⋯⋯.

현인은 어느새 마성에 완전히 잠긴 레아의 영혼을 보면서 눈을 가늘게 좁혔다. 그리고 퀴리날레를 완전히 포박하려는데.

「엄…… 마?」

어디선가 그런 소리가 들렸다.

설마?

현인은 크게 놀라 황급히 자신의 오른손을 바라봤고.

「엄마!」

어느새 인간의 형체를 되찾은 차정우를 볼 수 있었다.

말도 안 되는……! 현인은 그렇게 소리치고 싶었다. 쇠락할 대로 쇠락한 영혼이었다. 언제 망령으로 떨어져도, 아니, 소멸해도 절대 이상하지 않을 영혼. 백(魄)도 사라졌기 때문에도 자아도 잃어버렸다. 분명 아무 기억이 없을 텐데, 어떻게 정체성을 되찾은 거지?

「비켜! 엄마한테서 떨어져!」

하지만 현인이 놀란 틈을 타, 차정우의 영혼은 어느새 녀석에게서 벗어나 레아가 만들어 놓은 균열 속으로 몸을 던졌고.

「왜 내 엄마한테 달라붙어서 지랄들이야! 너네들 엄마한테나 가라고! 아, 너네들 엄마 없었지? 꺼져! 이 엄마 없는 새끼들아!」

어느새 마성들 위로 나타나면서 레아 쪽으로 손을 뻗고 있었다.

마성들의 틈바구니에 아직 잠기지 않았던 레아의 손끝이, 그렇게 막내아들의 손끝과 맞닿았다.

"정…… 우야!"

레아는 흐릿해지는 시야 속에서 얼핏 보이는 막내아들의 모습에 자신이 혹시 환영이라도 보나 싶었다.

하지만.

「꺼지라고, 쫌! 이 엄마 없는 새끼들아!」

차정우가 외치는 소리가.

손끝에서 어렴풋하게 느껴지는 손길이.

그리고 어떤 직감이 레아의 눈을 번뜩 뜨이게 만들었다.

파앗!

레아는 이를 악물며 마지막 남은 진력을 쥐어짰다.

배광이 다시 화려하게 터졌다.

회광반조(回光返照).

촛불이 꺼지기 바로 직전에 마지막 남은 불씨를 화려하게 태우고, 해가 지기 전에 직전이 가장 밝듯이.

레아가 내뿜는 배광도 여태껏 보았던 그 어떤 순간보다 가장 화려하게 빛나고 있었다.

레아는 정우의 손을 완전히 붙잡아 힘껏 품으로 끌어당
겼다.

그녀에게 들러붙었던 마성들이 줄지어 바깥으로 튕겨 나
갔다.

키키키키킥.

말도 안 되는.

과연. 퀴리날레. 이대로 놓치긴 아까워. 아주.

그러면서도 뭐가 그리도 재미난지 웃어대는 놈들을 뒤로
하고, 레아는 정우를 와락 끌어안았다.

비록 영혼밖에 없기에 체온은 느껴지지 않았지만.

오히려 그렇기에 레아는 정우를 더 깊게 느낄 수 있었
다.

막내아들이 그동안 겪었을 고통과 힘들었던 여정이 보이
는 것 같았다. 직접 말로 듣지 않아도 알 수 있었다. 그것은
'엄마'라면 누구나 다 알 수밖에 없는 초능력과도 같은 것
이었다.

「엄…… 마!」

정우는 떨리는 눈빛으로 레아를 바라봤다.

그로서는 묻고 싶은 말이 많았다.

대체 어떻게 그녀가 여기에 있는지. 여태껏 평범한 줄로
만 알았던 어머니가, 기억 속에는 항상 야위어 있기만 하던
어머니가, 이렇게 다른 모습으로 자신을 구하러 올 거라고
는 생각도 못 했으니까.

만약 누군가가 자신을 구하러 온다면, 그건 아마도 형일
거라고 생각했다. 비록 형에게는 오지 말라고 이야기를 했
었지만, 한편으로는 그가 도와주기만을 간절히 바라기도
했었으니까.

그가 아니라면, 아버지일지도 모르겠다는 생각을 한 적
도 있었다. 어린 시절부터 줄곧 보았던 아버지는 항상 신비
로웠던 분이었으니까.

형은 아버지를 싫어했지만, 자신은 아버지가 평범한 사
람이 아니라는 사실을 알고 있었다. 어쩌면 자신이 탑으로
부터 '초대'를 받은 것도, 전부 아버지의 피를 물려받아서
인 게 아닐까 하고 어렴풋하게나마 짐작하고 있었으니.

그러나 어머니는 아니었다. 언제나 자신과 형이 지켜 드
려야 하고, 옆에서 챙겨 드려야만 하는 분이라는 생각이 강
했는데. 이런 곳에 계실 줄이야.

어머니에게 하고픈 말은 '엄마'라는 단어에 모두 담겨

있었다. 이 품, 이 체온, 이 손길…… 전부 느끼고 싶었던 것들이었다.

어머니의 병을 치료할 약을 구하겠다며 탑으로 들어온 만큼, 그가 가장 바랐던 것들이 바로 이것이었다. 건강한 어머니를 한 번이라도 더 안아 드리고 싶다는 마음만으로 탑에 뛰어든 것이었다.

하지만 그의 소망은 반절만 이뤄진 모양이었다. 다시 어머니를 안을 수는 있었지만, 정작 그런 어머니는 다시 빠른 속도로 야위어 가고 있었으니까. 그래서 그러지 마시라고, 안타까운 맘으로 바라보는데.

짜아악!

갑자기 등짝에서 불이 났다.

「아아악! 왜 때려요!」

정우는 정신이 확 깨는 기분이었다. 어머니가 쌍심지를 켜신 채로 자신을 노려보고 있었다. 순간 상황도 잊은 채 뭔가 억울한 마음이 들었다.

"누가 그딴 말 쓰라고 했어? 욕 같은 거 하지 말라고 엄마가 누누이 말했었지? 대체 누구야? 누구한테 그런 말 배운 거니?"

한순간, 정우의 눈동자가 데구루루 굴러갔다.

「그야…….」

"누구?"

「형…….」

"연우도 그랬다고?"

레아의 두 눈에서 불이 활활 타올랐다.

끄덕끄덕…….

"대체 어디서?"

「게임…….」

"이것들이! 엄마가 집에 없으니까, 컴퓨터를 아예 끼고 살았구나! 공부해야 되니까 엄마가 하루 1시간씩만 하라고 그랬었지?"

「어, 엄마…….」

정우는 한없이 작아지는 것을 느껴야만 했다. 혼란스럽기도 했다. 지금은 분명 감격스러운 재회의 순간일 텐데, 왜 혼나고 있어야 하는 걸까.

"고3이란 것들이 하라는 공부는 안 하고……!"

정우는 차마 자신이 탑에 온 게 족히 몇 년은 되었으니까, 군대만 안 갔으면 대학을 졸업하고도 남았을 거란 말은 꺼내지도 못했다.

"하여간 돌아가기만 해 봐! 둘 다 혼날 줄 알아! 알았어?"

「……네.」

그렇게 정우가 완전히 자라목이 되는데.

와락!

레아가 정우를 더 세게 끌어안았다.

"나쁜 것들. 이 엄마를 두고 그렇게 가 버리면 대체 어쩌자고……! 너희들이 그런다고 해서 내가 기뻐할 줄 알았니?"

정우는 자신의 어깨에 얼굴을 파묻으신 어머니의 목소리가 잘게 떨리는 걸 놓치지 않았다. 어깨가 축축하게 젖고 있었다.

그리고 '너희' 라는 의미도 알 것 같았다.

형이 왔었구나.

어쩌면 아버지까지도.

「죄송…… 해요.」

자신 한 사람으로 인해 온 가족이 얼마나 많은 상처를 입은 건지.

자신이 얼마나 잘못된 짓을 저질렀는지, 이제야 깨달을 수 있었다.

여태 크게 보이던 어머니가 다시 왜소해진 것 같았다.

내가 그만큼 큰 걸까, 아니면 어머니가 작아지신 걸까.

도저히 알 수가 없었다.

모자가 상봉하는 데 방해해서 미안하지만.

그러던 그때.
활자들이 다시 어지럽게 돌아가기 시작했다.

이대로 보내는 건 '나' 쪽도 안 되어서 말이지.

정우는 고개를 위로 번쩍 들었다.
현인이 이쪽으로 손을 크게 뻗치고 있었다. 칠흑이 거대
한 와류를 그리면서 이쪽으로 떨어졌다.
뇌벽세였던가? 언젠가 마군에서 우연찮게 볼 수 있었던
제천류 오행공의 비기와 얼핏 비슷해 보이는 기예 앞에서
정우는 하늘 날개를 펼치려 했다.
그 역시 영혼이 금세 무너질 듯 위태로웠지만, 어머니를
더 이상 희생시킬 수는 없었다.
그런데.
쩌걱

콰아아악!

별안간 두 모자 앞으로 균열이 생기더니 크게 벌어지면

서 틈새가 생겨났다.

그건?

현인의 눈이 커지는 가운데.
"정우야, 지금!"
정우는 대체 일이 어떻게 돌아가는 건지 알 수 없었지만, 레아의 다급한 외침을 듣자마자 재빠르게 균열 쪽으로 몸을 던졌다.

〈하늘 날개〉

언젠가 넘버링 002까지 터득했던 헤븐윙의 시그니처 스킬이 개방되면서, 거대한 날갯짓과 함께 두 사람은 균열 안쪽으로 빨려 들어갔다. 현인이 던진 칠흑은 아주 아슬아슬하게 그들이 없어진 자리를 스쳐 지나갔다.
철컥, 쿵!
그리고 균열은 도로 닫히고 말았다.

이런!

그 모습을 본 현인의 활자에는 낭패감이 잔뜩 어려 있었
다.

*그새 칠흑의 한편에다가 '꿈'의 조각을 찾아 자신의 신
력을 묻혀 놓았었나?*

그렇게 해서 작지만 단단한 심상 결계를 구축하고……

*역시 퀴리날레라고 해야 할는지, 아니면 저 여아가 대단
하다고 해야 할는지.*

레아는 이미 처음 칠흑의 문 안쪽으로 들어왔을 때부터.
그리고 정우의 영혼을 찾았을 때부터, 칠흑 속을 아무렇게
나 돌아다니던 아무 '꿈'의 조각에 힘을 심어 두었던 것 같
았다.

언제든지 여차하면 칠흑을 빠져나갈 수 있도록.

비록 그녀가 원래 있던 '꿈'이 아닌, 이미 사라져 버린
옛 '꿈'의 파편이니만큼 활동에는 한계가 있을 수밖에 없
겠지만.

그래도 그녀에게는 호랑이굴이나 다름없는 이곳을 빠져
나가는 게 가장 중요했겠지.

현인이 여태 미처 그걸 파악하지 못했던 건 어디까지나 퀴리날레가 가진 특징 때문이었고.

아니면 방심을 한 것이거나.

어쨌거나 레아는 여태 현인이 보았던 무수히 많은 퀴리날레 중에서도 가장 선조의 권능을 잘 이해하고, 잘 쓰고 있는 것처럼 보였다.

이래서 퀴리날레부터 손에 넣으려 했던 것인데. 거기다 대적자까지 놓치고 말았고. 이래서는 일이 꼬일 텐데. 흠!

하지만 활자의 내용과 다르게, 정작 현인은 그리 크게 걱정하지 않는 투였다.

레아가 벌인 한 수가 깜찍하긴 했지만, 결국 거기에도 한계가 있을 수밖에 없었으니까.

일단은 손댄 '꿈'의 조각이 어느 짐승의 것인지부터 알아봐야겠어.

* * *

모든 것이 온통 공허로만 가득 찬 세계 속.

이곳은 칠흑이라고 하기에도, '낮'과 '밤'의 경계 선상이라고 하기에도, 아니면 우주 창생에 합류하지 못한 찌꺼기라고 하기에도, 애매한 공간이었다.

어느 누군가는 옛 허신(虛神)들만이 떠돌아다니는 허수세계(虛數世界)라 부르는 이 공간에는, 이제는 사라져 버린 현실들이 단편적으로나마 떠돌아다니고 있었다.

그리고 그곳에서.

「엄마? 엄마! 제 말 들려요?」

정우는 눈물을 펑펑 쏟으면서 레아를 계속 흔들어 깨웠다.

깜빡.

깜빡.

레아는 금방이라도 꺼질 것처럼 위태롭게 흔들리고 있었다. 노이즈가 잔뜩 꼈다. 정우는 조금씩 부서지거나 옅어지는 육체를 어떻게든 이어붙이고자 했지만, 좀처럼 쉽지 않았다.

"정······ 우야."

레아는 흔들리는 시야 속에서 그런 막내아들을 바라봤다.

정우는 화들짝 놀라 엄마를 바라봤다.

「예. 엄마! 저, 여기 있어요!」

"어떻게…… 든…… 너만은…… 여길 벗……!"

「……!」

정우는 한순간 아무 말도 이을 수가 없었다.

이 광경.

이전과 똑같았다.

병원에서 매번 위기를 넘길 때마다, 고통에 허덕이시면서도 언제나 자신과 형을 먼저 걱정하시던 모습.

지금도 어머니는 당신의 걱정보다, 아들에 대한 걱정으로 가득했다.

"너…… 만은…….."

어머니의 목소리가 흐려졌다. 눈이 감기는 게 보였다. 이대로는 정말 위험할 것 같았다.

「안 돼요! 안 된다구요! 형도, 아버지도 아직 못 왔는데 대체 어딜 가신다는 거예요?」

정우는 다급하게 레아의 손을 붙잡았다. 자신의 영력이라도 나눠 드릴 수 있을까 싶었지만, 그 역시 다 꺼져 가는 입장이었으므로 그럴 수가 없었다.

자신이 죽어서 어머니를 되살릴 수 있다면 모를까, 이미 신력을 불태운 어머니에게는 턱없이 부족했다.

어떻게든.

어떻게든 방법을 찾아야 한다.

그런 생각만이 정우의 머릿속을 맴돌았다.

어머니도 도저히 자신을 구할 수 없을 것 같던 상황 속에서 자신을 구하셨다.

그렇다면 자신도 어떻게든 어머니를 구할 방법이 있을 것이다. 그런 생각이 들었다.

그 순간.

'아!'

머릿속을 스치는 한 가지 생각이 있었다.

애당초 그는 어머니가 아닌 다른 사람이 올 거라고 생각지 않았던가.

'형.'

눈이 번뜩 뜨였다.

'형이랑 아버지가 계셨잖아?'

두 사람이 이미 움직였다는 사실을 알게 된 이상, 자신은 그동안 어머니와 함께 그들이 오기만을 기다리기만 하면 될 일이었다.

화아아아!

〈하늘 날개 — 최대 출력〉

그의 두 날개가 다른 어느 때보다 화려하게 빛났다. 마치 레아가 배광을 뿌리듯이, 시린 빛무리가 날개 아래로 우수수 쏟아졌다.

한순간 주춤했던 영력이 한껏 증폭되어 체내를 빠른 속도로 돌기 시작했다. 감각이 확장되고, 인지 영역이 한껏 넓어졌다.

'최대한. 최대한 빨리 끝내야 한다.'

정우는 이렇게 힘을 쥐어짤 수 있는 시간도 얼마 되지 않는다는 것을 잘 알았기 때문에 모든 영력을 두 눈에다 집중시켰다.

〈용마안〉

두 눈에 맺힌 용의 동공이 한껏 커졌다. 그 시야에 오롯이 레아만이 담겼을 때, 그녀를 구성하고 있는 모든 정보가 한순간 대량으로 뇌리에 쏟아졌다.

'큭……!'

정우는 이를 악물었다.

용종은 진리를 추구한다. 용마안은 그런 진리를 '관측' 하게 하는 눈이었으니. 그중에서도 진리를 품고 있다는 신에 대한 정보만큼 좋은 연구 대상은 없을 것이다.

원래대로라면 락(Lock)이 걸려 있을 신의 정보는 현재 몸이 약화되면서 다량으로 정우에게로 쏟아지고 있었으니.

'퀴리날레인지 뭔지…… 어머니가 가진 권능은 저 이상하고 새카만 놈들도 물리칠 정도였어. 거기에 어떤 해답이 있을 게 분명해. 어머니의 자식인 나도 분명히 거기에 재능이 있을 거고.'

정우는 바로 이곳에서 어머니의 모든 권능을 '복사' 할 생각이었다. 자신에게로.

물론, 자신은 어디까지나 필멸자에 불과하고, 초월자의 격을 보이는 어머니를 모방한다는 건 미친 짓이나 다름없었다.

가뜩이나 영혼도 쇠락해 가는 마당에 자살행위나 마찬가지였지만, 그로서는 당장 이것저것 가릴 때가 아니었다.

그리고 무엇보다.

정우는 자신의 재능을 믿었다.

〈만통(萬通)〉

속성 구분 없이 모든 기운을 원활하게 수용하고, 높은 이해도를 바탕으로 응용까지 해내는 자신의 재능이라면.

그리고 어머니로부터 물려받은 천성까지 생각해 본다면,

절대 불가능한 일이 아니라고 생각했다.

투둑.

투두둑.

어디선가, 영혼 한편에서 그런 소리가 나는 것 같았다.

'조금만. 조금만 더……!'

하늘 날개가 잔뜩 과열되었다. 영혼이 시뻘겋게 달아올랐다. 엄청난 정보의 홍수 속에서 무언가가 자꾸 뜯기기만 했다. 정신이 금방이라도 꺼질 것처럼 아찔거렸지만, 정우는 어떻게든 참고 또 참았다.

이 기회를 잘만 넘기면 그동안 높게만 생각하던 탈각과 초월을 이룰 수 있겠단 생각도 들었다. 아니, 이미 시작되고 있는 게 분명했다.

저 소리는 분명 영혼의 한계를 벗어던지는 소리일 테니까. 그에 맞춰서 하늘 날개도 희뿌연 배광을 뿌려 대면서 자꾸 커져 갔다.

하지만 정우는 거기에 집중할 겨를 따윈 없었다. 그가 찾고 싶었던 것은 어머니가 가진 '퀴리날레'의 힘이었고, 그것을 어느 정도 분석해 낸 순간.

'됐…… 다!'

어렴풋하게나마 깨달은 신력을 바탕으로 퀴리날레의 첫 번째 권능을 전개했다.

⟨폐쇄 공간(閉鎖空間)⟩

기존의 크기보다 수십 배로 커진 하늘 날개가 정우와 레아를 감쌌다.

정우는 그 속에서 절대 어머니를 놓치지 않겠다며 품으로 더 세게 끌어안았다. 그리고 주변을 온통 두꺼운 결계로 둘러치면서 모든 시간적 흐름을 강제로 정지시켰다.

이 공간 속에서만큼은 그가 창조주였고, 지배자였다. 시간을 조작하는 것도 무리는 아니었다. 이렇게 해 두면 부서지려는 어머니의 존재를 어떻게든 붙들어 둘 수 있으리라. 일종의 봉신(封神)이나 마찬가지였다.

물론, 이 공간을 유지하기 위해서는 시전자인 자신이 주축이 되어야 하는 만큼, 같이 봉신이 되어야겠지만.

어떠랴.

언젠가 형과 아버지가 자신들을 구해 주러 올 것인데.

「그래도 좀 빨리 찾아 와 주라, 형. 아버지.」

그리고.

스르륵!

동면(冬眠)에 들었다.

　　　　　*　　　*　　　*

　[모든 재생이 완료되었습니다.]
　[이후의 정보를 찾을 수 없습니다.]

　그렇게 모든 사념이 끝난 뒤.
　"아버지."
　『그래. 가자꾸나. 네 엄마와 동생이 모두 기다리고 있을
테니.』
　연우와 크로노스가 곧장 움직이기 시작했다.

Stage 91.
혼세팔신

『헤르메스.』

헤르메스는 대기하고 있던 중에 갑자기 머릿속으로 들어온 연우의 목소리에 고개를 번쩍 들었다.

"예."

『지금부터 병사들을 풀어서 내가 일러 주는 곳들을 체크해 봐. 미후왕…… 제천대성이 있을 거라고 짐작되는 후보지들이다.』

그러면서 연우는 헤르메스의 대답을 듣지도 않고 몇 개의 장소들을 쭉 가르쳐 주었다.

헤르메스는 난데없는 명령에 당혹스러워하면서도, 천계

와 하계를 수도 없이 오고 갔던 전력 덕분에 빠르게 후보지들을 머릿속에 저장해 둘 수 있었다.

그리고 재빨리 휘하의 신들을 시켜서 즉시 각 지역으로 이동할 것을 명령했다.

"어디 가시는 겁니까?"

아테나가 연우의 대리라면 헤르메스는 복심(腹心), 즉 비서라는 말이 올림포스 내에서 돌아다닐 정도로 그와 밀접했기에, 그는 연우가 별다른 말을 하지 않았음에도 곧장 무슨 일이 생겼다는 사실을 눈치챘다.

『조금 멀리.』

이에 연우는 아주 짤막하게 답변했다.

『네 할머니 모시러 간다.』

"……!"

『그러니까 내가 올 때까지, 전원 대기하고 제천대성 찾아 놓고 있어. 당분간 연락은 안 될 거다.』

그 말을 끝으로, 연우와의 채널링이 뚝 끊어졌다.

         *   *   *

『칠흑으로 되돌아갈 거냐?』

크로노스는 당장 움직일 차비를 갖추는 연우에게 질문을

던졌다.

당장 이런 일들을 저지르고도 여태 모른 척 발을 빼고 있던 현인을 족쳐야 하지 않겠냐는 질문이었지만.

"아뇨. 지금은 아닙니다. 조금 돌아서 갈 생각입니다."

『어째서?』

"현인은 분명히 아직까지 정우와 어머니가 계신 '꿈'의 조각을 찾지 못했으니까요. 찾았더라도 동면은 깨우지 못했을 거고요."

『그렇게 생각하는 이유라도 있는 거냐?』

"찾았다면 제가 모를 수가 없습니다."

『하긴. 그도 그렇군.』

크로노스는 고개를 끄덕였다.

칠흑왕의 자아들은 대개 비밀이 존재하지 않는다.

각자가 저마다 다른 생각과 특성을 지니고 있다지만, 그들은 항상 붙어 다니며 하나의 의사를 도출해 내는 군집체의 일원이었다.

서로가 서로에게 미치는 영향력이 아주 크고, 정신을 공유하고 있는 부분도 아주 많았다.

물론, 차정우에 대해서 전혀 모르는 듯한 뉘앙스로 연우를 속이기도 했지만, 그것도 언젠가 들킬 수밖에 없는 속성의 거짓말이었다.

그런 면에서 만약 현인과 녀석을 따르는 마성이 차정우와 레아를 찾았다면, 연우가 이를 모를 리가 없었다. 칠흑 속에서 그토록 찾아 헤매기도 했었으니까. 있었는데도 찾지 못했다면 아들과 형으로서 실격이었다.

"그러니 우회해서 정우가 있는 공간으로 넘어갈 생각입니다."

『방법은 있고?』

"예. 마침 좋은 방법이 있습니다."

『뭔데?』

"'밤' …… 경계의 거주자를 찾을 생각입니다."

『……!』

크로노스의 눈이 살짝 커졌다.

"경계의 거주자는 수많은 '경계' 위를 넘나들면서 살아가는 녀석입니다. 그것이 존재 의의이기도 하구요. 시공간, '꿈'의 단면이나 조각들, '낮'과 '밤'의 경계선…… 그중에 정우가 있을 허수 세계도 존재할 가능성이 큽니다."

『하지만…… 그건 뒤집어서 말하면 너에게도 아주 위험한 장소일 가능성이 다분하다는 뜻이라는 걸 모르진 않겠지?』

연우는 고개를 끄덕였다.

이제는 버려진 '꿈'의 조각들. 그 속에는 무엇이 있는지 아무도 모른다. 어쩌면 완전히 망가져 있어서 들어가는 것만으로도 존재가 상할 수도 있었다.

더군다나 정우는 거기다가 권능을 걸어 아예 외부에서 찾을 수조차 없게끔 막아 버렸다.

외부에서 들어갈 수도 없지만, 안에서 나올 수도 없는 곳.

칠흑왕의 일부이지만, 그렇기에 접근하기에 더딜 수밖에 없는 장소.

현인이 아직 정우 등을 회수하지 못한 데에는 그만한 이유가 있는 법이었다.

"예. 하지만 그렇다고 안 갈 수는 없잖아요?"

『……그렇지.』

"더구나 어차피 한 번은 결착을 내야 할 녀석들이었잖습니까? 우마왕을 상대하기 위해서는 그만큼 전력을 보강할 필요도 있고, 현인이 있는 한 칠흑도 완전히 제 것이 아니니 우선 '밤'부터 이쪽으로 끌어들여야 합니다."

『그래. 네가 결정한 일이니 어련히 알아서 잘하려고.』

크로노스는 뿌듯한 얼굴로 연우를 바라봤다.

그 시선에는 짙은 신뢰가 담겨 있었다.

다 큰 아들에 대한 아버지의 무한한 신뢰.

『그럼 가자꾸나. 네 동생과 엄마를 계속 기다리게 할 수는 없으니.』

*　　*　　*

[칠흑왕의 자아가 강림합니다!]

연우가 공간을 가르면서 건너간 장소는 차정우의 사념체 등이 있는 곳이었다.

탑이 무너진 이후, '낮'과 '밤'이 쉴 새 없이 충돌을 거듭하던 세계와 우주의 경계선.

혹은 끝자락이라 할 수 있는 곳.

그리고 그만한 존재가 나타나자, 모든 시선이 그곳으로 쏠릴 수밖에 없었다.

['낮(에로스)'이 칠흑왕의 자아를 인식합니다!]

[신의 사회, '말라흐'가 모두 칠흑왕의 자아가 강림한 장소로 이동하고자 합니다.]

[악마의 사회, '르 인페르날'이 전부 칠흑왕의 자아가 있는 곳에 출현하고자 합니다.]

……

['밤(녹스)'이 칠흑왕의 자아를 주시합니다!]

아무것도 없는 허허벌판에서, 연우는 고개를 위로 번쩍 들었다.

저 멀리 보이는 하늘 정중앙에 난 실선을 따라 한쪽은 푸르른 대낮이, 다른 한쪽은 시커먼 한밤이 깔린 세상.

'낮'의 진영 쪽에서는 수많은 강림들이 이뤄지는 반면에, '밤'의 진영 쪽에서는 아직까지 누구도 모습을 비치지 않고 연우를 가만히 관찰하고 있었다.

여기서 그가 어떤 행동을 하느냐에 따라서 대응하려는 것일 테지.

연우도 그런 사실을 잘 알기 때문에 우선 '밤' 쪽으로는 시선도 주지 않았다. 지금은 일단 동생의 사념체를 먼저 만나는 게 급선무였다.

　[미카엘이 강림합니다!]
　[우리엘이 강림합니다!]
　[라파엘이 강림합니다!]
　……
　['말라흐'가 모습을 드러냅니다!]

가장 먼저 메타트론을 대신해 말라흐를 이끌기 시작한

미카엘을 필두로, 대천사들이 하나둘씩 나타나면서 평원을 가득 채웠다.

"묵직한 것이 내려오는 느낌이 들더라니. 이거, 아주 대단한 인물이 납신 것이었군."

미카엘은 첫 대면에서 그러했던 것처럼 이번에도 호승심을 숨기지 않고 있었다. 아니, 오히려 이전과는 비교도 할 수 없을 정도로 달라진 연우의 격을 느껴서 그런지 더더욱 강한 투기를 뿜어냈다.

반면에 안면을 익히는 정도가 전부였던 우리엘이나 라파엘 등은 경계심이나 적개심을 숨기지 않고 있었다.

어째서인지 연우는 저들이 왜 저런 반응을 보이는지를 알 것 같았다.

일단 같은 편에 서긴 했다지만, 저들의 입장에서 연우란 존재는 이제 증오하고 대적할 수밖에 없는 칠흑왕의 '일부'였으니 경계심이 드는 게 당연했고.

사사로이는 자신들의 오랜 지도자이자 서기장이었던 메타트론을 잃게 만든 원흉이기도 했으니 적개심을 가질 수밖에 없었다.

하지만 이해되는 것과 그걸 포용하는 건 전혀 다른 문제였으니.

『이것들, 하는 짓거리가 좀 마음에 안 드는데?』

크로노스는 감히 주제도 모르고 자신의 아들에게 적의를 드러내는 말라흐의 짓거리가 못마땅할 수밖에 없었다.

애당초 따지고 보면 무너지는 탑에서 녀석들을 살려 주었던 건 연우의 '자비'가 아니었던가.

『원래대로라면 탑에 깔려서 다 뒈지고도 남았을 새끼들이, 주제도 모르고 까불어?』

하물며 크로노스는 본래 제 주제도 모르고 날뛰는 놈들을 가장 싫어했다.

현역 시절보다 성격이 많이 죽었다지만, 패왕으로서의 기질이 완전히 사라진 건 아니었다.

고오오—

그가 신왕의 격을 고스란히 드러내자, 우리엘과 라파엘 등의 표정이 단단히 굳었다.

『……!』

『……!』

『……!』

당연한 말이지만, 전성기 시절보다도 더 격이 상승한 크로노스는 메타트론이 돌아온다고 해도 절대 이길 수 있는 존재가 아니었다.

하물며 그 아래에 있던 존재들이 크로노스의 기세를 감당할 수 있을 리 만무한 일.

말라흐의 일원들은 10여 년 동안 '밤'과 전쟁을 치르면서 자신들도 그만큼 강해졌다고 생각했었지만, 크로노스에 비할 바는 아니라는 것을 뒤늦게 깨달아야만 했다.

목이 서늘했다.

마치 보이지 않는 칼날이 어느새 그들의 목젖에 닿은 듯한 기분이었다.

그리고 한편으로, 그런 크로노스의 뒤에 서서 무심한 눈을 한 연우를 보면서 재차 떠올릴 수 있었다.

'밤'과 한창 전쟁을 치를 무렵에 자신들을 '굽어다' 보던 연우의 시선을.

그것은 감히 자신들이 어떻게 할 수 있는 성질의 것이 아니었다.

인간 같은 피조물들에게 저 하늘에 박힌 별이 까마득하듯, 사실 따지고 보면 연우라는 존재가 그들에게는 그런 위치가 아니던가!

『눈 깔아라. 죄다 모가지 돌아가기 전에.』

결국 기세 싸움에서 몇 수 밀린 말라흐의 대천사들은 식은땀을 흘리면서 뒤로 주춤 물러설 수밖에 없었고.

"후후. 이쯤에서 그만하시는 것이 어떠실는지요?"

그런 그들을 더 압박하고자 하던 크로노스 앞으로, 미카엘이 나서서 발로 지면을 세게 찍었다.

파앙!

말라흐를 뒤덮던 격의 회오리가 거짓말처럼 꺼졌다.

순간, 크로노스의 한쪽 눈썹이 꿈틀거렸다.

한쪽 입꼬리가 비틀렸다.

『너, 제법 하는구나?』

"싸움은 좀 하는 편이긴 합니다만."

『메타트론 밑에 싸움밖에 모르는 미친개가 한 마리 있다더니. 목줄을 쥐지 않고 있었다면 진즉에 제 주인을 물었을 거라고 소문났던 게, 바로 너였나 보군.』

본인을 두고 독설도 그런 독설이 없었지만.

정작 미카엘은 태연했다.

"말씀이 심하십니다. 저는 그저 주어진 본분에 최선을 다할 뿐인 것을요."

『미친개가 목줄을 끊고 스스로 주인이 되었으니, 말라흐가 앞으로 어떻게 될지는 불 보듯 뻔하군.』

"좋은 말씀이시라 생각하겠습니다."

크로노스는 능글맞게 대답하는 미카엘이 영 못마땅한 눈치로 눈살을 팍 찌푸렸다.

그러던 그때.

[아가레스가 강림합니다!]

[바싸고가 강림합니다!]
……

['르 인페르날'이 모습을 드러냅니다!]

[펜리르가 강림합니다!]

미카엘과 마찬가지로, 새롭게 르 인페르날을 지휘하기 시작한 아가레스를 필두로 악마들이 줄지어 나타났다.

마지막에는 그들과 전혀 관련이 없는 인물도 있었지만.

멍! 멍멍!

[펜리르가 오랜만에 만난 친구에게 반갑다면서
꼬리를 마구 흔듭니다!]

『저것은 나의 것이니 함부로 눈독 들이지 말라고 누차 말했던 것을 그새 잊은 것이냐!』

여전히 꼬마 모습을 한 아가레스는 강아지인 펜리르의 위에 올라탄 채로 떽떽거리고 있었다.

멍멍!

『뭐? 침 바르는 것에는 순서가 없다고? 이놈! 찬물에도 위아래가 있거늘, 나이도 지극히 어린 개새끼가!』

멍!

『꼬, 꼰대 같은 소리 그만하라고? 감히 르 인페르날의 수장이자 동부의 지배자인 이 아가레스 님에게 못할 소리가 없……!』

멍멍, 멍!

『틀니 압수? 이이……! 밥만 축내는 식충이가 그래도 자꾸!』

그리고 두 사람도 미카엘처럼 크게 달라진 구석이 없어 보였다. 저렇게 아옹다옹하면서도 아가레스는 펜리르에게서 내려올 생각을 않고 있었으니까.

그나마 다른 점이 있다면, 둘의 격이 이전보다 훨씬 흉포해져 있다는 점이었다.

그만큼 지난 세월 동안 쉬지 않고 처절하게 사투를 벌여왔다는 뜻일 테지.

그리고.

[아테나가 강림합니다!]

[람이 강림합니다!]

……

[올림포스의 친위군(親衛軍), '디스 플루토'가 본모습을 드러냅니다.]

[친위군이 일제히 오랜만에 뵙는 주군에게 예를 갖춥니다!]

처처척!
아테나를 필두로 한 디스 플루토가 일제히 한쪽 무릎을 꿇은 채로 모습을 드러내고.

[권속들이 돌아옵니다!]
[데스 로드(샤논)가 재귀속되었습니다.]
[데스 로드(한령)가 재귀속되었습니다.]
……
[아그 리치(부)가 재귀속되었습니다.]

연우의 그림자가 길게 쭉 늘어나면서 마침 곳곳에서 쏟아지던 그림자를 속속 모두 삼켰다.
「요시! 분위기 메이커, 샤논 님 등장! 우리 주인, 그동안 나 없어서 많이 심심했쥬?」
시끄러운 녀석도 그대로였다.
역시나 이전보다 훨씬 격이 달라진 부도 충성스럽게 고개를 조아리는 가운데.

['낮(에로스)의 후계자'가 강림합니다!]

차정우의 사념체도 마지막으로 모습을 드러냈다.

"정우야."

『……뭐야? 징그럽게 왜 그런 얼굴로 쳐다봐?』

녀석은 오랜만에 만난 형에게 반갑다는 말을 꺼내기가 뭣했던지 툴툴대면서 그렇게 말했다.

원래대로라면 연우도 여기에 장난을 쳤겠지만, 지금은 그럴 때가 아니었기에 진지한 투로 말했다.

"어머니 찾으러 가자."

『갑자기 엄마라니?』

정우의 사념체는 오랜만에 찾아와서는 갑자기 웬 생뚱맞은 말을 하냐는 투로 바라봤다.

그러면서도 두 눈에는 기이한 광망이 감돌았다.

아버지는 되찾았으나 어머니는 그러지 못했다는 사실이 여태껏 그의 마음 한편에 낙인처럼 깊게 남아 있었기 때문이었다.

"네 반쪽도 거기 있고."

『……그 표현은 좀 이상한데? 아난타가 들으면 오해한다고! 하여간 대체 뭐가 어떻게 된 거야! 설명 좀 해 봐!』

정우의 사념체는 그동안 '낮'의 후계자로서 십 년이 넘도록 '밤'과 전쟁을 치르면서 영혼의 부재에 대해 아쉬움을 가지고 있어야만 했다.

존재(存在)라는 것은 본디 뼈대인 혼(魂)과 거죽인 백(魄)으로 이뤄진다. 이 중 하나라도 없으면 반쪽에 불과하니, 그 존재도 반쪽짜리에 지나지 않는 것이다.

비록 정우의 사념체가 지난 시간 동안 쌓은 업을 바탕으로 탈각을 이루긴 했다지만, 완전한 초월까지는 닿지 못하고 있는 중이었다. 그 주체가 될 만한 영혼이 없어 격의 상승에 한계가 있기 때문이었다.

물론, 연우의 권속인 레베카의 경우에는 진즉에 신위를 얻었다지만, 그건 어디까지나 연우에게 존재를 기생하고 있고 원래 모시는 신이던 케르눈노스가 여전히 축복을 내려 주고 있었기에 가능했던 것일 뿐.

독립된 존재인 정우의 사념체는 절대 그럴 수가 없었다. 그는 현재 골격 없이 쌓아 올린 모래성과 같은 상태라, 자칫 잘못했다간 통째로 무너질 수 있는 것이다.

그런데 지금, 뼈대가 어디에 있는지 드디어 찾았다고 한다. 그를 되찾고 나면 차정우는 비로소 완전한 존재로 완성될 수 있으리라.

더 이상 '낮'의 후계자가 아닌, 온전한 지배자로 거듭날 수 있는 것이다.

거기다 어머니까지 모시러 갈 수 있다고?

당연히 정우의 사념체로서는 눈에 불이 붙을 수밖에 없는 말이었다.

연우는 차분하게 자신과 크로노스가 봤던 레아의 사념기억에 대해 말해 주기 시작했고.

『……..』

정우의 사념체는 한동안 말을 이을 수가 없었다. 그리고 어머니가 자신을 찾으러 왔단 사실에, 그는 끝내 바닥에 주저앉고 말았다.

『……형.』

"왜."

『대체 난 무슨 짓을 저지르고 다녔던 걸까?』

"……."

『형도 그렇고, 아버지도 그러시고…… 이제는 어머니까지. 왜 다들 나 때문에 이런 고생을……!』

정우 사념체의 목소리에서는 슬픔이 자꾸 묻어났다. 눈물이라도 흘릴 수 있었더라면 오열을 터뜨렸으리라.

크로노스도 그런 정우의 얼굴을 차마 똑바로 보지 못하고 고개를 옆으로 슬쩍 돌리면서 울적한 마음을 다스리고자 했다.

하지만.

연우만큼은 여전히 담담한 표정 그대로였다.

아니, 어딘지 모르게 싸늘했다.

"야."

『……?』

"말 돌리지 마라."

움찔!

"패드립. 그거 원래 네가 게임할 때 썼던 거잖아. 근데 나한테 뒤집어씌워? 뒈지고 싶냐?"

『…….』

아주 잠깐의 적막.

그리고.

파앗!

정우의 사념체가 한순간 제자리에서 사라졌다.

팟!

뒤따라 연우도 똑같이 사라졌다.

『엥?』

이게 대체 무슨 일이지? 크로노스가 당혹과 의문이 가득한 얼굴로 시선을 한쪽으로 돌렸고.

저 멀리, 하늘 날개까지 펼치면서 도망치는 정우의 뒷모습이 보였다.

축지를 밟으면서 그 뒤를 바짝 쫓고 있는 연우의 모습도.

『스, 스토오옵! 난 억울하다고!』

"뭐가?"

『그건 내가 아니라 영혼 새끼가 한 거잖아! 왜 나한테……!』

"그놈도 너잖아."

정우의 사념체가 억울하다고 항변을 해 봤지만, 연우의 주먹은 사정을 봐주지 않았다.

퍽!

*　　　*　　　*

"난 귀찮게 패드립 안 해. 그냥 현피 뜨자고 그러지."

탈탈탈.

연우는 손을 가볍게 털면서 차갑게 말했다.

크로노스는 멍한 표정으로 두 사람을 바라보고 있었다.

『……젠장. 저런 걸 형이라고.』

반면에 한쪽 눈에 시퍼런 멍을 달고 만 정우의 사념체는 입술을 삐죽 내밀면서 툴툴거렸다.

"억울하냐?"

『당연하지! 내가 한 것도 아닌데!』

"억울하면 그놈한테 가서 따져."

『……..』

정우의 사념체는 목 언저리까지 올라온 욕지거리를 겨우 삭여야만 했다.

"아쉽단 말이지."

『또, 뭐!』

"난 좀 더 네가 저항하기를 바랐거든. 그래도 그동안 좀 많이 세진 줄 알았는데. 깡은 많이 사라졌어."

『씨이! 저항하면 저항했다고 더 때릴 거잖아!』

"그러니까 아쉽다고."

『……..』

부들부들.

정우 사념체의 주먹이 크게 떨렸다.

때리고 싶다.

아무리 형이지만, 딱 한 대만 때리고 싶어 죽겠다! 그런 생각이 자꾸 머릿속을 맴돌았다.

하지만 그래서야 자신만 다칠 터였다. '낮'의 후계자로서 전쟁을 계속 치러 왔다지만, 어디 칠흑왕의 주 자아가 되기 위해 매일같이 사투를 벌였던 형에 비할 바는 아닐 테니까.

아마 여기서 그가 욱하고 덤비는 것도 형이 의도한 함정일 가능성이 컸다.

아니나 다를까.

"안 넘어오나? 쳇."

『……아빠! 형이 자꾸 저 괴롭혀요!』

결국 정우의 사념체는 크로노스를 찾아야만 했다.

크로노스는 골치가 아프다는 듯 검지로 관자놀이를 꾹꾹
눌렀다.

『어째서 너희들은 나이를 먹어도 허구한 날……!』

사실 지구에 있었을 때에도 쌍둥이 아들들은 저런 식으
로 많이 티격태격하는 편이었다. 한두 살 차이 나는 형제도
많이 싸우는데, 한날한시에 태어난 쌍둥이는 오죽하랴.

미스터리인 점은 저렇게 싸워 대도 우애가 좋다는 것이
었지만.

그러던 그때.

멍!

『차정우의 영혼을 찾았다고?』

아가레스가 펜리르와 함께 그들 형제에게로 다가오고 있
었다. 여전히 해맑은 펜리르와 다르게, 아가레스의 두 눈은
활활 타오르는 중이었다.

『그렇다면 당연히 이 몸을 데려가야지!』

정우의 사념체는 떨떠름한 표정이었지만.

『넌 왜?』

『내 것을 찾으러 가는 데 이유가 필요한가!』

『……그 영혼 내 거거든?』

『네놈도, 그것도 전부 내 것이니라!』

『……하아.』

멍! 멍멍!

정우의 사념체와 아가레스가 말싸움을 하는 동안, 펜리르는 연우에게 꼬리를 귀엽게 흔들면서 헥헥거렸다. 어떻게든 자신을 데려가 달라는 의미.

연우가 알겠다면서 고개를 끄덕이자 더 좋다면서 크게 짖어 댔다. 그러자 아가레스가 고래고래 소리를 질러 댔다.

『나도! 나도 데려가란 말이다!』

하는 행동도 모습도 딱 떼쓰는 어린아이 같아서, 그를 뒤따라왔던 르 인페르날의 마왕들은 슬그머니 고개를 옆으로 돌려야만 했다. 그간의 경험상 이럴 때는 그냥 못 본 척하는 게 최고였다.

한편.

미카엘을 포함한 말라흐의 대천사들은 신중한 얼굴이 된 채로 빠르게 채널 메시지를 주고받고 있었다.

말라흐에 소속된 이들만이 공유할 수 있는 메시지였다.

『미카엘, 만약 정말 저대로 헤븐윙이 영혼까지 찾게 되면 존재가 완성될 텐데. 그때는 '낮' 의 종주권이……!』

『맞아. 지금이야 서기장의 유지가 있고, '밤' 이라는 공동의 적이 확실하지만 만약 칠흑왕의 자아가 '밤' 마저 종속시키고 나면 그때는 어떻게 될지 모른다. 어떻게든 대비를 해 둬야 해.』

『…….』

라파엘과 우리엘의 우려에도 미카엘은 가만히 미소만 지을 뿐, 아무 말도 않고 있었다.

그러던 그때.

피식.

연우가 이쪽을 보며 차갑게 웃어 보였다.

그 웃음의 의미를 알 수 없어 라파엘과 우리엘은 허리를 쭈뼛 세워야만 했다. 분명히 그들이 나눈 사담을 연우가 알아차렸을 리가 없는데도 불구하고, 이상하게 영혼이 꿰뚫리는 듯한 불안감이 스쳤기 때문이었다.

그저, 그런 시선에 미카엘만이 마주 웃을 뿐이었다.

*   *   *

"아테나, 여길 지키고 있어. 만약 내 쪽에서 채널링이 잠시 끊어져도 크게 신경 쓰지 말고."

이곳에서 정우의 사념체를 대신해 '낮'의 군영을 책임지라는 명령.

내심 오랜만에 만난 연우에게 이런저런 보고도 하고, 수고했다며 칭찬도 듣고 싶었던 아테나의 얼굴에 당혹감이 어렸다.

"저도 같이 따라가는 것이 보호에 집중할……!"

『미카엘을 주시하고 있어.』

하지만 곧 이어진 연우의 채널 메시지에 아테나의 눈이 커졌다. 그리고 이내 그녀의 동공이 깊게 착 가라앉았다.

『그 말씀은?』

『정우, 말라흐, 르 인페르날…… 사실 따지고 보면 공유하는 이익이나 사상 따위 전혀 없이, 선대의 유훈 때문에 느슨한 연합을 이루고 있지. 이것도 그나마 공통된 적이 있어서 유지되고 있는 거고. 하지만 '밤'이 더 이상 위기가 되지 않는다면…… 이야기는 달라질지 몰라.』

『……!』

『그런다면 말라흐에서 가장 먼저 움직일 거다. 르 인페르날은 그래도 아가레스에 대해 공포심은 갖고 있을지언정 충성심은 확실하니까. 하지만 놈들은 그렇지 않고. 무엇보다 애당초 절대선과 절대악이 손을 잡고 있는 것부터가 이상한 그림이잖아?』

『만약에 섣부른 짓을 한다거나, 미심쩍은 부분이 있으면 지체하지 않고 바로 손쓰겠습니다.』

연우는 대답 대신에 고개를 끄덕였다.

사실 그로서는 미카엘이 어떤 꿍꿍이가 있어도, 당장은 움직이지 않을 거라고 예상하고 있었다. 별다른 확신도 없이 섣불리 움직일 만큼 멍청한 놈은 아니었으니까. 하지만 그래도 감시를 해 두는 건 나쁘지 않을 듯했다.

그렇게 아테나에게 뒤를 부탁하고.

연우 일행은 '낮'과 '밤'을 가르는 경계 선상으로 한쪽 발을 밀어 넣었다. 오래전, 스퀴테를 만들기 위해 크로노스의 신화에 들어갔을 때에 칠흑을 유영하던 것과 비슷한 느낌이었다.

아니, 아마 그것과 큰 차이가 없을 것이다. 이곳은 원래 우라노스 치하 시절의 올림포스가 다스리던 영역이기도 했으니까. '낮'과 '밤'이 한창 전쟁을 벌이던 우주 창생 초창기의 장소……

['밤(눅스)'에 입장하였습니다!]

[법칙이 전부 어그러집니다.]

[천안통과 천이통이 발동됩니다. 흔들리는 감각을 바로잡습니다.]

[올바른 인지가 이뤄집니다.]

……

[세상이 모습을 드러냅니다!]

『하아……! 이 빌어먹을 곳은 들어올 때마다 너무 엿 같
은데.』

정우의 사념체는 피부를 파고드는 감각에 신경질적으로
손을 세게 털었다.

전쟁을 벌이면서 몇 번이나 들락날락했다지만, 평생 익
숙해질 일은 절대 없을 것 같았다. 존재를 탐식하고, 법칙
을 어그러뜨리는 힘만큼 신격에게 불쾌한 것도 없었으니
까.

그리고 그건 아가레스나 펜리르도 마찬가지였는지, 하나
같이 인상이 딱딱하게 굳어 있었다. 여차하면 곧장 마기를
개방할 준비도 마쳐 있었다.

그들의 경계 어린 눈초리는 '밤' 의 영역 곳곳에 산재한
여러 시선들에게로 향해 있었다.

꾸우우우—

웅, 우우웅!

['오염된 근원'이 위대한 아버지의 등장에 고개를 조아립니다!]

['태어나지 못한 존재'가 저것은 아직 아버지가 아니라며 고개를 가로젓습니다!]

['외부 세계의 대기자'가 아버지는 아니지만 아버지와 비슷하니 동일 존재로 봐야 하지 않겠냐며 의문을 던집니다!]

['유치한 영혼의 눈'이 번잡한 논란에 별다른 결정을 내리지 못하고 눈만 굴리며 주변의 눈치를 조심스레 살핍니다!]

......

['밤(녹스)'이 여태껏 보지 못했던 새로운 존재에 대한 대응책을 완전히 수립하지 못하고 혼란을 거듭합니다!]

['춤추는 녹색의 불길'이 우선 대화를 해 보고 결정하는 게 어떻겠냐는 의견을 내세웁니다!]

['별에서 온 어둠'이 타당한 것 같다며 고개를 끄덕입니다!]

['피에 젖은 신'이 '춤추는 녹색의 불길'에게 긍정을 표합니다!]

......

['밤(녹스)' 에 존재하는 모든 시선이 갑자기 출현
한 칠흑왕의 자아에게로 쏠립니다!]

원래대로라면 사방에서 정제되지 않은 사념의 파도가 물
밀 듯이 쏟아졌을 테지만.

이미 연우가 이룬 격은 그들보다도 훨씬 높고, 무엇보다
'밤' 의 근간에 가까워졌으니 저들의 의사를 쉽게 이해할
정도는 되었다.

여전히 정우의 사념체 등은 혼란스러워하는 기색이었지만.

그래도 '밤' 을 지배한다는 외신들 중에서도, 가장 서열
이 높다는 혼세팔신이 나서니 혼란이 많이 잦아드는 모양
새였다.

다만, 연우의 머리 위로 녹색의 불길이 잠깐 나타났다가
사라지는 것이, 마치 '나 잘했죠?' 하는 느낌을 풍기는 듯
하다는 건 그만의 생각인 걸까.

그러던 그때.

['경계의 거주자' 가 눈을 뜹니다!]

혼세팔신의 최고 서열이자, '밤'의 우두머리인 존재가 나타났다.

마치 문이 열리듯이, 거대한 동공이 '밤'의 암흑을 밀어내면서 연우 앞에 떡하니 나타났다.

정우의 사념체와 아가레스 등이 화들짝 놀라면서 경계 태세를 갖추려 했지만, 그보다 먼저 연우가 손을 뻗어 그들을 제재했다.

경계의 거주자도 그들에게는 신경도 쓰지 않고 있었다. 마치 그들과는 격이 맞지 않는다는 듯. 연우만 바라보고 있었다.

오. 셨. 습.

"말했을 텐데. 곧 찾아올 거라고."

연우는 숨기지 않고 자신의 격을 완전히 개방했다. 지금부터는 이들에게 칠흑왕으로 인정을 받아야만 했으니까.

우르르!

'밤'을 이루는 모든 공간이 흔들렸다. 옆에 있던 정우의 사념체 등도 긴장한 표정으로 연우를 바라봤다.

['밤(녹스)'의 모든 존재들이 칠흑왕의 자아를 경
탄 어린 시선으로 바라봅니다!]

['경계의 거주자'가 눈을 크게 뜨며 당신을 바라
봅니다.]

우. 리. 는. 아. 직.
당. 신. 에. 대. 한. 선. 택.
못. 내. 렸.

연우를 아직까지 인정하지 못한다는 내용.
팔짱을 낀 연우의 한쪽 눈썹이 꿈틀거렸다.
"어째서지?"

당. 신. 은. 완. 전. 못. 하.
종. 말. 을. 막. 고. 있.
자. 격. 부. 족.

연우가 아직 칠흑왕의 주 자아가 되지 못했고, '꿈'을 닫
는 것마저 미루고 있기 때문에 그렇다는 내용이었다.
"그래서? 날 인정 못 하겠다는 건가?"

연우는 송곳니를 훤히 드러내며 바짝 날을 세웠다.

자칫 잘못해 여기서 녀석들과 싸워서야, 얼마 남지 않은 인과율을 송두리째 날릴 수도 있었지만 절대 약한 모습을 보여서는 안 되었다.

자. 격. 증. 명. 필. 요.

"증명?"

아. 버. 지. 맞. 다. 는. 증. 거.

이를테면, 자신들의 인정을 받으라는 의미였다.

"세상 어느 아버지가 자식들에게 인정을 받아야 하는 건지 모르겠군."

연우는 코웃음을 치면서 오만한 투로 말했다.

"하지만, 좋아. 필요하다면 얼마든지 하지."

['춤추는 녹색 불길'이 묵시(默視) 합니다.]
['검은 풍요의 요신'이 응시(凝視) 합니다.]
['이름 없는 안개'이 주시(注視) 합니다.]
['불결의 근원'이 구시(久視) 합니다.]

［‘멸망을 노래하는 자’가 세시(細視) 합니다.］

모든 혼세팔신의 시선이 쏟아지고.
연우를 둘러싼 세상이 바뀌었다.

　［시나리오 퀘스트(우둔한 아버지)가 생성되었습
니다!］

　［시나리오 퀘스트 / 우둔한 아버지］
　설명: ‘경계의 거주자’를 비롯한 ‘밤(녹스)’의 지
배자들은 칠흑왕의 자격을 주장하고 나서는 당신에
대한 의문을 지우지 못하고 있는 중입니다.
　당신에게서 칠흑왕의 높은 격이 느껴지긴 하지만,
아직 주 자아가 되지 못한 데다가, 칠흑왕의 오랜 염
원인 ‘꿈’의 종말을 계속 지체하고 있는 것에 저의
(底意)를 의심할 수밖에 없기 때문입니다.
　하지만 그렇다고 해서 당신을 칠흑왕이 아니라고
폄하하거나 무시하는 것은 불가능하다는 사실을 이
들은 너무나 잘 자각하고 있습니다.
　실제로 ‘춤추는 녹색 불길’의 경우에는 당신이 언
젠가 찾아올지도 모른다는 ‘밤(녹스)’의 저주를 거

두어 줄 존재일지도 모른다며 동료들을 설득하고 있는 중이기도 합니다. 그리고 '밤'의 존재들 중 상당수가 그런 그의 의견에 동조하며 큰 세를 형성하고 있습니다.

물론, 여전히 그것을 미심쩍어하는 이들도 많기 때문에 여태 이견은 좁혀지지 못했고, 이들은 결국 부왕(副王)인 '경계의 거주자'의 통제하에 당신에게 하나씩 시험을 주어 과연 우둔한 아버지라 할 수 있는지 평가를 해 보자는 결론을 내렸습니다.

그리고 지금, 그것을 당신에게 제안하였고, 당신은 그것을 가납하였습니다.

지금부터 혼세팔신이 '밤'의 존재들을 대표하여 하나씩 시험을 내어 줄 것입니다. 이것을 차례로 통과하여 우둔한 아버지로 거듭나십시오.

제한 시간: ―
제한 조건: 칠흑왕의 자아

달성 조건: 지금부터 주어지는 8개 퀘스트를 모두 완수하십시오.

주의점:

1. 퀘스트를 단 한 개라도 실패할 시, 인정은 불발됩니다.

2. 애매한 결과가 도출될 시, 퀘스트를 건넨 존재의 주관적인 의견이 반영될 수 있습니다.

보상: 자격 증명

[현재 혼세팔신 중 두 개체, '기어 다니는 혼돈'과 '극권의 군주'가 부재중입니다.]

['기어 다니는 혼돈'의 경우, 해당 대상인 칠흑왕의 자아를 우둔한 아버지로 인정한 전례가 있으므로 퀘스트 완수로 계산합니다.]

[현재 수행도: 1/8]

['극권의 군주'의 신좌는 현재 권속인 라플라스가 이었다고 판단되므로, '극권의 군주'의 투표권을 라플라스가 대신 행사합니다.]

[라플라스가 찬성표를 던졌습니다.]

[현재 수행도: 2/8]

여러 메시지가 차례로 떠오른 뒤.

[다음 퀘스트를 진행하시겠습니까?]

마저 시험을 진행하라는 안내 메시지가 떠올랐다.

그리고 그것에 잔뜩 화가 난 존재가 있었다.

「시건. 방. 진. 것들!」

연우의 그림자에서부터 부가 나타나며 시퍼런 인페르노 사이트를 불꽃처럼 활활 태웠다.

이전에도 가뜩이나 몸체가 수 미터를 넘었었는데도 불구하고, 그새 다시 몇 미터는 더 커진 그가 내뿜는 기세는 웬만한 혼세팔신과 비교해도 크게 뒤지지 않았다.

실제로 그동안 부로 인해 '밤'의 피해는 이만저만이 아니었으니. 질서와 혼돈의 힘을 동시에 겸비하면서 새롭게 경지를 개척하고 있는 것이 바로 그였기 때문이었다.

「감히. 누. 가. 주인님. 을. 시험할. 수. 있다. 고. 하는가?」

그런 그가 노골적으로 적의를 드러냈다.

연우의 충복인 그로서는 놈들이 고개를 조아리고 제발 자신들을 받아들여 달라며 싹싹 빌어도 모자랄 판국에, 감히 제 주제도 모르고 까불고 있는 것으로밖에 비치지 않았기 때문이었다.

자비로우신 주인님께서는 저들의 시건방진 도전을 흔쾌히 받아들이겠노라 말씀하셨다지만, 그로서는 도저히 묵과할 수가 없었다.

우선 저 태도부터 고쳐 놓으리라. 그런 생각에 법서까지 꺼내 들었다.

여차하면 바로 공격이라도 할 기세라 혼세팔신들의 분위기도 금세 흉흉해졌다.

「오홍홍홍! 그건 저도 같은 생각이랍니당. 우리 팔신님들 생각이 없어도 너무 없는 것 같은데 어쩌좀?」

그리고 그런 부를 도와주려는 건지, 라플라스가 본체로 현신하면서 부의 기세를 한껏 더했고.

「뭐야? 또 싸우는 거야? 이제 좀 조용하나 싶더만. 하여간 우리 주인님이 방문하시는 곳에 일이 안 터질 수가 없다니까?」

「쓸데없는 소리 그만하고. 칼이나 잘 다듬는 게 좋을 것 같은데.」

「…….」

샤논과 한령, 레베카가 차례로 나타나 연우의 옆에 섰다.

[케르눈노스가 자신의 사도에게 가호를 내립니다!]

연우의 주요 권속들이 내뿜는 기세는 이미 하나하나가 대단하기 그지없었으니.

그동안 '밤' 의 막강한 전력 앞에서도 '낮' 이 어떻게 무너지지 않고 저항할 수 있었는지를 알 수 있는 대목이었다.

연우가 칠흑 속에서 수없이 많은 투쟁을 겪으며 격을 상승시킨 만큼, 그의 권속들도 알게 모르게 영향을 받으면서 지속적으로 성장을 이루고 있었던 것이다.

그러자 막상 이렇게 되자, 당황하게 된 쪽은 혼세팔신이었다.

꾸어어—

연우를 압박하려다가 도리어 자신들이 역으로 당하게 생겼으니. 불쾌감을 표출하면서도, 이대로 부딪쳐야 하나 싶어 경계의 거주자를 바라보기 바빴다.

"다들 물러나."

그때, 연우가 짜증 섞인 목소리로 자신의 앞을 막은 권속들에게 말했다.

「하. 지만. 주인. 이 시 여. 저들은. 주제. 를. 모르는……!」

"나오라고 했을 텐데, 부? 언제부터 내 결정에 그렇게 토를 달았었지? 아니면 지금부터 계속 그렇게 내 의사를 무시할 생각인가?"

부는 연우의 목소리에 담긴 불쾌감을 느끼고 재빨리 한쪽 무릎을 꿇으며 고개를 조아렸다.

「……제가. 경솔. 했나이다. 용서를!」

자신에 대한 맹목적인 충성심이 빚어낸 일임을 알기에, 너무 그를 다그친 건가 싶기도 했지만.

연우는 아무 말 없이 그런 부의 곁을 지나쳤다.

한편 혼세팔신은 그동안 만만찮게 봤던 부의 저런 태도에 적잖게 놀라거나 충격을 먹은 기색이 역력했다.

그리고 그만큼 연우에 대해서도 더 높이 생각할 수밖에 없었다.

'어쩌면 이런 그림을 원한 건지도 모르고. 부, 저놈은 생각보다 더 능구렁이니까.'

연우는 그런 생각을 하면서 소리쳤다.

"누가 먼저 할 거지? 불길, 너부터 할 텐가?"

연우는 가장 앞에 있던 춤추는 녹색 불길을 바라봤다.

거대한 불꽃의 형상을 갖춘 녀석은 '밤'의 존재들이 연우에 대해 이렇다 할 결정을 내리지 못하고 우왕좌왕하고 있을 때, 우선 대화를 해 보자며 중재를 하고 나섰던 녀석이었다.

거기다 시나리오 퀘스트 내용에는 춤추는 녹색 불길이 연우에게 호의적인 의사를 표시했다는 설명도 있었다.

그래서 먼저 말을 걸었고.

　['춤추는 녹색 불길'은 자신은 나서지 않을 것이라고 말합니다.]
　['춤추는 녹색 불길'은 이미 당신을 아버지라고 생각하고 있다며 속내를 밝힙니다.]

　['춤추는 녹색 불길'의 퀘스트를 완수하였습니다.]
　[현재 수행도: 3/8]

꾸우웅―

녹옥색으로 빛나던 불길이 더 크게 타올랐다. 따스한 온기가 느껴졌다. 복종하겠다는 의사가 물씬 풍겼다.

연우는 가만히 고개를 끄덕이면서 다른 쪽으로 시선을 돌렸다.

"그럼?"

.

　['검은 풍요의 요신'이 자신이 먼저 시험해 보겠다며 의사를 밝힙니다.]

"좋아. 해 봐."

['검은 풍요의 요신'이 그 전에 칠흑왕의 자아에
게 묻고 싶은 게 있다고 말합니다.]

"뭐지?"

검은 풍요의 요신은 검붉은 안개로 이뤄진 몸뚱이에 검
은 촉수와 점액투성이인 아가리가 무수히 많이 나 있는, 기
괴한 모양을 하고 있었다.

풍기는 악취만큼이나 기세도 강한 놈은, 혼세팔신 중에
서도 경계 거주자의 다음 서열을 차지하고 있는 녀석이기
도 했다.

그런 녀석의 수많은 입들이 똑같이 들썩이며, 정확하게
사람의 언어를 구사하고 있었다.

"우리의 우둔한 아버지가 되겠다는 말."

"우리의 우둔한 아버지가 되겠다는 말."

"무슨 의미인지 알고 있나?"

"무슨 의미인지 알고 있나?"

연우는 고개를 끄덕였다.

"알아."

"아니. 넌 모른다."

"아니. 넌 모른다."

"아니. 알아."

"모르는군."

"모르는군."

"알아."

순간, 연우가 녀석만이 들을 수 있도록 어기전성을 실어
보냈다.

『'이름을 잃는다' 는 의미잖아?』

"……!"

"……!"

『이만하면 안다고 말할 수 있을 것 같은데. 아닌가?』

"……."

"……."

검은 풍요의 요신의 아가리들이 전부 동시에 꾹 닫혔다.
그리고.

['검은 풍요의 요신'이 그것을 전부 감당할 수 있
겠냐고 의문을 드러냅니다.]

['검은 풍요의 요신'이 자신이 이룬 풍요(豐饒)를
스스로 무너뜨리는 것만큼 멍청한 짓도 없다고 경고
합니다.]

"그건 내가 알아서 할 일이고. 너흰 내게 무슨 퀘스트를 줄지 결정만 해."

['검은 풍요의 요신'이 가느다란 눈으로 칠흑왕 의 자아를 바라봅니다.]
['검은 풍요의 요신'이 당신의 결심이 진짜인지 아닌지를 확인해 보고자 합니다.]

"좋을 대로."

[권능, '요환 세계(妖幻世界)'가 발현됩니다!]

[네 번째 퀘스트가 시작됩니다!]

파앗!
연우는 검은 풍요의 요신이 빚어내는 환상 속으로 빠져 들었다.

*　　　*　　　*

[서브 퀘스트('검은 풍요의 요신'의 환상)가 생성
되었습니다!]

[서브 퀘스트 / '검은 풍요의 요신'의 환상]
설명: '검은 풍요의 요신'은 피조물들에게 풍요를
내리지만, 그만큼 음험하고 악의적인 것들로 가득하
다고 알려져 있습니다.
지금부터 그녀가 보이는 풍요로운 환상에서부터
벗어나십시오. 빠져나오지 못할 시, 당신은 '검은 풍
요의 요신'이 가진 풍요를 위한 비료로 전락할 수 있
습니다.

'풍요? 요신?'
연우는 깨질 것 같은 두통에 상체를 일으켰다.
창가를 통해 들어오는 햇살이 따사로웠다. 침대도 오늘따
라 유달리 푹신해서 끔찍한 두통과 너무 어울리지 않았다.
아주 긴 꿈을 꿨던 것 같은데…… 무엇인지 기억이 잘
나질 않았다.
그러던 그때.
"연우! 야, 차연우! 일어나서 밥 먹으라는 엄마 말 안 들
려?"

문이 벌컥 열리면서 어머니가 들어왔다.

언제나 봤었지만.

이상하게도 그리운 얼굴.

"어, 엄마?"

"너 또 게임하느라 밤샜지? 엄마가 일찍 자라고 했어, 안 했어? 이제 고3이라는 애가……!"

앞치마를 두른 어머니는 뭣 때문인지 화가 잔뜩 난 얼굴이셨다.

연우는 왜 그러나 싶어 무언가를 말하려는데.

'……아. 나, 어제 밤새 게임했었지.'

어쩐지 어제 밤늦게까지 했던 일들이 선명하게 떠올랐다. 그런데 왜 여태 기억나지 않다가 지금 떠오르는 걸까. 마치 기다렸다는 듯이. 아직 잠이 덜 깬 걸까?

"나와서 밥 먹어. 아버지랑 정우가 기다려."

"……네."

"그리고 오늘부터 인터넷 끊을 테니까 그렇게 알고 있고."

"어, 엄마! 그건……!"

연우가 화들짝 놀라면서 어머니를 말리려 했지만, 이미 어머니는 아들의 말은 듣지도 않고 부엌으로 가고 계셨다.

연우가 후다닥 뒤따라 나가자, 신문을 보다 말고 다급하게 어머니를 붙잡고 대화를 나누시는 아버지와 졸지에 같이 게임을 못 하게 되어 도끼눈을 뜨고 있는 정우가 보였다.

"마, 마누라? 인터넷을 갑자기 끊는다는 건…… 재고 좀 해 주면 안 될까? 내가 애들 감시 잘 할 테니까……. 응?"

"당신은 지금 이런 상황에 그런 말이 나와? 애들이 고3이 되도록 공부 안 하고 노는 거 전부 당신 때문이잖아!"

"아니, 또 왜 나한테 불똥이 튀는……."

"몰라서 물어? 당신부터가 컴퓨터를 끼고 살잖아! 애 아빠라는 사람이 면학 분위기는 만들어 주지 못할망정!"

"그, 그거야 난 안 하려고 하는데, 자꾸 회사 사람들이 도와 달라고 통사정을 해 대니까 어쩔 수 없었……?"

아버지는 헛소리를 늘어놓으시다가 어머니의 도끼눈에 입을 꾹 다물었다.

"……죄송합니다. 닥치고 있겠습니다."

"하여간 오늘부터 연우랑 정우 수능 끝날 때까지 컴퓨터, 인터넷 일체 금지야. 알겠어?"

"자, 자기야? 나 이번 주에 중요한 레이드가 잡혀 있는데!"

"엄마! 나 그럼 인강은? 고3이라며! 공부하는 데 안 좋아!"

"당신은 좀 조용하고! 정우, 넌 엄마 노트북 빌려줄 테니까 그걸로 인강 봐."

엄마 노트북으로는 지뢰 찾기 같은 거밖에 안 될 텐데! 정우의 소리 없는 절규가 퍼지는 가운데.

뚝.

뚝.

어쩐지 연우는 평상시와 다를 게 없는 아침 일상을 보면서, 흐르는 눈물을 도저히 참을 수가 없었다.

아침밥은 맛있었다.

잡곡밥, 고등어조림, 나물무침, 배추김치, 된장찌개…….

정우 녀석은 잠도 더 자지 못하고 억지로 아침을 먹어야 한다며 툴툴거렸지만, 정작 입 안에는 우걱우걱 잘 밀어 넣는 중이었다. 어머니의 요리 솜씨는 학교에서도 꽤나 유명했으니까.

아버지는 컴퓨터를 못 하게 되었다면서 울적한 마음에 숟가락으로 된장찌개를 몇 번 휘젓다가 어머니한테 혼나기도 하셨고.

그리고 연우는 묵묵히 밥을 먹기만 했다.

"……."

이 일상을 조금이라도 더 많이 담아 두려는 듯.

어머니께서 차려 주신 음식을 꼭꼭 씹어 먹고, 가족들이 하는 대화를 가만히 들었다.

그러다.

"어? 어어! 벌써 시간이 이렇게 됐네! 엄마, 저 먼저 일어날게요!"

"도시락 챙겨가야지! 당분간 급식실 리모델링한다고 급식 안 나온다면서!"

"아, 맞다. 잊고 있었네. 땡큐. 고마워요, 엄마!"

정우는 뭐가 그리 급한지 시계를 슬쩍 보더니 가방을 어깨에 메고 후다닥 현관문으로 뛰어갔고.

"나도 가 볼게, 마누라. 오늘 오전에 거래처에서 사람 온대서."

"잘 다녀와요."

"저기 그래서 말인데……."

"네. 안 돼요. 랜선 몰래 가져오면 다음 달 용돈도 같이 몰래 사라질 줄 아세요."

아버지는 어머니의 영혼 없는 미소 앞에서 어깨를 축 늘어뜨려야만 했다.

"에휴! 매일매일 어찌나 저렇게 정신이 없는 건지."

어머니는 그런 못 말리는 부자를 모두 배웅하고 나서는 부엌으로 돌아와 다시 연우 맞은편에 털썩 앉으며 한숨을 내쉬었다.

"다들 너처럼 의젓하고 자기 할 일 똑 부러지게 잘하면 얼마나 좋겠니?"

"그러게요."

연우가 엷게 웃으며 대답하다가 조용히 먹고 있던 숟가락을 내려놓았다.

밥그릇이며 반찬들까지, 어느새 텅텅 비어 있었다.

"그새 다 먹었네?"

"맛있네요."

"배 엄청 부를 텐데. 억지로 먹은 건 아니지?"

"아니에요. 절대."

"그래. 다행이구나. 입맛에 잘 맞은 것 같아서."

어머니는 여전히 따스한 얼굴을 하신 채로, 묵묵히 자신을 바라보는 연우에게 물었다.

"이제 갈 거니?"

"……."

많은 의문이 담긴 말.

연우는 아주 잠깐 대답을 하지 않다가, 무겁게 고개를 끄덕였다.

처음에는 환상에 사로잡혔었다지만.

지금은 자신이 누군지 정확하게 자각하고 있었다.

"이곳도 네가 마음먹기에 따라서는 얼마든지 '꿈'이 될 수 있단다."

연우는 칠흑 속에서 여러 자아들과 다투면서 수많은 '꿈'을 꾸었고, 그곳에서 여러 번의 삶을 겪어야만 했다.

그중에는 현실이었던 삶도 있었고, 단순한 허상이나 상상에 불과한 삶도 있었다.

하지만 그것들은 따지고 보면 전부 현실이나 마찬가지였다.

칠흑 속에는 무수히 많은 '꿈'들이 빚어지며, 그 '꿈'들은 하나하나가 전부 새로운 세계였으니까. 어떤 일이 벌어진다고 해도 절대 불가능한 게 아니었으며, 그 속에 있는 한은 현실을 체험하는 것이나 마찬가지였다.

그러니 이곳도 마찬가지리라.

비록 검은 풍요의 요신이 만들어 낸 환상이라고 해도, 결국 연우의 행복했던 기억을 토대로 재구성한 세계였다.

실제로는 이맘때쯤 어머니는 병원에 계시고, 아버지는 실종되어 집안 분위기가 우울했었다지만.

당시 마음 한편에 간직하고 있던 '평온한 일상'에 대한 소망이 구체화된 것이었다.

그리고 당연한 말이지만, 이것은 연우가 행동하기에 따라서 얼마든지 또 하나의 '꿈'으로 실현될 수도 있었다.

그것이 칠흑이 가진 힘이었으며.

깊은 잠에 빠진 존재에게 있어 '꿈'이란 언제든 나타날 수 있는 것이었으니까.

"꼭 돌아가겠다고 마음먹고 있어도 괜찮단다. 좀 더 즐긴다고 해서 너에게 뭐라고 할 사람은 아무도 없으니까. 이곳에서 행복한 일상을 보내고 싶은 만큼 다 보내다가 다시 되돌아가도 나쁘지는 않잖니?"

하지만.

"죄송합니다."

연우는 담담하게 고개를 가로저었다.

"제가 바라는 건…… '꿈'이 아닙니다. 그 밖에 있는 현실이지."

"그렇구나. 아쉽네? 우리 아들이랑 더 길게 이야기 나눠보고 싶었는데."

어머니의 입가에도 엷은 미소가 맺혔다.

"오래 안 걸릴 겁니다."

"그래. 천천히 오렴. 너무 서두르지 말고. 다치면 안 되잖니."

치칙, 치치칙—

어머니의 모습에 노이즈가 조금씩 끼기 시작했다. 세상이 이리저리 흔들렸다.

하지만 그녀의 미소만큼은 이상하리만치 선명했다.

"여기서 기다리고 있을 테니까."

콰직!

퍼어엉!

연우를 둘러싸던 세상이 유리가 깨지듯 와르르 무너졌다.

　　[서브 퀘스트('검은 풍요의 요신'의 환상)를 완수
　하였습니다!]
　　[현재 수행도: 4/8]

　　['검은 풍요의 요신'이 환상 속에서 당신이 내린
　선택에 가만히 고민을 표시합니다.]
　　['검은 풍요의 요신'이 당신이 방금 전에 했던 대
　답을 잘 알겠다고 말합니다.]

　검은 풍요의 요신에게서 풍기는 사념에는 긍정적인 기색
이 잔뜩 묻어나 있었다.

　이름을 잃는다던 연우의 대답이 절대 허언이 아니라는
것을 알게 된 것이다.

자신이 그토록 갈망하던 소망이 바로 눈앞에 있는데도 불구하고 그것을 밀어내고 원래 있던 길로 되돌아온다는 것은.

그만큼 그의 결심이 굳게 서 있다는 의미였으니까.

다. 음. 은.

누. 구.

경계의 거주자는 그런 검은 풍요의 요신을 바라보다, 가만히 눈을 깜빡이면서 동공을 다른 쪽으로 돌렸다.

다음 타자를 정하려는데.

ㅊㅊㅊ—

연우와 경계의 거주자 앞으로 희뿌연 안개가 조금씩 차올랐다. 형체가 전혀 잡히지 않는 존재였다.

   ['이름 없는 안개'가 이번에는 자신이 시험해 보
   겠다며 앞으로 나섭니다.]

소. 템.

악. 의. 는. 허. 락. 지. 않.

    ['이름 없는 안개'가 명명되지 않을 존재인 아버지를 자처하는 작자가 어떤 자인지를 알고 싶을 뿐이라고 의사를 밝힙니다.]

    ['이름 없는 안개'는 '검은 풍요의 요신'이 대체 그에게서 무엇을 보았는지를 알고 싶노라고 말합니다.]

경계의 거주자는 아주 잠깐 고민했다.

과연 녀석을 다음 순번으로 정해도 되는 것인지를.

이름 없는 안개는 '밤'의 존재들 중에서도 가장 비밀에 붙여진 존재였다. 이름이 없다는 건, 존재가 확립되어 있지 않다는 의미이기도 하기 때문에 그와 관련된 모든 것이 불명확했다.

자기 의사를 갖고는 있다지만, 그마저도 희미하니. 정말 살아 있다고 해야 할지도 의문인 존재.

하지만 그렇기에 이름 없는 안개는 근본적으로 가장 혼돈에 가까우며, '밤'의 태초와 닮아 있다. 즉, 혼세팔신 중에서도 가장 우둔한 아버지를 닮았다고도 볼 수 있는 것이다.

그렇다 보니 이름 없는 안개는 아버지에 대해 맹목적이고, 무조건적인 충성심을 보인다. 이는 반대로 말하자면,

아버지를 자처하는 연우에게 가장 적의를 띠고 있다는 뜻
이기도 했다.

경계의 거주자가 우려하는 점도 바로 이 점이었다.

지금 그들은 연우를 두고 정말 아버지라 할 수 있는지 판
별하기 위해 나선 것이지, 각자의 감정에 휩쓸려 악의를 보
이고자 나선 자리가 절대 아니었다.

신적인 존재라고 해서 모두가 이성적인 건 아니다. 오히
려 '밤' 의 존재들은 대개 사고가 정형화되어 있지 못해 감
정적으로 행동하거나, 충동에 휩쓸리는 경우가 많았다.

항상 경계 거주자의 골치를 썩이던 기어 다니는 혼돈만
하더라도 그렇지 않았던가.

그들 중에서 가장 많은 지식을 쌓고, '낮' 에 대해서도 잘
알고 있었지만…… 호기심으로 움직이는 충동적인 습관을
버리지 못해 결국 연우에게 잡아먹히고 말았으니.

이름 없는 안개는 더더욱 참지 못하고 연우에게 악의만
보일 가능성이 컸다.

하지만.

['이름 없는 안개' 가 자신의 권리를 가져갈 것이
냐 묻습니다.]

어. 쩔. 수. 없. 군.

나. 서. 라.

평상시 이렇게까지 이름 없는 안개가 자신의 의견을 표출한 적이 없었기에 결국 뒤로 물러설 수밖에 없었다.

결국 안개가 차오르면서 연우를 둘러싸고.

다섯 번째 시험이 시작되었다.

['이름 없는 안개'의 퀘스트가 시작됩니다!]

*　　*　　*

[서브 퀘스트 / '이름 없는 안개'의 조각들]

설명: '이름 없는 안개'는 안개처럼 낱낱이 해체되어 수많은 조각들로 구성되어 있는 존재입니다. '이름 없는 안개'라는 신명(神名)조차 실상은 그를 관측한 존재들이 임시로 붙인 이름일 뿐, 그를 정의하는 진짜 이름이라 할 수는 없습니다.

지금부터 '이름 없는 안개'에게 이름을 지어 주십시오.

이번에 연우를 둘러싼 세계는 도저히 알 수 없는 시간과 순서로 이어진 곳이었다.

어떤 남자가 어린 딸의 손을 잡고 길을 건너고 있는데, 그것을 멀리서 보고 있던 노인이 갑자기 비명을 지르면서 급사하고 만다.

한 소년이 친구들과 놀고 있는데 자그마한 참새가 날아와 소년의 머리채를 잡아 납치하고, 사지가 절단된 채로 끔찍하게 죽은 시체가 자신은 행복하게 살고 있다면서 방긋방긋 웃기도 했다.

좀비에게 맞아 죽는 용, 머리 아홉 달린 인간의 복수극, 팔이 5미터나 되는 엘프의 팔 굽혀 펴기…….

도저히 이해하기 어려운 내용들이었다.

아니, 이해가 아예 불가능하도록 만들어진 이야기들 같았다.

하지만.

'이거…… 전부 이름 없는 안개인가?'

연우는 어쩐지 그것들에서 하나같이 이름 없는 안개의 신력을 느낄 수 있었다.

형체가 없이 파편화된 힘들.

이. 건. 전. 부.

나. 의. 이. 야. 기.

신. 화. 다.

그러던 그때, 연우의 생각을 읽은 것처럼 머리 위로 사념이 웅웅 울렸다.

고개를 위로 들었다.

이름 없는 안개가 중구난방으로 내뿜던 사념이 점차 하나로 합쳐졌다.

『절대 '꿈'으로 성립하지 못하고, 덧없이 사라지기만 한 존재들의 이야기. 현실. 사실. 그것으로 이뤄진 집합체가 바로 나다.』

칠흑왕이 꾸는 '꿈'이 모두 세계가 되고 우주가 되는 것이 아니다.

피조물들이 잠들 때마다 꾸는 꿈들이 모두 완결성을 띠고, 오랫동안 이어지는 게 아닌 것처럼.

칠흑왕의 '꿈'도 어떤 것은 시작도 되기 전에 끝날 때도 있고, 잘 이어지다가 도중이 끊길 때도 있다. 너무 중구난방으로 사실들이 이어져서 제대로 된 우주라 할 수 없는 것들도 많았으며, 그럴 때는 그곳에서 살아가는 모든 존재들이 고통에 울부짖어야만 했다.

그러다 그런 '꿈'들은 금세 허물어져 덧없는 허상으로

사라지고 말았으니.

거기서 남은 찌꺼기들이 이리저리 흔들리다 겹겹이 쌓이고 만다. 그것들은 저마다 다른 목소리를 내면서 서로 뒤섞이고 만다. 어차피 이렇다 할 형체가 없던 것들이니 합쳐지는 것도 아주 쉬웠던 것이다.

그리고 그것들은 군집체를 이루며 점차 하나의 의사를 표시하기 시작하니. 그게 바로 이름 없는 안개였다.

애당초 이름을 가질 수가 없었던 찌꺼기들의 혼합체. 안개라는 단어를 쓰는 것도 형체가 없기 때문이었으니.

그는 칠흑왕과 함께 태어나 그에게 기생하기 시작했던 존재. 분신이자 조각, 혹은 그림자라 할 수 있기에 칠흑왕에 대한 맹목적인 충성심을 갖고 있었다.

하지만 반대로 그렇기에 그는 이름을 갖고 싶기도 했다. 언제나 조용히 살고 있지만, 그래서 더더욱 한편에는 갈망을 갖고 있었던 것이다.

자신도. 아니, 자신 '들' 도 완벽해지고 싶다는 갈망을.

그리고.

『나와 나를 이루는 모든 이들을 하나로 묶을 이름을 지어라. 네가 진짜 나…… 아니, 우리의 아버지라 할 수 있다면, 충분히 그 정도는 해 줄 수 있겠지.』

"이름을 어떻게 지어 주면 되지?"

『우리를 태어나게 해 준 건 아버지다. 그렇다면 그것도 알아서 잘 해야지. 세상 어느 아버지가 자식의 이름을 짓는 데 난감함을 느낀단 말이냐?』

연우는 코웃음을 치면서 대답했다.

"그런 거라면야 쉽지."

한쪽 입꼬리가 말려 올라갔다.

"내가 작명 센스가 제법 좋아서 말이지."

『주인.』

그러던 그때, 다른 권속들과 마찬가지로 복귀했던 니케가 입을 열었다.

이제는 그의 불꽃 속성에 거의 동화되다시피 하여 말이 거의 없는 편인 녀석은 말투도 어느새 변성기가 지나 단단하고 진중해져 있었다.

그런데 평소에는 과묵한 녀석이 갑자기 지금 왜 이렇게 말을 꺼내는 걸까.

'왜?'

그래서 던진 질문에 돌아오는 대답은 아주 간단했다.

『양심 있어?』

'……'

연우는 한순간 할 말을 잃고 말았다.

『간만에 우리 니케가 옳은 소리를 하는군.』

네메시스의 대답도 덩달아 같이 들려왔다. 뭐가 그리 좋은지 껄껄 웃어 대는 웃음소리가 같이 섞여 있었다.

연우의 미간에 골이 짙게 팼다.

당최 이해할 수가 없었다. 예전부터 느낀 거지만, 니케나 네메시스는 왜 이리도 자신의 작명을 싫어하는 건지.

그냥 취향이 다른 것이겠지. 연우는 그렇게 생각하면서 그들의 말을 더 이상 듣지 않기로 마음먹었다.

『……역시 우리 주인. 절대 남의 말 따윈 귀담아듣지 않지.』

어쩐지 체념 어린 듯한 니케의 말을 뒤로한 채.

연우는 이름 없는 안개를 바라봤다.

아니, 정확하게는 녀석을 구성하고 있는 요소들을 보았다.

끼아악!

[‘이름 없는 안개’의 일부가 비명을 지릅니다.]

쿠아아아—

[‘이름 없는 안개’의 일부가 제발 끝내 달라고 절규합니다.]

퀴퀴퀴퀴!

['이름 없는 안개'의 일부가 당신이 아버지라면
이것을 전부 끝나게 해 달라고 부탁합니다.]
['이름 없는 안개'의 일부가 자신들을 완성해 달
라고 애원합니다!]

세계가 되지 못하고 사라져 버린 '꿈'의 조각들. 그 속에
는 어그러지고 망가진 것들이 많아도 너무 많았다.

분명히 이제는 사라졌어도 진즉에 사라졌을 것들이지만,
저것들은 반대로 완전하지 못하기 때문에 사라지는 것도
'완전히' 사라지지 못하고 있었다.

이름 없는 안개 속에서 계속 비명을 질러 대고 있는 것
이다. 고통스럽다고. 아프다고. 그리고 그런 원념들이 잔뜩
뭉쳐 만들어진 게 이름 없는 안개였다.

"……."

연우는 그런 녀석들을 향해 걸음을 내디뎠다.

이름 없는 안개는 연우가 뭘 할지 몰라 아주 잠깐 움찔
거렸지만, 연우는 그냥 무시하고 안개 속을 헤집고 들어갔
다.

『내줘, 끝, 발, 제……!』

가장 먼저 보이는 건, 사지가 기괴하게 돌아간 채로 이쪽을 보고 있는 사내였다.

마치 헝겊을 기워 만든 것 같은 세계에서 고통을 호소하는 녀석은 꺼내는 말조차도 제대로 완성되지 못하고 있었다. 이런 지옥 같은 굴레를 제발 끝내 달라는 말인 것 같았다.

연우는 한쪽 무릎을 꿇고 사내 앞에 다가섰다. 그리고 눈을 마주치며 손을 뻗었고, 사내도 마치 구원의 손길을 바라듯 연우의 손을 맞잡았다.

그리고.

퍼억!

사내의 육체가 풍선처럼 그대로 터져 나갔다.

화르르륵—

거기다 연우에게서 뻗쳐 나온 검고 붉은 불길이 사내가 있던 세계를 단숨에 불살랐다.

이름 없는 안개의 한가운데에 바람구멍이 휑하니 뚫리면서 검은 재가 흩날렸다.

「와……. 역시 우리 주인님 인성. 보살펴 달라고 말하는 불쌍한 중생한테 다짜고짜 선빵부터 날리다니.」

샤논의 혼잣말을 뒤로한 채, 이름 없는 안개의 비명이 터져 나왔다.

쿠오오오!

['이름 없는 안개'가 이게 대체 무슨 짓이냐며 거칠게 항의합니다!]

이름 없는 안개가 꿈틀거렸다. 지어 달라는 이름은 지어 주지 않고 다짜고짜 자신에게 공격을 가하는 연우를 막고 자 했지만, 이미 연우는 마력을 잔뜩 끌어 올리고 있었다.

[하늘 날개]

검붉은 불길이 곳곳으로 회오리치기 시작했다.

비명을 지르고 절규하던 세계 아닌 세계들이 모조리 태워졌다. 제대로 된 '꿈'이 되지 못하고 한낱 미몽(迷夢)에 불과했던 것들은 단숨에 박살 나고, 조각나며, 불살라졌다.

['이름 없는 안개'가 고통에 몸부림칩니다!]

['이름 없는 안개'가 권능을 드러내고자 합니다.]
[불발됩니다.]
['이름 없는 안개'가 칠흑왕의 자아에 저항하고

자 합니다.]

　　[불발됩니다.]

　　……

　　[갑작스러운 공격에 모든 '밤'의 존재들이 크게
놀랍니다.]

　　[혼세팔신이 기겁합니다.]

　　['불결의 근원'이 칠흑왕의 자아가 이빨을 드러
낸다며 적의를 표시합니다!]

　　['멸망을 노래하는 자'가 '이름 없는 안개'를 구
하기 위해 권능을 드러내고자 합니다!]

　　['검은 풍요의 요신'이 함부로 개입하지 말 것을
권고합니다!]

　　['춤추는 녹색 불길'이 적의를 드러내는 '밤(녹
스)'의 존재들에게 경거망동하지 말 것을 경고합니
다!]

　　['밤(녹스)'이 혼란에 치닫습니다!]

　　['밤(녹스)'이 거칠게 요동칩니다!]

　　……

'밤'은 금세 혼란에 잠기고 말았다.

여전히 검은 불길에 휩싸인 채로 고통에 몸부림치는 이름 없는 안개와 그런 녀석을 구하고자 하는 이들, 그리고 연우에게 함부로 덤비지 못하도록 날을 세우는 존재들까지.

단숨에 두 개의 패로 갈라진 녀석들은 당장이라도 폭발할 듯한 화약고로 변해 버리고 말았다.

적의 어린 사념들이 수도 없이 오고 가면서 분위기도 팽팽해졌지만.

그래도 아직까지 분쟁이 발발하지 않은 건, 칠흑왕의 자아인 연우가 여전히 부담스러운 존재인 데다가, 경계의 거주자가 이렇다 할 반응을 보이지 않고 있기 때문이었다.

때문에 연우를 따라 들어온 '낮'의 존재들이나, 권속들은 그들 사이에서 애매한 위치가 되고 말았다.

원래대로라면 연우가 무슨 생각을 하고 있는지 몰라도, '밤'과 완전히 척을 져야 하는 입장인데, 도리어 그들 중 상당수가 자신들의 편을 들어 주고 있으니.

「대체 이거 일이 어떻게 돌아가는 거야? 우리 주인이 친 사고는 어째 나날이 갈수록 규모만 커져 가누.」

「잔말 말고 경계 똑바로 서라. 어디서 칼이 날아들지 모르니.」

「흐흐. 걱정 말라고.」

샤논과 한령이 앞뒤로 서고, 레베카가 연우의 머리 위를 맴돌았다. 가장 뒤에서 부는 인페르노 사이트를 활활 태우면서 망자 군단을 지휘하고 있었다.

그어어어!

쿠오오!

망자 거인들이 하나같이 거친 함성을 내지르면서 '밤' 의 존재들에게 위협을 가하고, 두 마리의 사룡이 두 눈을 부리부리하게 떴다.

연우를 보호하듯이 에워싸면서 아무도 그를 건드릴 수 없게 보호하는 데 치중했다.

['경계의 거주자'가 '밤(녹스)'을 내려다봅니다.]

['경계의 거주자'가 칠흑왕의 자아가 벌이는 행사를 유심히 살펴봅니다.]

['경계의 거주자'가 가만히 눈을 감습니다.]

['경계의 거주자'가 아무도 접근하지 말라며 '밤(녹스)'에 포고령을 내립니다!]

경계의 거주자가 눈을 질끈 감으면서 이런저런 고뇌에

잠기다 다시 눈을 떴을 때, '밤'을 혼란스럽게 만들던 사념들이 거짓말처럼 뚝 끊어졌다.

['경계의 거주자'가 이것은 우둔한 아버지의 시험이니 조금만 더 지켜볼 것이라고 말합니다.]

['불결의 근원'이 '경계의 거주자'의 결정에 불만을 가지지만, 차마 사념을 드러내지 못합니다.]
['멸망을 노래하는 자'가 칠흑왕의 자아를 한껏 노려봅니다.]
['검은 풍요의 요신'이 침묵합니다.]
['춤추는 녹색 불길'이 불길을 더 화려하게 태웁니다.]
……
['밤(눅스)'의 모든 존재들이 침묵에 잠깁니다!]

혼세팔신을 비롯한 '밤'의 존재들이 모두 연우가 하는 행동을 지켜보는 동안.

['이름 없는 안개'를 이루고 있던 망가진 '꿈'의 상당수가 소각되고 말았습니다.]

['이름 없는 안개'가 마지막 남은 숨을 헐떡입니
다.]

거대한 덩치를 자랑하고 있던 이름 없는 안개는 이제 옅
은 거죽만이 남은 채 마지막 남은 사념만을 태우고 있었다.

당연하지만, 그 사념은 갑자기 자신에게 공세를 가한 연
우에 대한 분노와 자신을 끝까지 도와주지 않은 동료들에
대한 원망으로 가득했다.

연우에게 저항하고 싶어도, 이미 격의 차이가 크기 때문
에 그러지도 못했다.

그는 칠흑왕만큼이나 오랜 삶을 살아오고, 그만큼 강하
기도 했지만. 결국 그래 봤자 칠흑왕의 그림자이므로 자아
인 연우를 거스를 수 없었기 때문이었다.

츠츠츠—

연우가 앞으로 손을 뻗자, 이름 없는 안개를 불사르고 남
은 재가 일제히 손아귀 쪽으로 빨려 들어왔다.

그것들은 차곡차곡 쌓이고 다시 단단히 압축되면서 구슬
의 형태가 되었으니.

구슬은 이름 없는 안개처럼 잿빛으로 빛나고 있었다. 투
명할 것처럼 아주 맑지만 속은 보이지 않는 구슬.

어쩌면 이름 없는 안개의 유해(遺骸)라고 봐도 될 것이었다.

['이름 없는 안개'가 당신을 원통하게 바라봅니다.]

"네가 물었지? 이름을 지어 달라고."

['이름 없는 안개'가 대체 무슨 헛소리를 하는 것이냐며 격하게 분노합니다.]

"이게 내 대답이다."
연우는 그렇게 말하면서 구슬을 그대로 입 안에 털어 넣었다.

[권능, '하데스의 식령검'이 막대한 양의 사념을 삼킵니다!]
[영혼석(오만 · 식욕 · 색욕)이 격하게 반응합니다!]

['이름 없는 안개'가 다 죽어 가는 눈으로 칠흑왕의 자아를 바라봅니다.]

화아아!

간만에 발동한 하데스의 식령검은 이름 없는 안개, 그 자체라 할 수 있을 사념들을 게걸스럽게 집어삼켰다.

그럴수록 연우를 이루고 있던 그림자가 크게 꿀렁였다.

그리고 연우는 점차 감겨 가는 이름 없는 안개의 눈을 똑똑히 바라보면서 말했다.

"차연우."

['이름 없는 안개'의 저항이 갑자기 정지합니다.]

['밤(녹스)'의 모든 시선이 칠흑왕의 자아에게로 쏠립니다!]

"한평생 칠흑왕의 그림자로 살아왔다고 했지? 그가 남긴 찌꺼기이자 허물로 살았다고. 그렇다는 건 너 역시 따지자면 칠흑왕의 일부라는 거고…… 너 역시 '나'라고 할 수 있지 않을까?"

『……!』

"나는 칠흑왕이 될 거다. 그리고 너에게 내 이름을 줄 테니 더 이상 그림자가 아닌 삶을 살아라. 돌아와라, 원래 있던 곳으로."

『······하지만, 그대는.』

다시 통일된, 이름 없는 안개의 사념은 어딘지 모르게 얕은 울림을 갖고 있었다.

『그대는 이름을 잃을 것이라 하지 않았나?』

"칠흑이 왜 칠흑인지 아나?"

『······?』

"항상 그 자리에 있으니까 칠흑인 거다."

『······!』

"한결같이 있지. 그게 이름이 사라진다고 해서 사라지는 건 아니잖나? 아버지란 존재를 칭할 이름이 없다고 해서 아버지가 없어지는 건 아닐 텐데?"

『······.』

"그러니까 돌아와라. 네가 원래 있던 곳으로."

연우의 두 눈이 차분하게 가라앉았다.

"내가 바로 너고, 네가 바로 나다. 그리고 나는 '나'이기에 칠흑은 곧 내가 될 거다."

연우의 한쪽 입꼬리가 올라갔다.

"아니면 그냥 아버지의 품에 귀의한다고 봐도 되지 않나?"

『그런 거······ 라면······ 괜······ 찮겠지.』

츠츠츠—

이름 없는 안개의 마지막 남은 사념이 잘게 부서지면서 똑같이 연우의 그림자로 흡수되었다. 그리고 연우는 커다란 무언가가 자신에게 깃들고, 이어 하나로 융화되는 것을 느낄 수 있었다.

그 속에 여태껏 미완성이던 존재들이 칠흑에 완전히 녹아들면서 부족분을 채우고, 완전성을 갖추어 가는 것이 느껴졌다.

그리고 그들은 조금씩 여러 개의 '꿈'으로 흩어져 사라졌다.

「고마운…….」

「우리 아버지…….」

「한결같으시기에 우둔한, 아버지…….」

「감사하나이다. 우리를 품어 주셔서.」

그건 여태 칠흑에서 벗어난 커다란 마성을 흡수한 것이나 마찬가지였으니.

철컥.

철컥.

그렇게 또 한 번 격(格)이 상승하면서 그를 둘러싸고 있던 인과율이 채워졌다.

그리고 연우가 다시 눈을 뜨며 주변을 둘러봤을 때.

['밤(녹스)'의 존재들이 충격에 젖은 눈동자로 바라봅니다!]

　['경계의 거주자'가 가만히 당신을 바라봅니다.]

　연우는 경계의 거주자를 비롯한 여러 '밤'의 존재들을 볼 수 있었다.

　그들의 머릿속에는 아버지가 되어 자신들을 품어 주겠다고 말한 연우의 말이 계속 맴돌고 있었다.

　"말했을 텐데? 너희들의 아버지가 되겠다고. 너희들이 품고 있는 저주나 원망, 소원 따위를 가만히 들어 주는 것도 아버지가 할 일이지."

　연우는 고요한 시선으로 그를 주시하던 불결의 근원과 멸망을 노래하는 자를 돌아봤다.

　"그럼 다음은 누구지?"

　그 말에.

　['불결의 근원'이 고개를 숙입니다.]

　['멸망을 노래하는 자'가 칠흑왕의 자아 앞에 엎드립니다.]

　당. 신. 이.

정. 말.

우. 릴. 품. 어. 줄.

그. 런. 다. 면.

아. 버. 지. 맞.

둘은 칠흑왕을 사랑하면서도 증오했던 이름 없는 안개가 곧 자신이라면서 품어 준 연우를 보며, 완전히 머리를 숙였다.

그리고 뒤따라 '밤'의 모든 존재들이 일제히 몸을 조아렸으니.

우—

우우— 우—

['이름 없는 안개'의 퀘스트를 무사히 완수하였습니다.]

['불멸의 근원'이 당신을 인정하였습니다.]

['멸망을 노래하는 자'가 당신을 아버지로 모시기로 결의하였습니다.]

[현재 수행도: 7/8]

……

['밤(녹스)' 의 모든 존재들이 당신에게 고개를 조
아립니다!]

['밤(녹스)' 이 칠흑왕의 자아에게 귀속되었습니
다!]

'밤' 의 모든 존재들이, 어느 누구도 범접하지 못했다던
타계의 신이 일제히 연우에게 경애와 숭배를 바치는 광경
은 일대 장관이라 할 수 있었으니.

「이것들 단체로 미쳤네. 죄다 인생, 아니, 신생 망치려
고…… 왜 하필 여기로 걸어 들어오냐.」

오히려 그 앞에 놓인 권속들이 얼떨떨해할 정도였다. 샤
논은 딱하다는 듯이 혀를 찼지만.

하지만.

연우는 오히려 당연하다는 듯이 그들을 바라보면서 고개
를 끄덕이다, 마지막까지 결정을 내리지 않은 경계의 거주
자 쪽을 돌아봤다.

녀석의 눈동자는 아직 그를 바라보고 있었다.

"너의 대답은?"

['경계의 거주자' 가 침묵합니다.]

['경계의 거주자'가 겨우 입을 뗍니다.]

나. 는.

결. 정. 하. 지. 못. 했. 다.

경계의 거주자가 한 말에 '밤'은 모두 깊은 적막에 잠겼다.

사실상 '밤'을 그동안 지휘해 온 것은 그였으니, 그의 의견이 가장 중요할 수밖에 없었다.

전체적인 저울추가 그쪽으로 기울 수밖에 없기 때문이었다.

경계의 거주자도 그런 사실을 잘 알고 있기 때문에 대답을 보류한 것이다.

하지만.

'이미 결정을 내렸군.'

연우는 단박에 알아차릴 수 있었다.

아무래도 그 결정은 퀘스트를 시작하기 전부터 이미 내려둔 것 같았다.

처음에는 그걸 눈치채고도 확신할 수가 없어서 긴가민가했었는데…… 이야기를 나눠 보면 볼수록, 그의 눈을 보면 볼수록, 그리고 이름 없는 안개를 받아들이면서 격이 오른 지금은 더 쉽게 속내를 파악할 수 있었다.

마. 지. 막.
시. 험. 뒤. 에.

[마지막 퀘스트가 시작됩니다.]
[서브 퀘스트('경계의 거주자'의 관망)가 생성되었습니다!]

[서브 퀘스트 / '경계의 거주자'의 관망]
설명: 당신은 현재 '밤(녹스)'의 절대적인 지지를 받기 시작하였습니다. 아직 결정을 내리지 못한 존재들도 있습니다만, 그들은 이미 눈치를 보고 있을 뿐이지 대세가 기운다면 바로 따를 의향이 있습니다.
하지만 '경계의 거주자'는 여기에 대한 확답을 내놓지 않고 있습니다.
'경계의 거주자'는 항상 아슬아슬한 경계 위만을 걸어 다니고 주시하는 존재입니다. 생과 사, 과거와 현재와 미래, 무너지고 생성되는 '꿈'의 단면들을 걸어 다니고 주시하며, 그 눈은 인과율마저 넘어 아직 완성되지 않은 저 머나먼 종말의 종말에까지 닿아 있습니다.

하지만 '경계의 거주자'는 그런 모든 것을 지켜보면서도, 절대 어느 누구에게도 자신이 보고 있는 것에 대해서 발설한 적이 없습니다.

우둔한 아버지가 언제가 되어야 진정한 '꿈'에서 깨어나 자신들을 안아 주시냐며 묻는 '밤(녹스)'의 질문에도 항상 침묵으로만 응답할 뿐입니다.

그리고 '경계의 거주자'가 아직 말하지 않은 사실이 있으니, 그것은 바로 여태껏 침묵으로만 대답하던 인과율의 너머에 있던 종말의 종말이 드디어 바로 눈앞까지 다가왔다는 사실입니다.

우둔한 아버지가 진정으로 기침(起寢)하려는 순간이 다가오고 있으며, 그것을 해낼 자가 바로 당신이라는 사실도 그는 알고 있습니다.

하지만 '경계의 거주자'는 당신이 우둔한 아버지가 직접 되어서 그를 일으키는 몸이 될지, 아니면 그냥 단순히 우둔한 아버지를 일으키는 계기가 되는건지를 확실하게 알지는 못합니다.

'경계의 거주자'가 보는 당신의 미래는 온통 칠흑색으로만 덮여 있어 정확한 과정과 결과가 잘 보이지 않기 때문입니다.

그래서 '경계의 거주자'는 당신이 과연 어떤 위치에 설 것인지를 확인하고 싶어 합니다. 그리고 그것을 직접 자신의 눈으로 지켜보며 종말의 종말이 어떻게 다가오는지를, 우둔한 아버지의 기침이 어떻게 완성되는지를 보고 싶어 합니다.

그것이 바로 그가 태곳적부터 가지고 있던 강렬한 열망(熱望)이기 때문입니다.

지금부터 '경계의 거주자'가 품고 있던 열망을 해결하기 위해 나서 주십시오.

연우는 퀘스트 창을 보다 피식 웃음을 흘리고 말았다.

경계의 거주자가 보지 못한다는 자신의 미래가 언뜻 무엇인지 알 것 같았기 때문이었다.

삼신산에서 영귀도 그렇게 말했었으니까. 이상하게 자신의 미래를 읽을 수가 없다고. 당시에는 필멸자에 불과했는데도 말이다.

천마도 자신이 특이점(特異點)으로 잡혀 있다는 말을 한적이 있었고, 브라함과 아테나가 언젠가 보았다는 예지에도 자신의 모습은 온통 불투명한 것투성이었다.

그런데 경계의 거주자가 다시 그것을 언급하고 있으니

웃음이 나올 수밖에.

'어쩌면 내 운명의 수레바퀴는 그렇게 구를 수밖에 없었
던 건지도 모르지.'

정확하게는 연우, 자신이 결정하고 굴리기 시작한 수레
바퀴였지만.

여하튼 경계의 거주자는 그런 자신의 미래를 보고, 그것
이 진행되는 것을 보면서 결정을 내리겠다는 것 같았다.

물론, 연우에게는 그럴 시간이 없었다.

"다른 건 다 알겠는데. 어떻게 열망을 보여 주라는 거
지? 당장 칠흑으로 돌아가서 남은 마성들을 다 때려잡으라
는 건가?"

그. 런. 다. 면.
시. 간. 이. 너. 무. 잡. 히. 겠.

"알고 있군. 언젠간 그렇게 할 생각이지만, 지금은 아니
야."

이제야말로 그토록 찾아 헤매던 동생이 어디에 있는지,
그리고 어머니가 어떻게 거기에 계시는지를 알게 되었다.

사실 여기에 계속 발이 붙잡혀 있는 것도 그로서는 조급
할 뿐이었다.

"너희 쪽도 그런 것 같은데."

경계의 거주자는 슬쩍 '밤'의 존재들에게로 시선을 돌렸다.

['검은 풍요의 요신'이 '경계의 거주자'에게 쓸데없는 짓 하지 말고 빨리 결정을 내리라며 재촉합니다!]

['불결의 근원'이 '경계의 거주자'에게 생각이 궁금하다며 채근합니다!]

['춤추는 녹색 불길'이 드디어 아버지께서 기침할 것이 분명하다며 불길을 활활 태웁니다!]

……

['밤(녹스)'의 모든 존재들이 '경계의 거주자'에게 결정할 것을 종용합니다!]

그러나 이 와중에도 '밤'의 존재들은 경계의 거주자를 재촉하거나 회유를 하려 하지, 누구도 겁박하거나 강제할 시도는 하지 않았다.

그들 모두를 합친다 하여도, 절대 경계의 거주자에 비빌 것은 아니었으니까.

혼세팔신이라는 한 묶음으로 분류된다고 해도, 그는 애당초 다른 존재들과 격(格)이 달랐다.

나. 는.

꾸우우―
경계의 거주자에게서 구슬픈 소리가 났다.
어떻게 말로 표현할 수 없을 깊은 울림.

따. 르. 는. 건.
방. 해. 하. 지. 않. 겠. 다.

　['검은 풍요의 요신'이 '경계의 거주자'의 사념에 경악을 표시합니다!]
　['불멸의 근원'이 '경계의 거주자'에게 지금 당신이 한 말이 무슨 의미인지 아느냐며 묻습니다!]
　……

안. 다.

　['검은 풍요의 요신'이 깊은 숨을 삼킵니다!]

['불멸의 근원'이 큰 충격에 젖어 모든 사념이 정
지합니다!]
　　……
　　['밤(녹스)'의 모든 존재들이 침묵합니다!]

밤. 을.
해. 체. 하. 겠. 다.

　　['검은 풍요의 요신'이 기함을 ‰$#‰$‰@……]
　　['불멸의 근원'이 경악을 $&*(&^!……]
　　……
　　[시스템 오류.]
　　[시스템 오류.]
　　[해석 불가.]
　　[노출되는 정보들을 해석할 수 없습니다. 임시 번
역도 불가합니다.]
　　[정형화되지 않은 여러 사념들로 '밤(녹스)'이 가
득 찹니다!]

　　세상은 온통 '밤'의 존재들이 내뱉는 비명으로 가득 찼
다. 도저히 뜻을 읽을 수도 짐작할 수도 없는 혼란으로 가

득해지고, 비명과 절규가 난무했다.

수도 없이 많은 활자들이 튀어나왔다가 사그라지는 등, 도저히 혼란은 그칠 기미를 보이지 않았다.

그만큼 경계의 거주자가 던진 충격은 너무나 컸다.

여태 수도 없이 '굴레'가 굴러가고, '꿈'이 미명에 사라지는 동안에도 단 한 번의 변화 없이 꿋꿋하게 제자리에서 칠흑왕이 깨어나기만을 바라던 '밤'이 아니었던가.

하지만 그런 '밤'의 체재를 모두 해체시키겠다는 선언은 언제나 정적인 삶만을 살아왔던 '밤'의 존재들에게 그 어떤 것보다도 크게 다가올 수밖에 없었다.

그리고 그건 연우, 아니, 정확하게는 정우의 사념체 쪽도 마찬가지였다.

['낮(에로스)'의 후계자가 크게 놀란 나머지 아무 말도 잇지 못합니다!]

[아가레스가 침묵에…….]

[펜리르가 적막에…….]

……

['낮(에로스)'이 위태롭게 흔들립니다!]

그동안 '밤'이 '꿈'에 절대 개입할 수 없도록 오랫동안 싸웠고, 메타트론과 바알의 유지로 운영되던 곳이기에 당연한 반응이었다.

「뭐야, 이건? 그럼 그동안 뭐 빠지게 열심히 싸워 댔던 건 뭔데! 이렇게 쉽게 해결될 줄 알았으면 뺑이 안 치고 뒤에서 노가리나 깠지!」

샤논은 다른 이유로 머리를 쥐어 싸매면서 절규했지만.

『형…… 대체……?』

그리고 정우의 사념체는 그런 연우를 흔들리는 눈으로 바라보았다.

대체 무슨 생각을 하는 거야, 형. 그의 입가에는 그런 말이 계속 맴돌았다.

짧게나마 '낮'을 이끄는 존재가 되었었기에 알 수 있었다.

지금 연우가 하려는 건 뭔가 이상하다.

이건 절대 연우가 단순히 '밤'을 품에 담으려는 게 아닌 것 같았다. 저들과 이야기를 나누는 내내, 그 속에 담긴 의미들이 절대 심상치 않은 게 분명한데…… 도저히 그 의미를 물어볼 수가 없었다.

하지만.

모두가 혼란스러워하는 와중에도, 연우만은 여전히 속을 짐작할 수 없는 얼굴을 한 채로 있었다.

그가 여전히 우왕좌왕하는 '밤'의 존재들에게로 격을 발산했다.

한순간 휘몰아치는 기풍에 '밤'의 동요가 거짓말처럼 뚝 그치고, 연우에게 충성을 바쳤던 모든 존재들이 더 이상 경계의 거주자가 아닌, 연우 쪽으로 시선을 돌렸다.

연우는 그들을 일일이 굽어보면서.

그들을 모두 품고도 남을 만큼 아득한 격으로 그들을 껴안으면서, 외쳤다.

"내게로 깃들라."

그 말이 신호탄이었다.

혼세팔신을 비롯해 '밤'을 구성하고 있던 모든 존재들이 일제히 연우에게로 달려들었다.

'낮'은 물론, '꿈'을 몇 번이고 부술 수 있을 만큼 거대한 존재들이 한꺼번에 움직이는 모습은 언뜻 두렵기까지 했으니……!

하지만 연우는 언제든지 오라며 양팔을 좌우로 활짝 펼친 채로 서 있었고, 그런 그의 등 뒤로 한 쌍의 하늘 날개가 길게 쭉 뽑혀 나와 그림자를 넓게 드리웠다.

그리고 중첩된 공간 위로는 본체인 거마신룡이 나타나

세로로 난 황금색 동공을 크게 뜨고 있었다.

검은 풍요의 요신이 가장 먼저 연우에게로 깃들었다. 이름 없는 안개가 그리했던 것처럼 잘게 쪼개지면서 그림자로 흡수되는 그녀의 사념은 온통 흥분과 희망, 그리고 기대로 가득 차 있었다.

언제나 우울함과 절망의 기색만이 감돌던 '밤'은 어느새 여태껏 찾아볼 수 없었던 열락의 폭풍이 휘몰아치고 있었다.

꾸우우우—

키아아악!

캬! 캬!

당. 신. 은.

우. 리. 의. 아. 버. 지.

우. 리. 를.

인. 도. 하. 소. 서.

바. 른. 길.

당. 신. 이. 계. 신. 곳.

왕. 좌. 의. 곁. 으. 로.

춤추는 녹색 불길은 짙은 불꽃을 피워 내면서 그림자 속
으로 스며들었고, 불결의 근원과 멸망을 노래하는 자는 연
우의 주변을 맴돌면서 그대로 잠겨 들었다.

그 뒤를 따라 다른 외신들이며 비교적 격이 낮은 타계의
신들이 줄줄이 따랐다.

그리고 동시에 여태껏 무질서와 혼돈을 이루던 '밤' 도
똑같이 무너지기 시작했으니.

마치 검게 칠한 스케치북 종이를 아래로 천천히 뜯어내
듯이, '밤' 도 똑같이 구겨지고 찢기면서 차례로 연우의 그
림자 속으로 빨려 들어갔다.

휘휘휘!

연우는 '밤' 을 구성하는 모든 것들을 받아들였다. 존재
와 법칙을 비롯해 그곳에 남은 사념, 시간, 설정까지도 전
부 다.

찰칵.

찰칵.

연우는 그 와중에도 체내에 설정되는 수많은 인과율을
느낄 수 있었다.

처음 그가 칠흑을 빠져나와 눈을 떴을 때보다도 훨씬 방

대한 양.

이 정도만 있다면 충분히 '꿈'에서 하려던 일을 무사히 끝마치고, 바라던 대로 마지막까지 닿을 수 있을 듯싶었다.

그림자 속에서는 수많은 목소리들이 들려왔다. 정형화되지 않고 각기 제멋대로 떠드는 목소리들이었지만, 그 속에는 하나같이 연우에 대한 찬양과 칭송, 그리고 숭배만이 깃들어 있을 뿐이었다.

'이 정도면…… 이제 현인과도 겨룰 만한 건가.'

연우는 그런 생각을 하면서 이미 완전히 사라진, 아니, 허물어진 '밤'의 세상에서, 열어지는 세계 속에서 가만히 홀로 눈을 뜨고 있는 경계의 거주자를 보면서 물었다.

"계속 지켜보겠다고 했지?"

그. 것. 이.
제. 가. 할. 일. 입. 니. 다.

지. 켜. 보. 는. 것.
그. 것. 제. 마. 지. 막. 사. 명.

말투는 공손했다.
마치 진짜 아버지라도 뵙는 아들처럼.

"기대해도 좋을 거야."

연우는 그 말을 하면서 몸을 반대로 돌렸다. 그림자 아래로 공허가 활짝 열리면서 그와 함께 왔던 '낮'의 존재들도 모두 그 너머에 있을 다른 공간으로 넘어갔다.

정우의 영혼과 레아가 있는 칠흑의 외곽 지대로.

경계의 거주자는 그렇게 조용히 사라지는 연우의 뒷모습을 바라보다가.

그 커다란 눈을 천천히 감았다.

암흑이 찾아오고, 곧 '밤'이 완전히 사라지면서 진짜 밤이 찾아왔다.

*　　　*　　　*

경계의 거주자가 다시 천천히 눈을 떴을 때.

"오시었소?"

그는 전혀 다른 곳에 도착해 있었다.

그는 모든 경계 선상 위를 걷는 자. 당연히 원한다면 의지가 닿는 곳 어디에서든 눈을 뜨는 것이 가능했다.

그리고 그곳에는 오케아노스가 서 있었다.

담담한 말투를 하면서, 입가에는 쓴웃음을 지은 채로.

그. 렇. 다.

경계의 거주자가 내뱉는 사념은 아주 짧았다.

마치 너와는 대화를 길게 나누고 싶지 않다는 듯.

오케아노스의 쓴웃음도 자연스레 더 짙어질 수밖에 없었
다.

"당신의 대답…… 결국 이런 것이었군."

비마질다라 때와 마찬가지로, 오케아노스는 경계의 거주
자에게도 찾아갔다.

자신들과 함께하지 않겠냐고.

그들은 각 '꿈'에서 낙오된 짐승들로만 이뤄진 곳이었
고, 절대 사라지지 않을 '꿈'인 피안을 만들고자 한다는 점
에서 경계의 거주자와 지향점은 다를 수밖에 없었지만.

오케아노스는 전혀 아랑곳하지 않았다.

헛소리 말라며 날을 세우던 경계의 거주자에게 오히려
잘 생각을 해 보라면서 한마디를 툭 던지고 훌쩍 떠났다.

잘 생각해 본다면 당신과 우리의 목표는 크게 다르지 않
을 것이라고.

그리고 지금.

경계의 거주자는 연우를 만났고, 대답을 보류하긴 했다
지만 '밤'을 해체한다는 결정을 보였다.

그것만으로도 경계의 거주자는 이미 오케아노스의 제안에 답을 준 것이나 마찬가지였다.

나. 는. 아. 버. 지. 의. 자. 식.

자신은 칠흑왕의 아들이니 절대 배반 따윈 하지 않는다는 내용이었다.

"그렇지. 당신이야말로 칠흑왕이 가장 아끼던 자식이었지. 그리고 칠흑왕을 가장 열렬히 좇던 자식이기도 하고. 하나, 그 '아낀다'는 것이 너무 불합리하다는 생각은 하지 않으시었소? 아니, 당신이라면 이미 알고 있었을 텐데?"

오케아노스는 딱하다는 투로 한숨을 내쉬었다.

"칠흑왕을 존경했던 만큼 증오했던 것도 사실이었지 않소?"

깊은 침묵이 흘렀다.

경계의 거주자는 가만히 오케아노스를 노려보기만 할 뿐, 아무 말도 하지 않았다.

"늘 깨어날 듯이 굴면서 다시 잠들고 마는 우둔한 존재……. 그러면서도 언젠가 일어났을 때, 자신의 옆에 어느 자식들을 둘지 결정도 못 한 우유부단한 존재. 되돌아오지도 않을 사랑을 하염없이, 기약도 없이 항상 내주기만 하던 게 당신네들 아니오? 그런데도 그렇게까지 충직하게 있을 수 있다는 건…… 대단하다고 할 수밖에 없지."

여전히 침묵은 길었다.

"그래서 우리가 당신에게 손길을 내밀기로 하였던 거요. 우리와 마찬가지로 '꿈'에서 버림을 받은 건, 아버지로부터 떨어져 나간 건 당신도 마찬가지였으니까. 어쩌면 끝나지 않을 새로운 '꿈'을 당신이 바랄지도 모른다…… 나는 그리 보았소. 그리고 실제로 당신에게서 그런 기색도 읽을 수 있었고."

그. 가.
아. 버. 지. 의. 분. 신. 이. 었.

"저쪽과 마찬가지로 우리에게도 당신이 따르는 '아버지'가 있소. 변명이라 하기엔 치졸하다고 생각지 않소?"

오케아노스가 도중에 사념을 끊었다.

경계의 거주자는 뭐라고 더 말을 하려다, 끝내 그럴 필요가 없다고 여겼는지 커다란 눈을 가늘게 좁혔다.

아. 버. 지. 는. 여. 럿.
하. 지. 만. 진. 짜. 아. 버. 지.

아. 니. 다.

"우리네 쪽에 있는 이는 아버지가 아니라고? 그럴 리가. 따지자면 그야말로 칠흑의 가장 꼭대기에 있으며, 그동안 칠흑왕이라는 존재의 의사를 거의 결정하다시피 했던 존재일 텐데? 그가 가장 당신네들의 아버지에 가까울…….."

아. 니. 다.

이번에는 경계의 거주자가 오케아노스의 말허리를 끊었다.

그. 가.
진. 짜. 아. 버. 지.

"그 말, 무슨 뜻인지 아오? 아버지가 누군지 당신네들이 직접 선택하겠다는 뜻이 아니오?"

오케아노스는 기가 차다는 얼굴이 되었다.

그런 걸 두고 어떻게 부자지간이라 할 수 있겠느냐며.

"그래서야 맘 편하게 만만한 자아를 골라 입맛대로 다루면 될……!"

너. 야. 말. 로.
모. 르. 는. 군.

"무슨……?"

아. 버. 지. 란.
그. 런. 게. 아. 니. 다.

아. 버. 지. 는. 아. 버. 지.
꿈. 과. 굴. 레. 에. 상. 관. 없.
그. 냥. 존. 재. 하. 는. 분.

그. 러. 니. 그. 가.
아. 버. 지.

칠흑을 이루는 자아의 숫자와는 아무런 상관이 없다. 그
가 언제 자아가 되었는지도 상관없다. 어떤 '꿈'을 꾸었는
지, 그가 어떤 목적성을 가졌는지도 관계없다.

결국 진짜 아버지가 될 사람은 따로 있었다는 말이었으
니. 경계의 거주자는 그것이 바로 연우라고 말하고 있었
다.

당신네들이 데리고 있는 존재는 그저 잠시 그 자리를 채우고 있을 뿐이라고.

"……무언가를 보긴 보셨나 보구려."

오케아노스는 가볍게 한숨을 내쉬었다.

그의 얼굴에는 짙은 시름이 가득했다.

비마질다라도 어떻게든 회유하려 했지만 도무지 뜻대로 되지 않아 결국 마경이 쑥대밭이 되고 말았건만.

아무래도 경계의 거주자도 그처럼 자신들의 뜻을 따르지 않을 모양이었다.

그 때문일까?

다시 오케아노스가 고개를 들었을 때, 그를 감돌던 기세는 단번에 확 달라져 있었다.

여전히 얼굴에는 슬픈 기색이 역력했지만, 파장을 그리며 퍼져 나가는 신력에는 살기가 가득 섞여 있었다.

"그럼 당신이 보고 있는 어느 미래에 그런 것도 있겠구려."

오케아노스는 허리춤에 매달려 있던 검집으로 손을 가져갔다.

"억지로 우리에게 붙잡혀 끌려가는 모습 말이오. 아니 그렇소?"

시. 건. 방. 진.

경계의 거주자는 자신에 비해 그리 오래 살지도 못한 햇병아리 따위가 감히 이빨을 들이대려 한다는 사실에 불쾌감을 표시했다.

신력과 신력이 충돌하면서, 세상이 거칠게 요동쳤다.

콰아아앙!

쿠쿠쿠—

＊　　＊　　＊

「주인.」

'왜?'

연우는 동생, 권속 등과 함께 웜홀을 통과하다 말고 갑자기 샤논이 칭얼대는 소리에 고개를 들었다.

「이것들, 시끄러워 죽겠는데 좀 어떻게 해 주면 안 될까?」

['검은 풍요의 요신'이 기회만 닿는다면 자신이
언젠가 아버지의 위대함을 보여 줄 것이라고 꽥꽥
소리를 지릅니다!]

['불결의 근원'이 무슨 소리냐며 아버지는 자신을 가장 아끼실 거라고 주장합니다!]

　['멸망을 노래하는 자'가 아버지를 위해 방금 전에 찬양가를 한 곡 완성했다며 불러 보겠다고 말합니다!]

　['춤추는 녹색 불길'이 그럼 자신이 그 옆에서 아버지를 위해 장기 자랑으로 춤을 춰 보겠다고 주장합니다!]

　……

　['검은 풍요의 요신'이 장기 자랑을 할 거면 자신도 거들겠다고 나섭니다!]

　['불결의 근원'이 지지 않겠다며 자신도 돕겠다고 나섭니다!]

　……

　[그림자와 융화된 '밤(눅스)'이 크게 출렁거립니다!]

　[드디어 바라던 대로 아버지와 함께하고 있다는 사실에 크게 만족해합니다!]

그림자는 쉴 새 없이 출렁였다.

도저히 헤아릴 수도 없을 만큼 많은 양의 사념들이 복잡하게 뒤엉키다 보니 얌전할 새가 없었기 때문이었다.

'밤'이 언제나 적막과 침묵으로만 가득했던 것을 생각해 본다면, 도저히 상상하기도 힘든 일.

그만큼 오랜 기다림 끝에 진짜 아버지라 할 수 있는 존재를 만나게 되었으니 잔뜩 흥분하는 것일 테지.

거기다 그런 아버지가 '꿈'에서 깨어날 때 이제는 너희들도 항상 옆에 두겠노라고 선언했으니, 당연히 더 크게 들뜰 수밖에 없었다.

물론, 이런 것들이 여전히 '낮'의 존재들에게는 낯설기만 했다.

정우의 사념체 등은 이제 '밤'이 연우에게 완전히 귀속되었으니 더 이상 걱정할 필요가 없다는 사실을 이성적으로 잘 알고 있으면서도, 아직까지 움찔할 때가 많았다.

연우를 보는 내내 믿지 않는다는 투가 가득했으니. 이것이 익숙해지려면 상당한 시일이 걸릴 것 같았다.

하지만 가장 힘들어 죽겠다고 비명을 지르는 건, 원래 그림자 속 터줏대감이었던 샤논 일행이었다.

정확하게는 샤논이었다.

한령이나 레베카는 애당초 주변의 소란을 크게 신경 쓰는 성격이 아니었으니까. 그저 '밤'의 존재들이 도중에 생각을 바꿔 연우에게 해를 입히지는 않을까, 경계하는 것이

고작이었다. 부도 마찬가지였고.

반면에 말이 많은 편인 샤논은 달랐다.

그로서는 그동안 자신이 왕처럼 거들먹거리면서 돌아다니던 공간에, 돌연 시끄럽기만 하고 예쁜 구석이라고는 눈을 씻고 봐도 찾을 수 없을 군식구들이 잔뜩 쳐들어와 눌러앉은 꼴이었으니.

그래서 제발 조용히 좀 하라고 무력시위를 해 보기도 하고, 연우에게 통사정을 해 보기도 했지만.

그런 걸 들어줄 '밤'의 존재들이 절대 아니었다.

「맞아용! 짬도 안 되는 짬끄레기들이 자꾸 어디서 기어오르냐구용! 내 밑으로 있는 놈들, 전부 집합시키기 전에 조용히 있으세용!」

라플라스도 샤논과 마찬가지로 이 기회에 어떻게든 말 안 듣는 후배들의 군기를 바짝 잡아 놔야겠다며 다짐했지만.

['춤추는 녹색 불길'이 못생긴 놈은 빠지라고 일갈합니다!]

돌아오는 건 비웃음이었다.

「누, 누, 누가 누구더러 못생겼다는 거종? 나 참나, 생긴

건 굽다 만 오징어 같은 작자가 얼굴 지적질이라니용!」

　　['춤추는 녹색 불길'이 그럼 너는 똥통에 빠진 쥐
　새끼라고 소리칩니다!]

「쥐라니용! 사과하세욧! 저는 엄연히 귀엽고 깜찍한 토
끼라구욧!」

　　['춤추는 녹색 불길'이 그럼 머리털 없는 토끼라
　며 비웃습니다!]

「이……! 내가 털이 얼마나 많은데 그런 소리를……!」

　　['춤추는 녹색 불길'이 그래 봤자 머리는 텅텅 비
　어 있지 않으냐며 놀립니다!]

「이이이!」

　　['춤추는 녹색 불길'이 대머리나 깎으라면서 약
　올립니다!]

「죽여 버린다아아아아아!」

결국 참다못한 라플라스가 그림자 위로 불쑥 올라왔다. 반짝반짝 빛나는 스킨헤드 위로 토끼 귀를 쓴 라플라스는 얼굴이 시뻘겋게 달아오른 채로 버럭 소리를 질렀다.

「나와!」

['춤추는 녹색 불길' 이 대머리 때문에 눈이 너무 부셔서 싸우지 못하겠다고 항복 선언을 합니다!]

「이 오징어놈이이이!」

라플라스는 토끼 귀를 쥐어뜯으면서 꽥꽥 소리를 질러 댔지만, 춤추는 녹색 불길은 놀리는 것을 멈추지 않았다.

그럴수록 라플라스는 어서 나와서 한판 뜨자며 길길이 날뛰었지만.

라플라스가 업을 이은 극권의 군주와 춤추는 녹색 불길은 원래 속성이 각각 얼음과 불꽃으로, '밤' 에 있을 때에도 그다지 사이가 좋은 편이 아니었다.

그러던 게 이렇게까지 오고 말았으니.

연우는 언제나 뻔뻔한 낯짝을 하면서 주변 사람들의 속을 부글부글 끓게 만들던 라플라스가 되레 된통 당하는 것을 보게 되자 묘한 기분이 들었다.

더불어 자신에게는 처음부터 호감을 드러내고 고개를 조아리는 등, 충실한 모습만 보였던 춤추는 녹색 불길이었기에 저런 면이 조금 신기하기도 했다.

'그래도 그럭저럭 잘 융화되는 것 같아서 다행이군.'

샤논이 들으면 그게 무슨 헛소리냐며 격하게 항의했을 테지만, 연우로서는 혹시 기존 권속들과 '밤'이 그림자 속에서도 갈등을 빚는 게 아닐까 우려되었던 것도 사실이었다.

어쨌거나 그들은 엊그제까지만 해도 서로의 목숨을 빼앗기 위해 싸워 대던 사이였으니까.

하지만 권속들의 수장이라 할 수 있을 부가 크게 개의치 않고 있었고, 망자 거인과 사룡도 크게 신경 쓰는 투는 아니었기에 비교적 한시름을 덜 수 있었다.

「주인! 웃지만 말고 좀 어떻게 해 달라고!」

'샤논.'

「왜!」

'그러고 보니 너도 투구만 쓰고 있지 않나. 그럼 안쪽에 머리는 없는 건가?'

「……무슨 말을 하고 싶은 건데?」

'너도 대머리나 깎으라고.'

「이 빌어먹을 주인이이이!」

[목적지에 도착했습니다!]

『형.』

"어."

연우는 칠흑의 경계 너머에 도착했다는 메시지에 현실로 돌아왔다. 샤논이 꽥꽥 소리를 질러 댔지만, 채널링을 끊어 두자 아무것도 안 들렸다.

그리고 연우는 수많은 '꿈'의 파편들이 소용돌이치는 세계에서 재빨리 주변을 둘러보았고.

『저…… 기!』

크로노스가 다급하게 외치는 소리에 그쪽으로 고개를 돌렸다.

그곳에.

거대한 하늘 날개로 어머니와 몸을 함께 포갠 채로 잠들어 있는 정우의 영혼이 보였다.

『엄마!』

정우의 사념체가 가장 먼저 소리를 질렀다.

드디어 그토록 바라던 영혼과, 그와 함께 있는 어머니를 찾았으니까!

〈하늘 날개〉

정우의 사념체는 하늘 날개를 한껏 펼치면서 어머니가 있는 곳으로 힘껏 날아올랐다.

크로노스도 마찬가지. 아무 말도 하지 않고 있었지만, 인상을 팍 굳히면서 곧장 뛰어오르는 모습에서는 간절함이 잔뜩 묻어났다.

아가레스도 잔뜩 들뜬긴 마찬가지였다.

『가자! 어서! 내 걸 찾아야 하지 않겠나!』

멍!

『뭐? 쓸데없이 방해할 생각하지 말라고? 무슨 소리를 하는 거냐! 내 것을 내가 찾으러 가겠다는데 누가 뭐라 할 수 있……!』

멍멍!

『가족 상봉에 끼어드는 게 아니라니! 이 말도 더럽게 안 듣는 개가!』

방해하지 말라는 펜리르의 완고한 반대에 부딪혀 아무것도 하지 못했지만.

그 순간, 정우의 사념체와 크로노스는 단숨에 공간을 격해 영혼과 레아가 있는 결계까지 다다를 수 있었다.

손만 뻗치면 닿을 수 있을 그때.

휘이이이!

별안간 아래쪽에서부터 강렬한 기파가 응집되나 싶더니.

쿠르릉!

검뢰가 이쪽으로 날아왔다.

등골이 서늘할 정도로 매서운 기세.

『형! 대체 무슨 짓을……!』

정우의 사념체는 뒤를 돌아보다 말고, 연우가 갑자기 이쪽으로 공세를 취하자 기겁을 하고 말았다.

그래서 황급히 크로노스와 동시에 좌우로 거리를 벌리면서 버럭 소리를 지르다 말을 그쳐야만 했다.

연우의 시선이 자신들이 아닌, 영혼과 레아의 뒤쪽에 향해 있다는 것을 뒤늦게 눈치챘기 때문이었다.

검뢰가 저 너머의 허공 한가운데를 가르고 있었다.

쿠르르르—

쩌저적!

그렇게 갈라진 공간의 틈새 너머로, 짙은 공허가 활짝 열리면서 단숨에 새카만 무언가가 왈칵 아래로 쏟아졌다.

그리고 서서히 드러나는 어마어마하고도 아득한 격의 향연과 수많은 시선에, 정우의 사념체는 등골을 쭈뼛 세워야만 했다.

『이건……!』

『설마, 칠흑이?』

크로노스도 두 눈을 부릅떴다.

새카만 어둠.

칠흑이었다.

　　[칠흑이 내려옵니다!]

　　[수많은 마성이 열렸습니다.]

　　[종말이 시작됩니다.]

아. 버. 지!

아. 버. 지!

연우의 그림자도 크게 출렁였다. 연우와 마찬가지로 비슷한 성질을 지닌 마성들의 시선을 보게 되자 잔뜩 흥분한 것이다.

하지만 그렇다고 해서 연우의 그림자를 벗어나거나 하는 존재들은 없었다.

저곳에 칠흑이 있다고 해도 이곳에도 칠흑은 있으며, 그들이 인정한 진짜 칠흑의 주인은 바로 그였으니까.

그사이.

세상이 단숨에 새카만 칠흑으로 물들면서 마성들이 대거 이쪽으로 쏟아졌다. '꿈'의 파편들이 조각조각 나면서 칠흑으로 완전히 흡수되고, 원래 경계 밖이었던 공간은 이제 칠흑의 영역이 되고 말았다.

세상 모든 것이 칠흑이었고, 곳곳에 보이고 들리고 만져지는 것이 전부 마성이었다.

연우는 일행들이 칠흑에게 상해를 입지 않도록 단숨에 격을 발산해서 그들을 그림자 안쪽으로 밀어 넣는 한편, 심상 결계를 형성해서 모든 저주 등도 튕겨 냈다.

정우의 사념체는 연우에게 고맙다고 눈인사를 하면서 하늘 날개를 더더욱 크게 키워 영혼과 레아가 있는 결계에 다다를 수 있었다.

쾅!

『젠장!』

하지만 결계는 정우의 사념체를 다른 존재로 인식했는지 해제되지 않고 도리어 그를 강하게 튕겨 냈다.

손만 닿으면 바로 영혼과 하나로 합쳐질 줄 알았는데…… 아무래도 그게 아닌 모양이었다.

정우의 사념체는 욕지거리를 내뱉으면서 어떻게든 결계를 해제할 방법을 찾고자 했다.

그러나 하늘 날개를 응용한 코드로 결계가 구성되었다는

것만 알 수 있을 뿐, 도저히 방법이 쉽게 보이질 않았다.

퀴리날레…… 퀴리날레의 권능이었다.

영혼이 어머니의 데이터를 읽어 내면서 결계를 구성한 까닭에, 퀴리날레를 접하지 못한 사념체는 당연히 접근하는 데 한계가 있을 수밖에 없었다.

이렇게나 가까이에 영혼이, 어머니가 있건만……!

손을 쓰지 못하는 현실이 이를 악물게 만들었다.

아주 재미난 것들이 많이 보이는구나.

'나'에게서 뿌려진 것들도 많이 보이고.

호오! 저기 있는 '나'는 이제 저기 있는 '나'와 비견할 만할 것 같은데?

활자들은 그런 정우의 사념체를 놀리듯이 정신없이 주변을 빙글빙글 맴돌다가, 연우가 있는 곳으로 툭 떨어졌다.

연우는 그런 활자들 너머 서 있는 한 녀석에게 시선을 고정했다.

다른 마성들에 비해 크기는 훨씬 작은 녀석.

이렇다 할 위세도 풍기지 않고 있지만…… 오히려 그렇

기에 모든 마성들을 압도하는 존재감을 가진 모순(矛盾)으로 가득한 존재.

현인은 가부좌를 튼 채로, 여전히 이목구비 따윈 없지만 웃는 듯한 느낌을 풍기면서 연우를 보고 있었다.

칠흑을 떠난 지 얼마 되지 않은 것 같건만. 이렇게 만나게 될 줄은 생각도 못 했구나.

"여기 좌표는 어떻게 찾은 거지?"

연우는 레아가 남긴 사념이 있었기에 그것을 되짚으면서 여기까지 다다를 수 있었다.

반면에 현인은 그럴 수 없었기 때문에 바로 눈앞에서 레아와 정우의 영혼을 놓쳐야만 하지 않았던가.

그리고 그 뒤로도 한참 동안 못 찾은 걸 봐서는 계속 좌표를 물색했던 것 같았는데…… 어떻게 연우가 도착하는 타이밍에 딱 맞춰서 올 수 있었던 걸까?

운이 좋았다.

아주…… 좋았지.

그대 역시 이제 '나'가 되지 않았나? 그 기질을 바탕으로 비슷한 신성이 느껴지는 곳을 쉴 틈 없이 뒤지고 또 뒤졌지. 그러다 퀴리날레의 향이 느껴졌고…… 또, 그대가 이곳으로 오려는 게 감지되었고.

그렇게 찾아냈지. 운도 좋았고.

마침 정우의 영혼과 레아가 있는 곳으로 범위를 좁혀 가고 있던 중에 연우가 움직이는 경로를 파악하고 정확한 지점을 찾을 수 있었다는 뜻이었다.

연우는 인상을 구기면서 혀를 찼다.

그 역시 칠흑에 얽매여 있는 이상, 저들과 완전히 독립된 개체로 움직이는 건 불가능하다. 그래도 어떻게든 최대한 정보를 차단한다고 차단한 것인데, 현인의 감시를 완전히 피하지는 못한 모양이었다.

하지만.

그대도 이걸 바라지 않았나?

현인이 툭 하고 던진 말에 연우는 피식 실웃음을 흘리고 말았다.

아무래도…… 웃음을 완전히 참을 수는 없었던 모양이었다.

"이렇게 될지도 모른다고 생각하긴 했었지. 진짜로 오게 될 거라고는 생각도 못 했지만."

연우는 차갑게 한쪽 입술 끝을 비틀면서 축지를 밟아 정우의 사념체 옆으로 나타났다.

『형……!』

정우의 사념체가 흔들리는 눈으로 연우를 바라봤다.

"결계는 이따 풀어도 돼. 일단은 어머니 모시고 여길 나가."

『……알, 겠어.』

정우의 사념체는 자신이 돕겠다는 고집 따윈 피우지 않았다. 현인에게로 시선을 고정하고 있는 연우가 유독 차갑게 느껴졌기 때문이었다.

아마도 부글부글 끓는 속을 억지로 참는 중일 것이다.

지금은 자신이 나설 때가 아니다.

그런 생각이 들었다.

그래서 정우의 사념체는 다른 말 없이 영혼과 레아를 끌어안은 채로 재빨리 뒤로 멀찍이 물러섰다.

그 와중에 현인이 부리는 칠흑이 촉수처럼 낭창거리면서 정우의 사념체 쪽으로 달려들었지만.

채채채챙!

어느새 날아든 스퀴테의 칼날이 그것을 죄다 쳐 내고, 동시에 잘라 버렸다.

지이이잉!

『누가, 감히 내 가족을 건드리는 것이냐!』

스퀴테가 거칠게 울리면서 공간을 열고 연우의 손에 잡혔다. 크로노스가 내뱉는 짙은 원념이 연우를 사로잡고 있었다. 그리고 연우가 쏟아내는 분노가 크로노스에게 닿고 있었다.

원념과 분노, 두 가지의 감정이 복합적으로 뒤섞이면서 합일이 이뤄졌다.

가족들을 흩어지게 만든 녀석을, 그들 부자는 도저히 용서할 수가 없었다.

고오오오—

휘휘휘!

연우에게서 풍겨 나는 짙은 격의 향연이 그들을 옥죄려던 칠흑을 물리치기 시작했다.

키키키킥! 재밌군, 재밌어! 역시!

그래도 저기 있는 '나'에게는 여태 아무도 덤빌 엄두도 내지 못했었는데. 이제 좀 괜찮은 '나'가 생겼단 말이지?

일단.

우리는 물러나야겠지.

칠흑왕의 자아들은 키득거리면서 일제히 물러났다. 그들은 딱히 정우의 사념체와 '낮'의 존재들에게 위해를 끼칠 생각도 없어 보였다.

그들로서는 사사건건 자신들을 방해하던 대적자를 잡을 수 있는 좋은 기회이기도 했지만, 반대로 집행자이며 주 자아가 될지도 모르는 연우에게 딱히 밉보이고 싶지도 않았기 때문이었다.

어차피 여기서 승부가 나는 대로 '나'의 입장도 결정될 것이라 생각하기도 했고.

그렇게 거대함을 이루던 칠흑은 크게 두 개의 서로 다른 색(色)으로 물들었으니.

그 각각의 중심에서.

연우와 현인은 서로에게 흉악한 이빨을 들이댔다.

마치 노인이 몸을 일으키듯.

현인은 꾸부정한 자세로 천천히 자리에서 일어났다. 휘었던 허리가 똑바로 서고, 좁았던 어깨가 펴지며, 숙이고 있던 머리가 당당하게 들린 순간 그의 색은 한껏 폭발할 것처럼 들끓었다.

그것은 익히 연우가 보았던 것이기도 했던 것이니.

'미후왕.'

오래전에 현인에게서 느꼈던 기질이 똑같이 풍기고 있었다. 제천류 오행공의 기세가 칠흑과 뒤섞이며 더욱더 위력적으로 으르렁거렸다.

쿠르릉, 쿠르르—

여기서 결판을 내는 건 의도한 바가 아니지만.

이런 것도 괜찮은 것 같구나.

팟!

현인은 익살맞게 웃으면서 연우가 있는 쪽으로 몸을 날렸고.

['밤(녹스)'이 퍼집니다!]

연우는 그런 녀석을 향해 스퀴테를 사선으로 그었다. 검붉은 구비타라가 뒤섞인 검뢰가 일직선으로 쭉 뻗치면서 녀석에게로 떨어졌다.

[두 개의 자아가 거세게 충돌합니다!]

[칠흑이 뒤섞입니다!]

*　　*　　*

『젠장! 이걸 대체 어떻게 해야 풀 수 있는 거지……?』

정우의 사념체는 계속 마음이 초조해지는 것을 느껴야만 했다.

연우와 현인의 충돌이 시작된 순간부터 그에겐 어떻게든 영혼과 어머니가 묶여 있는 결계를 해제해야겠다는 생각밖에 남아 있지 않았다.

하지만 그건 좀처럼 쉬운 작업이 아니었다.

크로노스가 프네우마의 권능을 바탕으로 신왕에 올랐던 것처럼, 그와 비견할 만하다고 평가받던 퀴리날레가 그렇게 쉽게 해독될 리가 없었기 때문이었다.

[해당 대상에 대한 접근이 불가합니다!]

[해당 대상에 대한 접근 권한이 없습니다!]

그래서 정우의 사념체는 영혼과 자신을 똑같은 개체로

인식하게끔 하려 시도했다. 그런다면 결계에 대한 접속 권한을 획득해 어떻게든 우회로를 확보할 수도 있을 테니까.

하지만 그조차도 좀처럼 쉽지 않았다.

결계가 사념체와 영혼을 전혀 다른 존재로 인식했기 때문이었다.

정확하게는 독립된 개체로 판별한 것이었다.

영혼은 이미 퀴리날레의 권능을 해석하면서 자체적으로 신격을 획득한 상태.

마찬가지로 사념체도 지난 업적을 바탕으로 절반이나마 신격을 획득했으니, 전혀 다른 개체로 판단될 수밖에 없었던 것이다.

신격이란 곧 오롯이 서는 자. 피조물과는 전혀 딛고 있는 위치가 달랐다.

'하지만…… 하지만 그래도 이건 나야. 이것도 나고. 그렇다면 어떻게든 방법이 있을 거야……!'

정우의 사념체는 그동안 '낮'의 후계자로 활동하면서 쌓았던 신력들을 모조리 불사르면서 하늘 날개를 최대한으로 키웠다.

다른 어느 때보다도 만통의 특성이 날카로워졌다. 감각이 예민해지고, 머리가 뜨거워질 정도로 과열되었다.

그는 눈이 타들어 갈 것 같은 열기를 억지로 버티면서 영혼을 읽고, 또 읽었다.

영혼이 용마안으로 레아를 읽었듯이, 그는 용마안으로 어떻게든 자신의 영혼을 읽고자 했다. 결계가 계속 접근을 막았지만, 그는 전혀 아랑곳하지 않았다.

만약 접근 권한이 없다면 강제로 뚫고 들어갈 생각까지 하고 있었다.

부족하다면 신력을 태우고.

또 부족하다면 신화를 태우고.

또 부족하다면 신좌를.

그리고 신성을, 신앙을, 마지막에는 신격까지 송두리째 태워 버릴 생각이었다.

그렇게라도 해서 결계 너머에 있는 영혼에 조금이라도 닿을 수 있다면……!

저 영혼이 자극을 받게 할 수 있다면!

그런 생각으로 그는 스스로의 육체를 구성하고 있던 사념까지 몽땅 용마안에다 쏟아부었고.

그럴수록 점차 그를 따라 감도는 배광도 점차 짙어졌다.

[불발! 해당 대상을 읽을 수 없습니다!]

[불발! 해당 대상을 읽을 수 없습니다!]

……

[불발! 해당 대상을 읽을……!]

……

[스킬, '하늘 날개'가 과열됩니다!]

['하늘 날개'의 효과로 만통의 특성이 강화됩니다. 신력 감지 및 파악이 한결 수월해집니다.]

[스킬, '하늘 날개'가 한계 이상으로 신력이 주입되었습니다!]

[주의! 스킬, '하늘 날개'가 한계를 초과하였습니다! 억지로 주입이 계속 이뤄질 경우, 스킬이 파훼될 수 있습니다!]

[경고! 스킬, '하늘 날개'와 특성, '만통'의 연결이 허용 범위를 훨씬 초과하였습니다! 자칫 신화의 붕괴로 이어질 수 있습니다!]

[경고! 신격이 위험합니다!]

[경고! 신좌가 위험합니다!]

……

[신력이 한계를 초월하였습니다! 격이 위태롭게 흔들립니다!]

[배광이 더 또렷해집니다!]

['낮(에로스)'의 빛이 칠흑 속 세상을 화려하게
비춥니다!]

『일어…… 나!』

정우의 사념체는 이를 악문 채로 악다구니를 썼다. 신력
을 너무 쏟아부은 나머지 육체가 금방이라도 부서질 것처
럼 위태롭게 흔들리기 시작했다.

탈각을 이루면서 단단해졌던 한계마저도 이제 위태롭다
는 증거였다.

『일어나라고, 새끼야!』

그렇기에 정우의 사념체는 영혼에게 소리쳤다.

조금이라도 자신의 목소리를 들으라고.

그래서 눈을 뜨라고.

하지만.

쩌걱.

사념체의 가슴팍에서부터 그런 소리가 났다.

자그마한 균열이, 생긴 것이다.

『씨발, 잠자는 숲 속의 왕자도 아니고 언제까지 잠만 처
잘 거냐고, 개새끼야! 언제까지 나한테 네 뒤치다꺼리나 하

라고 할 건데!』

쩌거거걱—

빛은 여전히 쉬지 않고 과열되었고, 균열은 단숨에 빠른 속도로 육체 전체로 퍼져 나갔다. 거미줄 같은 실금은 어느새 상체를 뒤덮고, 눈 밑까지 다다랐다.

『너 때문에 억울하게 형한테 얻어맞기나 하고! 내가 억울해서! 억울해서 잠도 못 잤다고, 젠장!』

퍼어어엉!

다리 아래가 터져 나갔다. 오른팔이 부서지고, 왼쪽 얼굴이 가루가 되어 우수수 쏟아졌다.

승화(昇華).

과거 무왕이 그러했듯, 그 역시 남아 있는 모든 것을 불사르며 사라지는 중이었다.

이제 남은 건 팔꿈치 아래가 사라진 왼팔 하나와 오른쪽 눈뿐.

이미 시뻘겋게 충혈된 용마안이, 여전히 눈을 감고 있는 영혼에게 고정되어 있었다.

『그러니까 일어나라고!』

그리고.

『일어……!』

그 말이 채 끝나기도 전에 겨우 남아 있던 오른쪽 얼굴도

부서졌다. 가루가 힘없이 허공으로 떠오르면서 빛을 잃고
사라졌다.

　아니, 사라지려 했다.

　그 순간.

　태태태태태탱!

　어디선가, 단단히 묶여 있던 구속구가 일제히 부서져 열
리는 소리가 났고.

　찌거거걱—

　퍼어엉!

　얼음처럼 단단히 맺혀 있던 결계가 폭죽처럼 터졌다.

　그 속에서 정우의 영혼이 눈을 부릅뜬 채로 상체를 일으
키면서 방금 전까지 사념체가 승화되던 장소로 손을 뻗었
다.

　손끝이 오른쪽 눈의 가루에 닿았고, 한순간 그 속에 담겨
있던 모든 데이터가 영혼 쪽으로 송두리째 빨려 들어갔다.

　찰나에 불과한 순간이었지만, 그것만으로도 충분했다.

　정우의 영혼이 자신이 잠든 동안 사념체가 겪었던 모든 기
억들을 수용하고, 복원하며, 그와 하나로 합쳐지기까지는.

뇌리 한편 속.

온통 백색으로 둘러싸인 세상에서, 혼(魂)과 백(魄)이 뒤섞이면서 짧게나마 대화를 나누고 있었다.

『야, 설마 내가 엄마한테 형 판 거 걸렸냐?』

『패드립?』

『……들켰구나?』

『응. 또 뒈지게 맞을걸?』

『젠장!』

『나 모르겠다. 알아서 잘해라.』

백—사념체는 피식 웃으면서 그 말을 끝으로 사라졌고.

번쩍!

흐리멍덩했던 정우의 영혼—아니, 이제는 차정우, 그 자체라 할 수 있을 존재의 두 눈에 이지가 돌아왔다.

하지만 오랜만에 깨어난 것인데도 불구하고, 정우는 인상을 잔뜩 구기고 있었다.

"일어나지 말걸."

그렇게 투덜대는 것을 끝으로.

화아아악!

그는 다른 어느 때보다도 화려하게 빛나고 있던 날개를 활짝 펼쳤다.

온통 어둡기만 한 세상이 환해졌다. 한순간에 밝은 낮이라도 된 것 같았다.

['낮(에로스)'의 태양이 떠올랐습니다!]
['낮(에로스)'이 퍼집니다!]

〈다음 권에 계속〉